当代陕西文学评论文丛 | 编委会

主　编　贾平凹　齐雅丽

副主编　韩霁虹　李国平　李　震

编　委（按姓氏笔画排序）

　　　　仵　埂　齐雅丽　李　震

　　　　李国平　杨　辉　段建军

　　　　贾平凹　韩霁虹

当代陕西文学评论文丛

后起新锐

独异的风景

王鹏程 著

陕西师范大学出版总社　西安

图书代号　WX24N2343

图书在版编目（CIP）数据

独异的风景 / 王鹏程著. -- 西安：陕西师范大学出版总社有限公司, 2025. 6. --（当代陕西文学评论文丛 / 贾平凹，齐雅丽主编）. -- ISBN 978-7-5695-4808-2

Ⅰ. I206.7-53

中国国家版本馆CIP数据核字第202419YK65号

独异的风景
DUYI DE FENGJING

王鹏程　著

出版统筹	刘东风　刘　定
策划编辑	马凤霞
责任编辑	彭　燕
责任校对	舒　敏
封面设计	周伟伟
出版发行	陕西师范大学出版总社
	（西安市长安南路199号　邮编 710062）
网　　址	http://www.snupg.com
印　　刷	中煤地西安地图制印有限公司
开　　本	720 mm×1020 mm　1/16
印　　张	15.25
插　　页	2
字　　数	220千
版　　次	2025年6月第1版
印　　次	2025年6月第1次印刷
书　　号	ISBN 978-7-5695-4808-2
定　　价	59.00元

读者购书、书店添货或发现印装质量问题，请与本公司营销部联系、调换。
电话：（029）85307864　85303629　　传真：（029）85303879

文脉陕西，评论华章（序）

贾平凹

从延安文艺的烽火岁月，到新时代的文学繁荣，陕西文学以其独特的风格和深邃的内涵，赢得了国内外的广泛赞誉。在中国当代文学史上，陕西不仅拥有一支强大的文学创作队伍，同时也拥有一批占领各个历史阶段文学批评潮头的评论骨干。他们以敏锐的洞察力剖析文学现象，参与文学现场，解读作品内涵，为陕西文学的发展注入了源源不断的活力。在新时代文化浪潮中，文学评论作为党领导文学事业的重要途径和方式，作为文学繁荣发展的重要推动力和引导力，正凸显着越来越重要的作用。

为了贯彻落实习近平总书记关于文艺工作和文艺批评的重要论述，以及中宣部等五部门联合印发的《关于加强新时代文艺评论工作的指导意见》，进一步加强和改进陕西文学批评工作，打磨好批评这把利剑，把好文艺的方向盘，同时也为深入总结和发扬陕派文学批评的历史经验，全面呈现陕西当代评论家队伍及其丰硕成果，推动陕西文学批评再创佳绩，助力陕西乃至全国文学发展，陕西省作家协会精心策划并编辑出版了"当代陕西文学评论文丛"。

在选编过程中，丛书编委会始终遵循着精编细选的原则，力求每篇文章都能代表作者个人的最高水平，同时也能反映出陕西文学评论的独特风格和时代特征。所选文章以研究和评论承续延安文艺传统的陕西作家、作品为主，也不乏对中国文坛或域外文学研究的独到见解。丛书汇聚了三代文学批评家中三十位代表批评家的学术成果。他们或生于陕西，或长期在陕工作。他们以笔为剑，以墨为锋，用睿智深刻的见解，共同书写了陕西文学批评的辉煌华章。他们的评论文章，或激情洋溢，或理性严谨，或高屋建瓴，或细腻入微，共同构筑了这部丛书的独特魅力与丰富内涵。

丛书将陕西老中青三代评论家分为"笔耕拓土""接续中坚""后起新锐"三个系列。三代评论家有学术师承，亦有历史代际。每个系列都蕴含着不同的时代气息和文学精神："笔耕拓土"系列收录了陕西文学评论界先驱和奠基者的成果，他们如同手握犁铧的开垦者，为陕西文学评论的沃土播下了希望的种子；"接续中坚"系列展现了新一代批评家中坚力量的风采，他们的评论既有深厚的理论功底，又有敏锐的时代洞察力，为陕西文学评论的繁荣发展注入了新的活力；"后起新锐"系列则汇集了新一代批评家的文章，他们敢于创新，勇于探索，为陕西文学评论的未来开辟了广阔的空间。

"当代陕西文学评论文丛"的出版，不仅是对陕西文学批评历史的一次全面总结和回顾，更是对未来陕西文学发展的有力推动和期待。相信这部丛书的问世，将激发更多文学评论家的创作热情，使陕西文学创作与批评携手并进，比翼齐飞，为推动陕西文学批评事业的繁荣发展，为陕西乃至全国文学的发展贡献新的智慧和力量。

2024年11月8日

目　　录

001　论《创业史》的艺术谱系
026　庾信文章老更成
　　　——陈忠实散文简论
032　灞桥风雪因鹿鸣
　　　——论陈忠实的旧体诗词创作
043　路遥小说的道德空间
064　西京美人的市井传奇
　　　——论贾平凹的新长篇小说《暂坐》
081　现实困境的古典摆渡
　　　——论邢小利的长篇小说《午后》
092　安黎：黄土地上的现代"公牛"
096　中国空巢老人的心灵图志
　　　——读弋舟的《空巢：我在这世上太孤独》
102　故乡的"异乡人"
　　　——论周瑄璞的《像土地一样寂静：回大周记》
111　现实魔沼与欲望深渊里的可怖景观
　　　——论刘晓刚《那条割裂生命的河》
126　《藏家》：一只闯进当代小说庄园的秦岭猛虎
130　《骚动之秋》简论

142 悲观的诗学

　　——论格非的《春尽江南》

163 魔幻的鬼影和现实的掠影

　　——评余华的《第七天》

169 从"城乡中国"到"城镇中国"

　　——新世纪城乡书写的叙事伦理与美学经验

191 奇外有奇更无奇

　　——余华《文城》的叙事艺术及其问题

205 《剑桥中国文学史》"1841—1949"部分错疏举隅

235 后记

论《创业史》的艺术谱系

《创业史》(第1部)1959年发表之后①,迅速得到了"农村社会主义史诗"②的评价,继而被公认为"十七年"长篇小说创作的峰巅。自20世纪80年代末期"重写文学史"以来,这部具有里程碑意义的"史诗"被不断质疑和重估,其对之后的农村长篇叙事的影响也在不断被梳理和揭橥。萧子显在论文"无新变,不能代雄"时说:"习玩为理,事久则渎,在乎文章,弥患凡旧,若无新变,不能代雄。"③那么,这部"史诗"继承了谁的怎样的艺术经验,有何"新变",又进行了怎样的熔铸和创造?这一直是《创业史》研究中的"不毛之地"。柳青在谈到作家的继承和创造关系时曾举到《滕王阁序》的例子。他说王勃的"落霞与孤鹜齐飞,秋水共长天一色"的诗句只不过是一个世纪前南北朝诗人庾信《马射赋》中"落花与芝盖齐飞,杨柳共春旗一色"的仿造。如果知道了这种关联,"那么

---

① 《创业史》1959年4月起以《稻地风波》为题在《延河》杂志1959年第4期开始连载,第8期改题为《创业史》,到第11期载完。《收获》1959年第6期全文转载。1960年5月,《创业史》(第1部)由中国青年出版社出版单行本。
② 《光明日报》编辑部:《农村社会主义革命史诗〈创业史〉第1部出版》,载《光明日报》1960年6月13日。类似文章有,任文:《中国农村合作化初期的史诗——评〈创业史〉》,载《人民文学》1960年第6期;扬州师院中文科二(2)班文学评论小组:《农业合作化运动的史诗——评柳青同志的长篇小说〈创业史〉》,载《扬州师院学报》1960年第9期;等等。
③ 萧子显:《南齐书·文学传论》,见郭绍虞、王文生主编《中国历代文论选》第1册,上海古籍出版社,1979年,第264页。

就可以断定王勃不是什么真正的文学天才，他仅仅是天资聪颖而已。因为意境的创造者是庾信"①。这显然不是柳青所谓的仿造，"落霞"与"孤鹜"、"秋水"与"长天"各自成对，动静结合，意境开阔，一下子化腐朽为神奇，可谓点铁成金。关于《创业史》的艺术谱系、传承技巧，由于种种因素，柳青也没有留下吉光片羽。我们只能顺着有限的文献资料沿波讨源，爬梳寻绎，比较分析，从而理出《创业史》的艺术谱系。泛泛而论，柳青作为"在延安文艺座谈会上的讲话"哺育起来的革命作家，汲取了俄苏文学的艺术经验和文学养分。那么其究竟镜鉴了哪些作家、作品？这些作家在精神气质和艺术经验上究竟对其产生了怎样的影响？这些作品在主题上或者意义层面，有没有尚未被阐释的空间？《创业史》是否和中国古典小说叙事传统发生了联系？对这些问题，本文试图做出解答。

一、"题叙"的谱系：《创业史》和《母亲》开头之对照

《创业史》的"题叙"最为人们称道，也是作者最满意的一部分。柳青当年曾对人讲，要是全书都能够达到"题叙"的水平，那么他就很满意了。1964年，新日本出版社将《创业史》（第1部）分上、下两部翻译出版，冈田英树评价道："这部《创业史》确实把中国长篇小说已有水平引向了一个更高的阶段。为其直视现实的敏锐目光而惊讶，为其生动的人物形象而兴奋，被作者对于未来充满坚定的信念的描写而征服的，恐怕不只是我自己。"②迄至今日，这个精彩的"题叙"依然魅力不减，让人叹服。正如有学者所评价的——"这位作家有着丰富而透彻的生活经验与人生经验，有着很出色的叙事能力，并且有着超出同时代人掌握理性的能

---

① 柳青：《美学笔记》，见《柳青文集》第4卷，人民文学出版社，2005年，第294页。
② 冈田英树：《长篇小说〈创业史〉——生动的农民群像》，孙歌译，见《人文杂志》编辑部、陕西省社科院文学研究所合编《柳青纪念文集》，陕西省新华书店，1983年，第223—224页。

力。就《创业史》开始的'题叙',我们就足可以形成这种印象。这是一个即便是在今天看来仍然是很精彩的'题叙'。这之后,一些局部的叙述和描写,也依然存活。"①那么,"题叙"的写法从何而来,《创业史》的"题叙"又精彩在何处?

"题叙"的结构功能,类似于中国古典小说中的"楔子"。好的"楔子",常有玉振金声、驰魂夺魄的艺术功能。金圣叹评点《水浒传》的"楔子"时说:"此一回,古本题曰'楔子'。"楔子"者,以物出物之谓也。""以物出物之谓也",即以彼事作为此事的引端。《水浒传》以"张天师祈禳瘟疫 洪太尉误走妖魔"为楔,"楔出三十六天罡,七十二地煞"之"正楔",中间"楔出劫运定数""星辰名字"等,可谓"奇楔"。②类似的诸如《全相三国志平话》《儒林外史》《红楼梦》《镜花缘》等小说,"楔子"在整个小说叙事中或假托转化、或交代缘由、或引出故事、或寄托寓意,正篇紧随其后,水到渠成,具有不可忽略的结构设置功能。不过,考察中国古典小说中"楔子"与正文的关系,我们发现有两个重要的缺陷:一是"楔子"多从宿命论或循环论的角度对小说内容作一锤定音的总结,其基本情节常为正篇里叙述者认同的人生经验的预示或象征。如《全相三国志平话》从司马仲相断狱阴曹引出小说故事,不过是为三国归晋作宿命论的阐释论证,同小说内容并无密切联系;《水浒传》的"楔子"将英雄出世归于"天命""天数",称这些英雄为妖魔,在价值观念上也是混乱不定的;《镜花缘》中百花遭贬谪流寓尘世,也不过为众多才女的聪慧伶俐作宿命论的解释。《红楼梦》出现之后,"楔子"与小说内容的关系才有所改观,"它的两则神话故事与一个现实故事的巧妙配合,使整部小说既具有一种迷幻的艺术色彩,又具有深刻的现实意义和哲理意蕴,而且楔子与正文内容相互映衬,在我国古代小说史上焕发出一

---

① 曹文轩:《二十世纪末中国文学现象研究》,作家出版社,2003年,第313页。
② 金圣叹:《金圣叹全集》第1卷,曹方人、周锡山标点,江苏古籍出版社,1985年,第28页。

道奇特的光芒"①。二是"楔子"常常和正篇的内容联系松疏散漫,甚至几乎没有联系。如《水浒传》中张天师与洪太尉,《儒林外史》"楔子"中交代的重要人物,在其后小说正篇中,不是没有后文就是没有显身。《创业史》的"题叙"从结构上完全可以视为"楔子",但主要作用和艺术蕴含同上述古典小说的"楔子"迥然不同。追溯柳青的古典文学学习历程,我们发现,在学生时代以至延安时期,其对《三国演义》《水浒传》《儒林外史》等古典小说"兴味索然,不是读不到底,就是读过就忘记了"②。中华人民共和国成立前后,他才一字不漏地阅读《三国演义》《水浒传》等古典小说,这时候他已经开始孕育《创业史》。征之于他的创作,中国古典小说传统几乎没有对他的创作产生影响。

国外小说中虽对类似于"楔子"的部分没有确定的称谓,但开头的一二章常有类似于"楔子"的功能。尤其是在柳青推重的高尔基的长篇小说《母亲》中,开头前两章都具有"楔子"或者"题叙"的功能和意义。《母亲》的前两章和全书有些游离。在这两章中,高尔基以简赅经济的笔墨,给我们描摹了俄国工人世代循环的生活景象。他们在沉重的生活重压下酗酒、斗殴、攻击和谩骂,过着粗野不堪和令人窒息的生活,让人一刻也不能容忍,觉得非改变不可。巴维尔的父亲符拉索夫,就是在这种生活的泥淖中凄苦挣扎、可怜死去的。因而,年轻的巴维尔一代的觉醒和参加无产阶级活动,是这种旧生活压抑下的必然产物,他们势必要举起改革和革命的大纛。如此一来,巴维尔的参加革命具有了坚实的历史原因和生活基础,人物形象的发展也有了令人信服的逻辑动力。柳青深爱的《静静的顿河》的第一章,肖洛霍夫简要地叙述了麦列霍夫家族的血统遗传,从血缘的角度初步勾勒了麦列霍夫家族的精神气质,引出了小说的主人公——

---

① 刘相雨:《论〈红楼梦〉的楔子——兼论中国古典长篇小说的开头模式》,载《红楼梦学刊》1999年第1辑。
② 柳青:《和人民一道前进》,见蒙万夫、王晓鹏、段夏安等编《柳青写作生涯》,百花文艺出版社,1985年,第28页。

狂野彪悍的葛利高里。柳青则从社会历史的深层视角挖掘"创业"的历史意义和梁生宝性格品质的形成原因。在细节上，我们也能够察辨出《创业史》"题叙"和《静静的顿河》第一章明显的"互文性"关系。比如，普罗珂菲带回的土耳其老婆同梁三拾荒时遇到的生宝母子；普罗珂菲的老婆穿普罗珂菲的裤子同生宝娘穿梁三老汉的裤子；普罗珂菲村子里的畜疫同梁三老汉的两次死牛；等等。但就概括的历史深度而言，《静静的顿河》过度钟情于血缘，显然不及高尔基的《母亲》深刻。

"题叙"的精彩之处在于，柳青开篇气势不凡地开掘历史深度，"把《创业史》的内线伸向中国历史命运的深处去，使《创业史》所描写的社会主义革命的环节，同整个历史的链条结合起来。只有从各个历史的环节中看历史，才能看出真正的历史，《创业史》的史诗效果从这里得力不少"[①]。一万七千余字的篇幅让农业合作化运动自下而上、自觉而起，让三次"创业"失败的梁生宝发出"世事成了咱们的啦"的时代感叹，和《母亲》中的巴维尔一样，他被境遇逼迫为农业合作化运动的执旗者。这就和《三里湾》《山乡巨变》等当时产生巨大影响的农业合作化小说截然不同，也同对《创业史》产生深刻影响的肖洛霍夫的农业集体化小说《被开垦的处女地》（草婴译为《新垦地》，本文采用周立波译名，以下简称《被》，人物姓名亦从周译）有着很大的差异。在这些作品中，农业合作化运动都是自上而下发动起来的，先是上级开会动员，接着是下派领导干部，而柳青硬是不给蛤蟆滩派遣工作组。王汶石最为钦佩的就是《创业史》打破了自上而下的叙述模式，柳青"是那么吝啬，连个工作组也没有给蛤蟆滩村派"[②]。从艺术上而言，《创业史》"不派工作组"的处理产生了"陌生化"的效果，但这明显不是柳青的创造，最起码在高尔基那里，巴维尔的成长道路就提供了经验；就思想上而言，这更符合马克思主义的历史决定论的期待。与此同时，梁生宝的母亲的形象具有极其重要的

[①] 何文轩：《论〈创业史〉的艺术方法——史诗效果的探求》，载《延河》1962年第2期。
[②] 王汶石：《漫谈构思》，载《延河》1961年第1期。

意义,她同《母亲》中巴维尔的母亲一样,在对亲生儿子朴素温情的信赖、包容与爱恋之中,给予了梁生宝参加农业合作化的勇气以及道德理念的巨大支持。

二、"以人物结构作品":高尔基、肖洛霍夫等苏俄作家对柳青的启示

柳青在访谈和读书笔记中,多次以高尔基的《母亲》为例,分析苏联社会现实主义文学的成功经验。《母亲》对《创业史》的"题叙"以及梁生宝的塑造也的确发生了深刻的影响。但就作品的艺术结构而言,对《创业史》产生决定性影响的却是肖洛霍夫的长篇小说。柳青认为,类似《静静的顿河》这样的长篇小说,用主要人物结构作品,众星拱月式地层次清晰地安排周围的人物,矛盾冲突递进式地展开,小说的深度和质量也因此迥然不同。①梁生宝形象的塑造,就是完全按照这样的结构方式完成的。在前四章里,梁生宝虽然没有显身,但一切情节无不围绕其展开。直到第五章,令人充满期待的梁生宝才徐徐显身。这种写法的弊端正如路遥所云——"我的导师柳青似乎说过,人物应该慢慢出场。长卷小说中的一种现象是,有特别辉煌的开卷和壮丽的结束,但中间部分却没有达到同样的成绩,这在很大程度上会给读者带来难言的遗憾。我个人觉得,天才作家肖洛霍夫的《静静的顿河》似乎就有这种不满足。"②实际上,葛利高里的出场并不迟缓,路遥含而不露地道明了柳青"以人物结构作品"的艺术渊源。路遥和陈忠实的创作,都继承和吸纳了柳青"以人物结构作品"的结构方法,不过路遥的小说艺术始终没有跳出柳青的经验。陈忠实在创作

---

① 王维玲:《路遥:一颗不该早陨的星》,见《岁月传真——我和当代作家》,首都师范大学出版社,2009年,第320页。
② 路遥:《早晨从中午开始》,见《路遥文集》(一、二合卷本),陕西人民出版社,1993年,第268页。

《白鹿原》之前,幡然觉得"一个业已长大的孩子,还抓着大人的手走路是不可思议的",从而摸索总结出适合自己的以"人物文化心理"结构作品的写法,突破了柳青的束缚,"获得了描写和叙述的自由"①,也推进提升了当代长篇小说写作的艺术水准。

柳青是最早并长期关注肖洛霍夫创作的当代作家。就技术层面而言,肖洛霍夫对其创作发生了决定性影响。柳青在西安高等师范读书时,就读过《静静的顿河》(第1部)和《被》。在延安随军转战时期,金人翻译的《静静的顿河》②随身不离,被翻得破烂不堪。在柳青的朋友和熟人中间,有这样一件事曾被传为美谈——那就是在抗日战争期间,在艰苦的战争环境中,他把一切笨重的东西都丢掉了,却把厚厚的英文版《被》(第1部),始终带在身边。③

"文革"中柳青受到批判,"罪名"之一就是40年代在延安时,迷醉于肖洛霍夫的作品。从1941年2月份起,柳青除了本职工作以外,还承担延安向重庆邮寄稿件的任务——当时叫"文化站",实际只有柳青一人。④柳青早期的不少短篇,即发表在由茅盾主编、在重庆出版的《文艺阵地》上。《文艺阵地》40年代初期刊发了不少有关肖洛霍夫的文章,如柳青《牺牲者》刊载的1940年6卷3期,发表了杨振麟翻译的犹黎·卢金的《萧洛霍夫在一九四〇年》。1942年6卷4期发表了王语今翻译的肖洛霍夫的《在顿河上》。同年7卷4期辟有"苏联文学专辑",刊有戈宝权的《二十五年来的苏联文学》等文章。戈宝权盛赞"肖洛霍夫的笔是犀利的,他特别善于运用丰富的哥萨克人的语气,来充实全书的色彩和内

---

① 陈忠实:《寻找属于自己的句子》,上海文艺出版社,2009年,第44—45页。
② 《静静的顿河》(第1部)1931年由贺非翻译,作为鲁迅主编的"现代文艺丛书"之一,由上海神州国光出版社出版。1941年,上海光明书店出版了由金人从俄文原著翻译的《静静的顿河》。《被开垦的处女地》(第1部)1936年由周立波从英译本转译,生活书店出版。
③ 胡采:《简论柳青——〈论柳青的艺术观〉序》,见《新时期文艺论集》,陕西人民出版社,1983年,第183页。
④ 蒙万夫、王晓鹏、段夏安等编:《柳青传略》,陕西人民教育出版社,1988年,第23页。

容"，《静静的顿河》是关于苏联国内战争的里程碑意义的作品，甚至可以同《战争与和平》相颉颃。《被》是表现农业集体化这一过程的"最好的作品"。柳青作为《文艺阵地》的作者，应该比较关注上面刊载的文章，这些都应该对柳青接受肖洛霍夫产生过影响。

中华人民共和国成立以后，肖洛霍夫的作品被大量译介、出版和再版，其研究也出现热潮，截至中苏关系恶化之前，评论界重要的研究文章有四十多篇，同时还出版了辛未艾的《生活与斗争的教科书——谈"被开垦的处女地"》，《被》被认为是"卓越的社会主义现实主义"，是"一个时代的历史画卷"①。反映农业集体化运动的《被》，引起了中国读者和评论界的重视。50年代的中国大地上，正在如火如荼地开展着农业合作化运动，人们渴望从肖洛霍夫的作品中获得直接的指导和启示。1954年2月26日，肖洛霍夫在罗斯托夫地区高尔基剧院同选民会见，讲话中谈到他收到从中国的来信，请求他写一篇农业集体化的特写，来帮助中国这个人民新国家的社会主义建设。不过他想，写文章鼓舞中国人民积极参与农业合作化，可能不如尽快完成《被》的第2部对中国人民有鼓动意义。②次年5月，肖洛霍夫获得"列宁勋章"，他忆及中国，致信感谢中国读者的喜爱和关注，并高度评价了中国的农业合作化运动。中国的普通读者在和肖洛霍夫进行积极的交流和互动，作家们也在潜心地钻研总结肖洛霍夫的艺术经验，如刘绍棠、周立波、柳青等作家的农业合作化小说，都受到肖洛霍夫的巨大影响。③柳青从延安时期就非常熟悉肖洛霍夫的作品，肖氏的作品也自然成为他创作的最佳范例。需要指出的是，《被》的第2部直到1960年才完成创作，因而柳青借鉴的，主要是《被》的第1部。我们从他这一时段的文学活动中，不难看出他对肖洛霍夫的熟悉和推崇。1951年

---

① 辛未艾：《生活与斗争的教科书——谈"被开垦的处女地"》，上海文艺出版社，1958年，第36页。
② 孙美玲编：《米·亚·肖洛霍夫年谱》，见《肖洛霍夫文集》第8卷，人民文学出版社，2005年，第396页。
③ 王鹏程：《农业合作化小说的叙事经验之源》，载《当代文坛》2010年第4期。

10月至12月，柳青随中国青年作家代表团访问苏联。他说："虽然我们和苏联农业生产中的领导者交谈时几乎没有谈到一点关于他们个人的生活状况和思想状况，可是我感到我是那么了解他们；因为我和他们在一块的时候，总是想起达维多夫（《被》的主角）的许多后进者。我想起伏罗巴耶夫（《幸福》的主角），想起屠达里诺夫（《金星英雄》的主角），想起瓦西里（《收获》的主角）和凯莎（《萨根的春天》的主角）；他们从军事战线的阵地走出来，立刻进入生产战线的阵地，并且继续获得胜利。"① 1952年，柳青落户长安县，挂职县委副书记，在给县委办公室主任安于密介绍过的文学书籍中，外国的有《战争与和平》《安娜·卡列尼娜》《被》《远离莫斯科的地方》，中国古典文学有《西游记》和《三国演义》。② 1954年春天，柳青开始写作《创业史》，据拜访柳青者回忆，他走进柳青的屋子，"柳青同志正在屋子里伏案写作，桌子上放着一杯茶，一本肖洛霍夫著的《静静的顿河》"③。1956年高级社时期，谈到如何巩固高级社时，柳青介绍安于密好好读读《被》——"《被开垦的处女地》写得比较真实，可以看出苏联当时合作化的一些情况。苏联由于搞行政命令，搞冒进，弄得农村生产力受到破坏，后来，他们又派大批工人下去，这些人也不懂农业，搞得更不好。我们现在搞合作化，一定要吸取苏联的教训，不能采取剥夺农民的办法。"④在《创业史》写作之前，柳青阅读了大量的政治、历史、哲学、美学以及文学作品，"特别用心地读了关于苏联集体化的各种书籍"⑤。《创业史》出版后不久，柳青获得了极

---

① 柳青：《在农村工作中想到苏联》，载《群众日报》1952年11月13日。
② 安于密：《谈柳青在长安的思想和创作》，见蒙万夫、王晓鹏、段夏安等编《柳青传略》，陕西人民教育出版社，1988年，第177页。
③ 陈策贤：《难忘的印象》，见《人文杂志》编辑部、陕西省社科院文学研究所合编《柳青纪念文集》，陕西省新华书店，1983年，第71页。
④ 安于密：《谈柳青在长安的思想和创作》，见蒙万夫、王晓鹏、段夏安等编《柳青传略》，陕西人民教育出版社，1988年，第187页。
⑤ 同上，第200页。

大声誉,也成为当时文坛的重要话题。沙汀在日记中提到,他和朋友聊到《创业史》,"我们一致肯定这是部好作品,有分量;但也一致感觉有些沉闷。原因呢,戈以为抒情的东西太少,我和安旗不以为然:他正是用抒情笔调发了不少议论,而这是不容易看出来的;但是感觉沉闷。最后,我用托翁、萧洛霍夫的表现方法作了比较,因为,据安说,柳特别敬佩萧,他的书房里只有一张照片:萧洛霍夫的照片……"①沙汀以小说家的敏锐感,将柳青同托尔斯泰、肖洛霍夫比较,洞悉了柳青艺术谱系中的三昧。就抒情和议论而言,柳青同托尔斯泰、肖洛霍夫不乏比较之处,但不同的是,柳青所抒发和阐述的,往往不是自己对历史、人生与社会问题的独立思考,而是个人化的马克思主义历史观、人生观和价值观,在此暂不赘述。就小说的结构而言,托尔斯泰的《战争与和平》同肖洛霍夫的《静静的顿河》有很大的不同。《战争与和平》的构架宏伟复杂,小说对19世纪初叶的俄国生活作了全景式的反映,既有宫廷、政界和军界错综复杂的关系和斗争,也有上流社会的社交活动和领地贵族的日常生活,亦有普通百姓的生活情状,可以说无所不包。小说以鲍尔康斯基家族、罗斯托夫家族、别祖霍夫家族和库拉金家族这四大家族为中心,几乎贯穿着19世纪初期俄国历史的所有变动,融合了家庭纪事小说、历史小说、社会心理小说和哲理小说的特点,气势磅礴,是一部空前绝后的史诗性巨著。正如法国小说家德·沃盖所感叹的,在托尔斯泰笔下,"一切都在这个铁面无私的法官前展开,他把人间的一切活动都搬上他的法庭,使人间的所有隐私和读者的灵魂沟通。读者感到自己为一条平静的江河所裹挟,总也碰不到头;这是生活在流逝,它触动着人们的心灵,突然把人们的种种行为所包含的真实性与复杂性暴露无遗"②。《静静的顿河》的情节结构设置,明显依靠了托尔斯泰《战争与和平》的结构传统,这有着极为明澈的迹象和

---

① 陈漱渝、李文儒主编,吴福辉编:《沙汀日记》,山西教育出版社,1997年,第166页。
② 德·沃盖:《虚无主义和神秘主义——托尔斯泰(1886)》,见陈桑编选《欧美作家论列夫·托尔斯泰》,中国社会科学出版社,1983年,第8页。

论据。这两部长篇所要处理的都是历史转折关头的人民生活的史诗,历史既给予了人类严厉的惩罚,同时又开辟了新的篇章。肖洛霍夫在处理这样一个宏大的历史场景和生活画面时,"家庭和它的社会的、日常生活的道德准则是表现历史规律的重要途径之一"。而在这些家庭中,众星拱月,珂尔叔诺夫家、莫霍夫家、李斯特尼茨家紧紧围绕着麦列霍夫家,葛利高里家的那几间小木屋始终是"史诗的思想结构的中心",①葛利高里则是"中心中的中心"。勃里吉科夫犀利地指出,葛利高里"体现着长篇小说的史诗观念","《静静的顿河》中主要人物的问题规定着作品的总的结构"。列·雅基缅科否认了勃里吉科夫的说法,认为肖洛霍夫的"长篇小说的史诗观念"要比葛利高里的形象广阔得多,但他是从社会主义文学的角度去理解《静静的顿河》,因而诋毁批评勃里吉科夫这个很独特的洞见,以及小说呈现给我们的无可辩驳的现实。②在家庭的日常生活中,葛利高里具有举足轻重的作用,更关键的是,葛利高里将家庭的航船驶向了历史的广阔海面,在他摇摆不定的人生选择中,史诗般地呈现了顿河流域严峻而悲壮的历史。

柳青虽然对托尔斯泰很熟悉,但是个人的气质、禀赋、素养以及要处理的题材不同,这都使得托尔斯泰不能直接成为借鉴参照的镜像。而肖洛霍夫则不同,他长期关注并非常熟悉肖氏的创作,更为关键的是,《被》和他要处理的农业合作化运动在题材上是一致的。不过耐人寻味的是,柳青对肖氏这部反映农业集体化的名著不但并无赞词,而且曲解了人物。1951年冬,柳青随中国青年作家代表团访苏归来,谈及他的见闻感受,他感慨苏联人民的社会主义热情,联想到《被》,说梅谭尼科夫将自

---

① 亚·赫瓦托夫:《〈静静的顿河〉里的麦列霍夫一家》,见孙美玲编选《肖洛霍夫研究》,外语教学与研究出版社,1982年,第198页。
② 列·雅基缅科:《论肖洛霍夫的〈静静的顿河〉中的悲剧因素》,见孙美玲编选《肖洛霍夫研究》,外语教学与研究出版社,1982年,第179页。

家的牲口拉到农业社,是"完全出于自愿"①。小说中并非如此,梅谭尼科夫入社完全出于强迫。牲口入社的前一天晚上,他"没有脱衣服,也没有熄灯,他去看母牛去了七次!第八次去的时候,天快亮了"。看着牲口,他"忽然感到喉咙被尖锐的硬块塞住,眼睛刺痛得厉害。他哭起来,离开牛栏。流了点眼泪,仿佛好点了。剩下的半夜他没睡,只是不断地抽烟"②。这显然不是柳青没有读懂小说,而是在《被》被官方定为正面歌颂农业集体化的小说之后,柳青也许必须违心地顺着这样一个论调。在《创业史》中梁大老汉的身上,我们能看到其同梅谭尼科夫的相似之处。梁大老汉对自己的黑马的不舍,比梅谭尼科夫有过之而无不及。在形势的压迫和儿子的催促之下,他无奈将大黑马交公入社,从此便魂不舍守,三天两头跑到饲养室,犒劳自己的大黑马。白占魁赶车虐待大黑马,梁大老汉追到集市,大闹不休,其形象之生动饱满甚至超过了梅谭尼科夫。1977年前后,柳青接受媒体采访时谈及《被》,全然不屑,完全否定了这部作品。③对哪些地方不满,他语焉不详。柳青1951年评价梅谭尼科夫时,正值中苏关系的蜜月期,顺从老大哥的官方定调,曲解人物形象并不难于理解。而这次整体否定《被》,正处在中苏关系的对抗期。他这种表态,首先应是政治上的表态,其次才是艺术上的不满。"在延安文艺座谈会上的讲话"发表之后,柳青虽然偶尔也有《王老婆山上的英雄》这样逸出规范的作品,但绝大多数是严格遵从"讲话"精神的。经过中华人民共和国成立前夕的"转弯"④之后,柳青在思想和创作上完全恪守"社会主义现实

---

① 柳青:《中国热火朝天——为苏联〈文学报〉而作》,见《柳青文集》第4卷,人民文学出版社,2005年,第150页。
② 肖洛霍夫:《肖洛霍夫文集》第6卷,人民文学出版社,2005年,第79—80页。
③ 徐民和:《一生心血即此书——柳青写作〈创业史〉漫忆》,载《延河》1978年第10期。
④ 中华人民共和国成立前夕,柳青有回忆自己文学经历,兼具表态性质的文章《转弯路上》,见中华全国文学艺术工作者代表大会宣传处编《中华全国文学艺术工作者代表大会纪念文集》,新华书店,1950年3月。

主义"文学的美学规范。在他看来,这是党性问题、原则问题。而《被》如刘绍棠认为的那样,"我们更无法从肖洛霍夫的作品中找到理想人物,达维多夫当然不配",他对富农、反革命分子失去警惕性,还和破鞋乱搞男女关系,"封他一个'正面人物',恐怕还需要打八折呢"①!《被》虽然在传播的过程中被修正为"社会主义现实主义"的典范,实际上却与之格格不入。肖洛霍夫始终忠于生活真实,随处可见"残酷的、未加任何修饰的真实","不是那种被弄得七扭八歪的、变了形的、似是而非的真实,而是原原本本的、真正的真实"。②这显然是柳青极为不满的。另外,柳青也有可能觉得《被》在艺术上不如《静静的顿河》,或者借对《被》的不满隐匿自己的艺术谱系。

比较《创业史》和《被》,就会发现,除了梁生宝的形象塑造借鉴了《母亲》中巴维尔的完全正面化之外,他们在小说中的结构功能和统领作用是完全一致的。同时,小说的情节和一些主要人物也有明显的对应关系。梁生宝和达维多夫一样,在旧社会苦大仇深,新社会使得他们完全自觉起来。梁生宝的母亲是因为逃难而和梁三老汉结合,达维多夫的母亲则靠卖淫来维持一家人的生活。两人的内心独白和情感活动也极为相似:"我们要给他们建设美好的生活,就这么回事!费多特现在戴着父亲的旧军帽跑来跑去,可是二十年以后,他就会用电犁来耕这块土地了……他就不会过苦日子,不会像我在死了娘以后那样:又要给妹妹洗衣裳,又要补袜子,又要做饭,又要赶到厂里去工作……费多特他们会幸福的,就这么回事!"③《创业史》以梁生宝领导的互助组为主线,围绕活跃借贷、购稻种、终南山捎竹子、水稻密植和统购统销等事件,展现下堡村的农业合作化进程中的历史面貌和农民思想情感转变,塑造了崭新的社会主义"新

---

① 刘绍棠:《现实主义在社会主义时代的发展》,载《北京文艺》1957年第4期。
② 德·安娜·西格斯:《生活——真实的源泉》,载《星火》1965年第43期,转引自孙美玲编选《肖洛霍夫研究》,外语教学与研究出版社,1982年,第444页。
③ 肖洛霍夫:《肖洛霍夫文集》第6卷,人民文学出版社,2005年,第265—266页。

人"梁生宝。《被》中格内米雅其村农民在达维多夫的领导下，以召开贫农积极分子会议、清算富农、家禽牲口公有化、娘儿们造反、春耕春播为中心事件，注意描写一个接一个的群众场面。达维多夫禁受不住"毒蛇"罗加里亚的纠缠，两人有了肉体之欢，和真诚的革命同伴拉古尔洛夫产生了裂隙，同时又跟十七岁的赶牛姑娘华丽雅发生爱情。罗加里亚生性放荡，背着丈夫同别人偷情，并引诱了农业合作化的领导者达维多夫。她觉得达维多夫成了机械的革命的螺丝钉，没有人性，心被囚禁了。达维多夫在出轨后既严厉自责，又控制不住自己对罗加里亚的喜爱。为了让心上人华丽雅出人头地，达维多夫让她远离是非之地，派她到城里学习当农艺师。梁生宝也曾受到"坏女人"素芳的骚扰，不过他抵抗住了诱惑，收获了改霞的爱情。梁生宝处处以党的事业为重，坐怀不乱，"拿崇高的精神控制人类的初级本能和初级感情"。最终，徐改霞去长辛店当了工人。而素芳的形象，从某种程度上可以视为罗加里亚的改造和变异。她被旧社会腐蚀毒害，是一个被侮辱被损害的不幸女性。她童年遭受不幸，结婚后又常遭丈夫的暴打和公公的厉声斥责，这时候正气勤朴的梁生宝成为她爱慕的对象。她忐忑不安地表达以后，梁生宝的严厉呵斥使她羞愧不堪。罗加里亚式的那种放荡在姚士杰的引诱之后，得到了充分的彰显，革命新人的"道德败坏"则被模式化地移植到了富农身上。素芳对姑父姚士杰大手的期待，带有浓郁的自然主义倾向，这点上《创业史》的描写甚至超过了《被》。后来柳青遭到了批评，大概他自己也觉得有些过度，在重版的时候进行了删节。

梁生宝的爱情纠葛，显然也参照了《被》的结构模式。在爱情态度上，则很明显受到尼·奥斯特洛夫斯基的《钢铁是怎样炼成的》的影响。我们不妨比较一下梁生宝与保尔的爱情，就会发现，这两部小说的衍生互文关系，以及情感处理态度的同一性。《创业史》中，改霞做出进城当工人的决定之后，想征求一下梁生宝的意见，等了五个晚上，终于等到了梁生宝。她觉得自己以前面对把身心全交给党的生宝比较拘谨，决定在之后的交往中主动些,她"柔媚地把一只闺女的小手,放在生宝穿的'雁塔牌'白布衫的袖子上","夏夜的微风把她身上的雪花膏气味,送到梁生宝的鼻孔里去","她的两只长眼毛的大眼睛一闭,做出一种公然挑逗的样子。然后,她把身子靠得离生宝更贴近些……"。他闻到了改霞脸上的雪花膏味,心"已经被爱情的热火融化成水了",他"感觉到陶醉、浑身舒坦和有生气"——"他真想伸开强有力的臂膀,把这个对自己倾心相爱的闺女搂在怀中,亲她的嘴",但"共产党员的理智,在生宝身上克制了人类每每容易放纵感情的弱点。他一想:一搂抱、一亲吻定使两人的关系急趋直转,搞得火热。今生还没有真正过过两性生活的生宝,准定有一个空子,就渴望着和改霞在一块。要是在冬闲天,夜又很长,甜蜜的两性生活有什么关系?共产党员也是人嘛!但现在眨眼就是夏收和插秧的忙季,他必须拿崇高的精神来控制人类的初级本能和初级感情。……考虑到对事业的责任心和党在群众中的威信,他不能使私人生活影响事业"。[①]其实,梁生宝的顾虑有两个,一个是他对有万说的:"人家想进工厂哩。你思量,既有这意思,咱何必惹那个麻烦?咱泥腿子、黑脊背,本本色色,不攀高亲。咱要闹互助合作,又要闹丰产,咱哪有工夫和她缠?你往后甭提这层事了。"[②]梁生宝不止一次慨叹自己不像改霞那样有文化,他自己无法越过这个文化壁垒。二是他搞的互助合作是高于一切、大于一切的,他是党的最听话最虔诚的儿子,他首先属于党,这是亲娘老子也不能撼动的。因而,他和改霞的分手择路,不仅仅是个体生命的爱情选择,更是一个革命利益权衡和服从的过程。《钢铁是怎样炼成的》中,切尔尼亚克上校释放了保尔,惊恐不安的保尔偶遇冬妮亚,躲在她的家中,两人独处一室,"在黑夜里,他闻到了她的发香,又似乎看到了她的眼睛","他的脑子很昏乱……她那柔软的肉体是多么顺从呵……但是青春的友情比一切

---

① 柳青:《创业史》(第1部),中国青年出版社,1960年,第486—488页。
② 同上,第227页。

更宝贵"。①与其说是"青春的友情"阻遏了年轻人的冲动,不如说劫后余生的保尔没有心情享受爱情的盛宴,或者说潜在的身份和地位的沟壑拦截了青春的激情。这种"身份和地位的沟壑",最后终于发酵成冬妮亚小资产阶级的作风和"卑鄙的个人主义",保尔对冬妮亚说:"冬妮亚,这件事我们早谈过了。自然,你知道我曾经爱过你,而且就是现在,我对你的爱情还是可以恢复的,不过你必须跟我们在一起。我已经不是你从前认得的那个保尔了。同样,如果你要求我把你放在党的前头,我就不会是你的好丈夫。我首先是属于党的,其次是属于你和别的亲人们的。"②因而,保尔在同丽达的爱情上,表现出革命者的克制和纯洁——"她是他的志同道合的朋友和同志,他的政治指导员。但是她究竟是一个女人。这一点,是他今天在天桥上才第一次发觉的,所以她的拥抱才使他这么冲动。他感觉到她那均匀的呼吸,她的嘴唇已经跟他十分靠近。这使他产生了一种要找到那嘴唇的强烈愿望。然而他终于用顽强的意志把那愿望克服了。"③顽强的革命意志克服了"人类的初级本能和初级感情",延宕并终止了这场爱情。在保尔看来,爱情会给革命者"带来许多不安的痛苦",妨碍了革命理论的学习。他的学习时间不够了,学习没有了效率——"从前我跟谢加尔同志学习的时候,我真是句句能记住,但是跟你在一起,就怎么也不行。每次在你这里学了之后,我还不得不到托卡列夫同志那里再补习一遍。"④三年之后,已经成家的丽达质问保尔为什么中断了同自己的友谊,保尔承认了自己的错误——"这件事不仅怪我,'牛虻'和他的革命浪漫主义也该负责。那些生动地描写坚毅勇敢的、彻底献身于我们事业的革命者的书,给了我难忘的印象,使我产生这种做人的愿望。所以,我用'牛虻'的方式处理了我对你的感情。"⑤所谓"牛虻的

---

① 尼·奥斯特洛夫斯基:《钢铁是怎样炼成的》,人民文学出版社,1990年,第165页。
② 同上,第237页。
③ 同上,第256页。
④ 同上,第262—263页。
⑤ 同上,第453页。

方式",即个人的事情丝毫不能与党的事情、集体的事情、国家的事情相比,在投身崇高的事业的时候,必须舍弃自己的任何的个人考虑。

梁生宝秉持的革命伦理和情感态度,是当时的一种典范,同时也是苏联红色经典《钢铁是怎样炼成的》的辐射和衍生。这两部小说中的主人公的生命已经不属于自己,而属于国家、民族或人民的利益,成了抽象的共同体。在这种崇高的国家公意或者集体伦理的规约下,个体很少思考与本身相关的生命意义、价值伦理问题,而被宏大的国家、集体笼罩遮掩住了。因而,梁生宝式的爱情抉择在今天看来迂腐甚至可笑,但在当时,却代表了主流价值观念。一旦时间的距离拉开,这种道德伦理和价值观念与现实的悬置隔阂也就愈来愈清晰地显露出来了。

三、《狠透铁》:《创业史》不可剥离的"副文本"

在《创业史》的写作间隙,柳青创作了中篇小说《狠透铁》(发表时题为《咬透铁锨》)。1958年,在《狠透铁》发表不久,在座谈会上,柳青说:"至于'老汉'的事迹,这篇小说因为故事的限制,没有写到百分之一。他那股忠诚和顽强劲儿,我在长篇里用另外一个名字写着。"[①]"另外一个名字"就是《创业史》中的高增福。高增福比梁生宝年长,境遇比梁生宝困窘,在农业合作化道路上同梁生宝一样坚决,是梁生宝的坚定支持者。他大公无私,对互助组的忠诚和办事的认真劲儿,同狠透铁如出一辙。因而可以说,狠透铁的形象是高增福的有机组成部分,高增福的形象是狠透铁的延续和发展。用热奈特的术语来说,《狠透铁》是《创业史》形象系列的一部分,是这个正文本的"副文本"。更为重要的是,《狠透铁》虽然在艺术上简单粗糙,无法同精雕细琢的《创业史》比拟,但其对农业合作化运动表现出的认识价值以及慷慨悲凉的格调,同

---

① 《延河》编辑部:《座谈〈咬透铁锨〉》,载《延河》1958年7月。

《创业史》那种热火朝天、凯歌高奏的乐观主义判若云泥,两部作品共同构成了农业合作化运动认识和判断的一体之两面。就此而言,《狠透铁》是《创业史》不可剥离的互文本。我们不禁要思索,同一时期创作的两部小说,对农业合作化的态度为何差异如此之大,作者有着怎样的矛盾心态?又有着怎样难言的隐忧?

《狠透铁》的副题是"一九五七年纪事",是在真实的生活事件之上创造而成的,而狠透铁,则是一个悲剧性的人物。据柳青说,"《咬透铁锨》所反映的,是他亲自参加处理过的一个真实事件,故事本身很完整,他没有进行更多的概括与加工,就写成了"①。狠透铁在新中国成立前夕即和地方工作队接头,组织农会,并担任了小组长;农会被取消以后,自己被选为人民代表;1954年春,水渠村以他为首,成立起由十一户"穷鬼"组成的合作社,他是社主任;1956年农业合作化高潮到来之后,小社并入大社,他担任水渠村的生产队长。他热爱集体,大公无私,无怨无悔,伤透了脑筋,累坏了身体,脑子里没有比农业社重要的事情。为了合作社,他白了一半头发,得了风湿性腰腿疼;社里没有饲养室,他腾出土改时分给自己的高瓦房,自己住在破草房里;大女儿满月,他几乎忘记了这件事。但1955年夏季以后,农业合作化运动的急速冒进,基层有限的民主管理被破坏。水渠村的民主改革本来就不彻底,这就给了觊觎私利、老奸巨猾、能说会道的王以信机会。狠透铁这样一个立场坚定、忠诚老实、一心为民的基层领导,被王以信视为眼中钉调虎离山,造谣中伤,在群众中丧失了威信,完全被孤立了起来。狠透铁受尽了委屈,也碰了不少钉子,但他孤军奋战,无怨无悔,凭着一股倔劲,坚持"一切当着群众的面办"的原则,最终揭开了王以信的真面目。虽然坏人最终被揪了出来,但狠透铁的悲凉恓惶的境遇,还是让人痛心叹惋。柳青对群众的人随王法草随风的"势利"和"圆滑",也表示出深深的忧虑。他说:"皇甫乡的实

---

① 《延河》编辑部:《座谈〈咬透铁锨〉》,载《延河》1958年7月号。

际例子比这篇小说写的还要严重……在上级党的领导采取措施揭露敌人的真面目以前,群众中一部分被利用的忘本分子很活跃,为敌人打掩护;大部分群众是死气沉沉的,奸溜溜的。有些人肚里打转转,嘴里说不出话。问题一揭露,群众如洪水冲破了闸口……"①因而,《狠透铁》是一部带有提醒和警示意味的隐忧之作,蕴含着他对农业合作化运动的出乎意料的跳跃的判断和担忧,骨鲠在喉,不吐不快。这在他1978年为《狠透铁》再版拟定的出版说明中体现得更为明确:"作品有一种明显的精神,就是作者对所有制改变后我国农村社会主义民主的理想。作者认为,群众的觉悟在民主的管理中才能提高,干部的能力在民主管理中才能增强,阶级敌人在民主管理中才能暴露。"②然而在《狠透铁》中,小人得道,民主被破坏,一切工作不是以群众的利益去衡量,表面上打着"为人民服务"的旗号,主导的是个人的私利和恩怨。在权力的威慑之下,即使觉悟的群众也暗哑不语,因而王以信的那套东西就能畅行无阻。农业合作化运动的跳跃和冒进,为无数个王以信提供了生存的土壤。在其身上,集中体现了农业合作化运动后期的某些缺点和偏差。因而,狠透铁的遭遇是一面镜子,我们窥视出了时代的悲剧。这和他揭示农业合作化运动"历史必然性"的《创业史》构成了鲜明的对照。如果说《创业史》是代表时代的宏大历史话语的话,那么《狠透铁》则是代表无情现实的私人话语,其价值不可低估。

《狠透铁》1958年发表时,《创业史》尚在创作之中。有人冷嘲热讽,讥笑柳青惊天动地、扯旗放炮地从北京到皇甫村安家落户,憋了六七年工夫,才拿出了这么一个主题阴暗、不合时宜的中篇。直到一年之后《创业史》开始连载,才堵住了一些人的嘴巴,大家也被《创业史》的宏伟深沉、史诗气度和人物生动等折服,并誉其为农业合作化运动的"史

---

① 《延河》编辑部:《座谈〈咬透铁锨〉》,载《延河》1958年7月。
② 张长仓:《重读〈狠透铁〉》,见《人文杂志》编辑部、陕西省社科院文学研究所合编《柳青纪念文集》,陕西省新华书店,1983年,第240页。

诗"。《创业史》中对农业合作化运动历史原因的揭示、现实基础的表现以及未来前景的展望，自然被视作柳青对农业合作化运动的认识和判断，而同一时期创作的《狠透铁》，体现出柳青在与时代"共名"中的另外一种心境，则被大家视而不见。我们不能武断地说《创业史》或者《狠透铁》代表了作者对农业合作化运动的真实看法，但将《狠透铁》视为《创业史》不可剥离的"副文本"，将二者综合起来审视柳青对农业合作化运动的现实认识和历史判断，无疑是一种稳健而妥当的研究视点。

四、"白羽茅草"神话：《被开垦的处女地》与《创业史》之比较

柳青在创作《创业史》时，《被》无疑是作为重要参照的，这从上文的比较不难看出。同时，柳青对这部"社会主义现实主义"文学典范进行了修正和改造。其中至为重要的是对主人公形象的"洁化"，以及将农业合作化运动自上而下的"命令式"改为自下而上的"自发式"。与此同时，这两部都被誉为"社会主义现实主义"史诗的小说在精神气度上也发生了霄壤式的变化。

客观地说，肖洛霍夫的创作无法纳入正统的"社会主义现实主义"的框架中，《被》也很难被视为实践"社会主义现实主义"理论的典范之作。首先在时间上，《被》（第1部）的创作比"社会主义现实主义"确定为苏联文学创作的最高准则早了两年。其次，那种严格按照现实的毫不遮掩修饰的现实主义精神，同"社会主义现实主义"也格格不入。表面上看来，小说是在为集体化唱赞歌，但对集体化的残酷以及存在的种种弊病也毫不遮掩，突出了人性话语，从而隐曲地传达出自己对农业集体化的认识和判断。肖洛霍夫从开始文学活动时就力矫时弊，力求质朴洗练、贴切传神，反对那种华而不实、辞藻艳丽的甜滋滋、酸腻腻的叙事格调，作品充满火辣辣的现实感。在1927年写的《浅蓝色的原野》的序言中，他说：

"某个没有闻过火药味的作家,非常生动地讲述着国内战争……讲述着散发出芳香的白羽茅草,而实际上羽茅草是一种令人讨厌的淡黄色的草,没有任何香味。"①当时的一些小说在描写时——"在顿河和库班地区的草原上,红军战士死去时,嘴上总是说着豪言壮语。"在肖洛霍夫早期的短篇小说中,兄弟间互相残杀、儿子杀死父亲、土匪父亲打死红军儿子、粮食委员为了救小孩子牺牲自己、女革命者私生活混乱等等,革命的巨浪撞击生活的岩岸,并没有溅出幸福的浪花,而是迸溅出痛苦的泪珠、血腥的气味和忧郁的雾霭。人们"死去时是那么难看,多么平淡",揭穿了这种"白羽茅草"的神话,毫不妥协地反对粉饰生活、诗化事件,追求浑然质朴的小说叙事。在《被》(第1部)中,他依然坚持火辣辣的现实主义。在1965年的诺贝尔奖获奖演说中他重申了这一主张——"同读者对话要坦诚,要向人们讲真话——尽管真话有时是严酷的,但永远是勇敢的。"我们看到,书中的达维多夫、纳古尔诺夫、拉兹苗特诺夫以及他们所依靠的骨干,不是道德完美的英雄模范,而是存在严重缺点甚至令人反感的"圆形人物"。如农业集体化倚重的骨干梅谭尼科夫、刘比施金、乌沙科夫、狗鱼老爹等,大多游手好闲、好吃懒做,劳动没有劲头,瓜分富农的浮财却兴趣十足。小说远非苏联官方所钦定的集体化的颂歌,大胆地、毫不掩饰地真实记录了苏联农业集体化带来的人祸,是"苏联政府在集体化运动中的困难总结报告,集体化运动的困境和失败"②。《被》(第2部)的结局惨淡悲凉,有读者向肖洛霍夫提出了"力所不及的要求":《尤里·米洛拉夫斯基》的第2部保留了主人公,而"肖洛霍夫的第2部书中却杀死了纳古尔诺夫和达维多夫","这与社会主义现实主义有什么共同之处呢"?肖洛霍夫明确表示:"不能听取这样的建议。但是,今后我将遵

---

① 费·比留科夫:《肖洛霍夫的史诗中的农民》,见孙美玲编选《肖洛霍夫研究》,外语教学与研究出版社,1982年,第55页。
② 吉林大学外文系编:"第二次肖洛霍夫讨论会资料",《肖洛霍夫在美、德、日》,1987年,第6页。

照心灵的指示写作。"①在现实生活中，肖洛霍夫也能够"遵照心灵的指示"，以巨大的道德热情和无畏的精神勇气抨击现实、关注民生，从未丧失自己的独立人格。30年代，肖洛霍夫敢就集体化和肃反问题冒天下之大不韪，为民请命，上书斯大林。在艰难严峻的时势中，肖洛霍夫没有在人民的疾苦灾难面前闭上自己的眼睛，没有躲在自家的百叶窗后面创作精美的文学，而是为人民的命运奔走疾呼，无所畏惧。1931至1933年，肖洛霍夫先后四次上书斯大林，指责北高加索以及维约申斯克区等地区农业集体化带来的灾难。他说：这些地区的集体农庄出现了非常危急严峻的问题，牲口大量死亡，有些农庄甚至超过了75%，他的家乡维约申斯克区死掉的牲口已经超过了三千头，"可以毫不夸张地说，是灾难性的。这样管理是不行的！"②他指责新闻媒体，面对这样严重的灾难喑哑无语，对残酷的现实视而不见听而不闻。1933年，顿河地区以及维约申斯克区强力征购农民余粮，采取了暴力的手段，大批农民被攻击、惩罚或者虐待，农民的粮食被掠夺一空，连种子也没有储备，"集体农庄庄员们和个体农民们由于饥饿现在正濒临死亡；成年人和孩子们都浮肿，他们吃人所不能吃的一切东西，从橡树的树枝到树皮以及沼泽地里各种各样的草根"③。对肖洛霍夫反映的问题，斯大林及时作了回答和处理。这既由于肖洛霍夫在苏联以及国际上的巨大影响，同时也由于其"虽千万人吾往矣"的作家良知。其之所以能够勇敢地揭示生活真相、为老百姓鼓与呼，是因为其始终能够坚守作家的良知，"遵照心灵的指示"，正直独立地展示人性的魅力或者人性被毁灭的过程，从而使他的作品超越了时代限制，获得了永恒的艺术魅力和审美价值。

　　肖洛霍夫的创作在艺术上给了柳青很大启示，但在精神气质上却没

---

① 肖洛霍夫：《深致衷心的谢意——长篇小说〈新垦地〉获得列宁奖金时在克里姆林官的讲话摘录》，见《肖洛霍夫文集》第8卷，人民文学出版社，2005年，第233页。
② 孙美玲编译：《作家与领袖》，北京大学出版社，2000年，第40—41页。
③ 同上，第46页。

有给其带来深刻影响。尽管柳青在《王老婆山上的英雄》以及《狠透铁》中也偶尔能够坚持人道主义或者揭示现实中的问题，在《耕畜饲养管理三字经》《建议改变陕北的土地经营方针》等中关心农业生产与发展，但一直缺乏肖洛霍夫那样"遵照心灵的指示"的独立精神。因而他的小说里，很少有自己的声音。其中不仅有两个民族文化差异的因素，也和两位作家的精神气质密不可分。经历"在延安文艺座谈会上的讲话"的洗礼之后，柳青成为坚定的无产阶级作家，也祛除了自己创作中驳杂的声音，不断努力与主流意识形态获得"共名"。他的《种谷记》《创业史》等作品不仅仅是在讲述革命的故事，同时也是在身体力行革命的信念与理想，并因其"坚定"和"纯洁"，成为著名的"社会主义现实主义"的经典。

当然，柳青在与时代"共名"的同时，也有自己对农业合作化运动的独立判断和非常复杂纠结的写作心态。如果我们细心一点，就会发现《创业史》（第1部）的结局和之前的内容出现了明显的脱节，作者抛弃了"题叙"那样形象化的写法，代之以文件讲话的罗列来推动故事。梁生宝的互助组尚未巩固，一下子就跳跃到了"灯塔社"。作者为何要这样结尾呢？《创业史》的编辑、柳青的挚友王维玲道出了其中原委：《创业史》（第1部）从结局跳跃到1955年底，在这里作者是用心良苦的。他"急匆匆地交代了灯塔社的成立，此时梁生宝的互助组并不稳定、巩固，它的优越性和生命力刚刚开始显露一点，只是因为'在宣传总路线的声浪中，就呼啦啦地联了社'，'像动员好了的军队一样'建立灯塔社。这是生活真实、历史事实，很明显柳青在小说中是有所保留的，他没有像'题叙'和前三十章一样，用生活画面和人物形象去做艺术的充实，而是大段大段地引述当初中央下发的文件，特别强调文件中规定的'按照农民自愿的原则，经过发展互助合作的道路，大约十五年左右的时间内一步一步地引导农业过渡到社会主义的方针'，实现农业合作化的进程。现在在批判'保守主义''小脚女人'的所谓右倾思想后，一下子就掀起了农业合作化高潮，打破了'十五年'计划，一夜之间就进入了高级社，显然是有违原来的决定,对此柳青是有看法的,所以他宁可使联组建社成为一片空白,也要保持第1部形象的纯洁性。这样的不协调的构思,正反映了柳青政治上的成熟和艺术上坚守现实主义阵地,巧妙地'立此存照',抵制一系列'左'的做法的意思。这就是'题叙'和前三十章与'第1部结局'留给我们脱节、割裂感觉的原因所在"[1]。由此我们可以看出,这样的写法似乎也隐约透露出了《创业史》续篇难继的历史宿命。但必须承认,1960年初版所引的文件以及议论过于啰唆重复,作者在1977年删去也是应该的,但问题也随之而来。那就是农业合作化与总路线、统购统销以及工业化的逻辑联系被斩断了,农民为何要欢天喜地、敲锣打鼓地交售统购粮,富农姚士杰为何要极力反抗,人物的行动逻辑从何而来?这些问题都漶漫不清了。这些告诉我们不能完全脱离时代情境,作简单的历史判断和艺术分析,而应该置身时代的语境之中,以"了解之同情"的态度,作忠实而可靠的历史剖析和艺术解读。当然,这不是简单的辩护,而是在找出问题的同时,必须承认柳青及其写作依然有不可取代的优点和经验。比如从艺术观念上而言,他的"三个学校"即"生活的学校、政治的学校、艺术的学校"的写作观念和"六十年是一个单元"的提法依然熠熠生辉,带给文学写作深远的启示。他对中国农村、中国农民历史转型时期心态的把握无疑是大手笔的,塑造的梁三老汉、王二直杠、改霞等的形象已成为高度的人物典型,这已成为共识定论,也是与他同时代的沙汀、林斤澜、王汶石等诸多作家非常认可赞赏的。柳青"以人物结构作品",以梁生宝为核心,展开叙述,用欧洲尤其是苏俄现实主义的写法,硬是不给蛤蟆滩派遣工作组,很洋气地书写农业合作化运动带给中国农民的心理波动、震荡以及冲突,虽然难以超越时代的限制,但心理描写生动细腻、场面恢宏精彩、议论熨帖精辟,截然不同于当时农业合作化小说派遣工作组、自上而下的叙事模式,代表着"十七年"长篇小说创作的最高水平,并对浩然、李准、路遥、陈忠实

---

[1] 王维玲:《柳青洒在〈创业史〉上的生死情》,见《岁月传真——我和当代作家》,首都师范大学出版社,2009年,第95页。

等人的小说创作以及当代农村小说叙事产生了不可替代的深刻影响。陈忠实的《白鹿原》在汲取《创业史》艺术经验的基础上，将柳青"以人物结构作品"写法推至"以人物的文化心理结构作品"，完成了从"史诗"到"秘史"的艰难跨越，将当代长篇小说叙事推至新的境地。因而，我们摒弃那些玩世不恭的嘲笑或者挑剔英雄主义、理想主义和激进主义的浅薄之论，同时也要警惕那些美化历史、掩饰事实的矫情之论。对《创业史》，我们应该怀着拉马丁在读博纳尔的著作时的心情去梳理我们走过的这一历史阶段——"我读这些作品时怀着对过去诗一般的热情和对残垣颓壁产生的崇敬情绪"①，但绝不会去"虚美""隐恶"。

原载《中国现代文学研究丛刊》2014年第3期，原题为《〈创业史〉的文学谱系考论》

---

① 勃兰兑斯：《十九世纪文学主流·法国的反动》，张道真译，人民文学出版社，1997年，第202页。

庾信文章老更成

——陈忠实散文简论

陈忠实散文创作的突破和喷发，是在《白鹿原》完成前后。《白鹿原》的写作不但形成了其独特的叙事方式，同时也让他找到了敞开心扉袒露灵魂的最佳角度。在中国现代散文史上，鲁迅的《朝花夕拾》首次将"乡土散文"推到一个非常高远浑熟的境界，他将简练的叙述和淡淡的抒情融合得恰到好处，开拓了一种"记忆的还乡"的"乡土"散文范式。其后的何其芳、李广田、沈从文、师陀等人都在反复叙述着离开乡土的精神记忆。陈忠实与他们的不同之处在于，他一直没有离开乡土，在精神上一直保持着中国农民最为可贵和可敬的一面，因而他的散文也就消弭了离乡知识分子与乡土的隔膜疏远以及矫情造作的弊病，真正是一种名副其实的由"乡土人"书写的"乡土散文"。正如他自己所说的，早年躺在打麦场上，看着农民丰收的喜悦，"我已经忘记或者说不再纠缠自己是干部，是作家，还是一个农民的角色了"[①]。因而陈忠实往往能将关中方言圆润地融入自己的叙述当中，并以此来承载自己与乡土合为一体的生命状态，从而自铸一体，独具风格。从这个意义上讲，陈忠实丰富了"乡土散文"的内涵，成为"乡土人"写"乡土"的典范。

---

① 陈忠实：《寻找属于自己的句子》，上海文艺出版社，2009年，第99页。

陈忠实的散文大致可以分为三类：一类是童年生命历程的回忆，二是他的"行走见闻"，三是"人生与写作"。生命历程的回忆，只要真情灌注，做到真切感人并不困难。我们知道，《白鹿原》很少写到景物，用作者的话来说，几乎都是"干货"，冷峻而沧桑的叙述风格使我们对作者的情感世界难以有一个透彻的把握。童年生命历程的回忆展示出这个关中汉子感情中细腻的一面。《第一次投稿》《晶莹的泪珠》《生命之雨》《为了十九岁的崇拜》等回忆自己青少年经历的作品，常在"半瓣花上说人情"，把心交给读者，丰富地展露出这个关中汉子纤细敏感的一面。如《晶莹的泪珠》里写到那个不希望他休学的女老师，在他将要离开的时候，她走过来拍了拍他的书包说："甭把休学证弄丢了。"这时候：

> 我抬头看她，猛然看见那双眼睫毛很长的眼眶里溢出泪水来，像雨雾中正在涨溢的湖水，泪珠在眼里打着旋儿，晶莹透亮。我瞬即垂下头避开目光。要是再在她的眼睛里多驻留一秒，我肯定就会号啕大哭。我低着头咬着嘴唇，脚下盲目地拨弄着一颗碎瓦片来抑制情绪，感觉到有一股热辣辣的酸流从鼻腔倒灌进喉咙里去。我后来的整个生命历程中发生过多次这种酸水倒流的事，而倒流的渠道却是从十四岁刚来到的这个生命年轮上第一次疏通的。第一次疏通的倒流的酸水的渠道肯定狭窄，承受不下那么多的酸水，因而还是有一小股从眼睛里冒出来，模糊了双眼，顺手就用袖头揩掉了。我终于扬起头鼓起劲儿说："老师……我走咧……"[①]

这种纯洁高尚的情感、滋润生命的温暖不仅一直保留在作者的记忆当中，同时也强有力地冲决了读者的情感栅栏。这种看似平淡却无限伟大的情感，不单是女性的一种怜才爱人的仁慈高洁，同时也是一种对弱小者的同情、体恤和关爱，这不仅能给人在危难的时候以温暖和抚慰，给人一种

---

① 陈忠实：《俯仰关中》，江苏文艺出版社，2010年，第205页。

如沐春风般的宁静圣洁之美，同时也是一种使人终生铭记、给人激励的然而现时已经渐趋枯竭的温暖记忆。除此之外，这篇短文里写到的父亲在临终时的道歉之语同样也令人肠热鼻酸。父亲苦苦支撑着家庭，因为没有了经济来源，供养不起两个学生，只能让在上中学的作者休学一年，等到家里经济出现转机的时候再复读完成学业。一年后，坚强的父亲还是让作者复学了。结果高中毕业推迟到1962年，由于国家经济十分紧张，高校招生人数大大缩减，作者无缘踏进大学校门。在他休学的二十五年之后，也就是父亲临终时，却对儿子说："我不该让你休那一年学""错过一年，让你错过了二十年……"①这怎么能怪父亲啊，社会政策的变迁给个人命运带来的转变，和父亲又有什么关系呢？然而，伟大的父亲不怨天尤人，却将责任完全归结于自己，这正是黄土地上忍辱负重、任劳任怨，支撑着这个国家和民族，并无私供养着儿女的伟大父亲的灵魂写照，读来不禁令人唏嘘流泪。《告别白鸽》是写自己养鸽子的经历的，和《晶莹的泪珠》一样，展现出这个地道的关中汉子柔情婉约的一面。在自己写作的寂寞岁月里，两只白鸽活跃了白鹿原下老宅的盎然生机，同时和我产生了一种超越动物种属的难得信赖。鸽子"捕食的温情和欢乐的声浪会使人的心绪归于清澈和平静"，使得作者享受生命的静谧并得到理智的清醒，更重要的是这种消除了动物种属的感情以及哺育幼崽的动人情景，"有形无形地渗透到我对作品人物的气性的把握和描述的文字之中"。②当白鸽遭到鹞鹰的袭击的时候，作者表现出一种割肉饲鹰般的慈悲情怀来——"我在太阳下为它洗澡，把由脏手弄到它羽毛上的脏洗濯干净，又给它的腿伤上敷了消炎药膏，盼它伤愈，盼它重新发出羽毛的白色。然而，它死了……"③在和白鸽的相处中，作者表现出对美的炽热的爱，对生命的尊重和呵护，对弱小者的体谅和同情，表现出一个作家伟大的敏感和仁慈的怜爱来。读到

---

① 陈忠实：《俯仰关中》，江苏文艺出版社，2010年，第206页。
② 同上，第5页。
③ 同上，第10页。

这里，我们不禁会想起陪伴路遥写作《平凡的世界》的那只可爱的老鼠。只有超越了庸俗的博大的仁爱，才能给作品注入坚不可摧的魅力，这是伟大作品普遍具有的共性，而这种东西，不是惺惺作态的故作高姿，而是如涓涓细流一般，从作品中润物无声地流淌出来。陈忠实的作品，无疑做到了这一点。

真正圆熟丰润、饱含魅力和体现陈忠实散文风格的，是其"人生与写作"系列。标志着他散文卓然形成自己独特风格的，是他那篇苍劲悲凉、酸心热耳、情真意切的《别路遥》。这个时候，阅历和体验被思想和智慧点燃了，流露出智慧的参悟，再加之粗犷劲硬的语言风格，形成了鲜明的个性和独特的魅力。比如：

我们不得不接受这样的事实，无论这个事实多么残酷以至至今仍不能被理智所接纳，这就是：一颗璀璨的星从中国的天宇间陨落了！

一颗智慧的头颅终止了异常活跃异常深刻也异常痛苦的思维。

这就是路遥。

他曾经是我们引以为自豪的文学大省里的一员主将，又是我们这个号称陕西作家群体中的小兄弟；他的猝然离队使得这个整齐的队列出现一个大位置的空缺，也使这个生机勃勃的群体呈现寂寞。当我们：比他小的小弟和比他年长的大哥以及更多的关注他成长的文学前辈们看着他突然离队并为他送行，诸多痛楚因素中最难以承受的是物伤其类的本能的悲哀。①

这种沧桑而有劲道的表达方式，实际上也正是他此时正在创作的《白鹿原》的语言风格。如果用关中方言朗诵这段饱含深情的话，我们能够体会到的是类似于秦腔曲词的隽永和悲凉。作者深情以系的不仅仅是天妒英才的抱怨和"年长的大哥"为小弟离队送行的个人感慨，同时也是一种物

---

① 陈忠实：《陈忠实文集》第5卷，太白文艺出版社，1996年，第417—418页。

伤其类的宏阔关怀。

如果说《别路遥》标志着陈忠实散文风格的形成,那么,《原下的日子》则标志着他瘦硬苍劲、睿智淡泊的散文风格的成熟。白鹿原的旧宅老屋,是其《白鹿原》的写作完成之地,他在这里"思接千载,视通万里",展开了渭河平原五十年的历史变迁,复活了这个原上孜孜不息的人们,并赋予他们以血肉和精神。因而也可以说陈忠实在向农村或者家中老宅回归的过程中,爆发出了洞观历史、复原历史的写作冲动,并在这个灵魂栖息之地完成了一部民族的"心灵秘史",这个旧宅老屋可以说是他文学写作和精神生命中的一个原点。当重新回到这个精神原点的时候,他对这个宅院的历史作了一个简略而沧桑的梳理:

> 我的这个屋院,曾经是父亲和两位堂弟三分天下的"三国",最鼎盛的年月,有祖孙三代十五六口人进进出出在七八个或宽或窄的门洞里。在我尚属朦胧混沌的生命区段里,看着村人把装着奶奶和被叫作厦屋爷的黑色棺材,先后抬出这个屋院,再在街门外用粗大的抬杠捆绑起来,在儿孙们此起彼伏的哭嚎声浪里抬出村子,抬上原坡,沉入刚刚挖好的墓坑。我后来也沿袭这种大致相同的仪程,亲手操办我的父亲和母亲从屋院到墓地这个最后驿站的归结过程。许多年来,无论有怎样紧要的事项,我都没有缺席由堂弟们操办的两位叔父一位婶娘最终走出屋院走出村子走进原坡某个角落里的墓坑的过程。现在,我的兄弟姊妹和堂弟堂妹及我的儿女,相继走出这个屋院,或在天之一方,或在村子的另一个角落,以各自的方式过着自己的日子。眼下的景象是,这个给我留下拥挤也留下热闹印象的祖居的小院,只有我一个人站在院子里。原坡上漫下来寒冷的风。从未有过的空旷。从未有过的空落。从未有过的空洞。①

---

① 陈忠实:《俯仰关中》,江苏文艺出版社,2010年,第96—97页。

这不仅仅是对自己生命历程和家庭兴替的回望，也可以说是关中平原乃至整个中国农村千百年来农民生生不息的一个缩写。农村和农民正是以这样坚韧的生命力延续着历史的承接，支撑着整个中国社会。作者并没有局促于一家之变迁，而是在其更迭过程中结合着社会历史的演变，贯彻着作者关于人生的纵深思考。农村从人丁"鼎盛"到"空旷""空落"甚至"空洞"，这是所谓的现代化带来的进步，还是令人忧郁的寥落？那种儿女子孙呼天抢地送别亲人的场面是否还在继续？那种延续几千年的被火葬代替的土葬所承载的民俗仪式，是否还可以找寻到？……短短的一段文字，打破"一己之小我"，将"乡土中国"或者"乡土关中"转化为一种人生经验和民俗文化的"象征"，成为一种时代变迁的心灵记录，从而使得作者的叙述具有了人类学的意义。

陈忠实的散文因为"真"而蕴含着"力"，因为"力"又突出了"美"。这些生命历程的反观，不仅仅是对美好生命、人生足迹的重新品咂，同时表现出对生活的感恩、对人性中闪光之点的擦拭珍重以及心态的自然澄澈，表现出高远淡然的人生境界、阅尽人世沧桑的宽厚仁义，令人如嚼橄榄，回味不绝。其散文语言的突出特点就是质朴，犹如黄土一般纯朴无华，他熟稔地将历经岁月磨洗而又容易被人接受的关中方言纳入叙述之中，如同一位智慧的老农在讲述岁月的变迁，显得土气，同时又彰显出大气和浓烈的地域风采，可谓"庾信文章老更成"。这同作者的诚挚和坦荡结合起来，"豪华落尽见真淳"，形成了一种类似老托尔斯泰式的洗尽铅华的"笨拙"。这种写法，是才子式的"独抒性灵"或者学者式的"感兴寄托"所无法企及的境界。同时，他摆脱了对生活表象的记录，而是在其丰富的"人生体验"升华磨砺之后，感慨系之，吐纳为一种饱经沧桑的睿智和超然，如同苍凉的古筝独奏，声声撞击人的心坎。

原载《名作欣赏》2012年第1期

灞桥风雪因鹿鸣

——论陈忠实的旧体诗词创作

陈忠实对诗歌的迷恋，可以追溯到初中时期。他初中二年级时喜欢上文学，初中三年级适逢"诗歌大爆发"，受时代氛围的影响，写了不少诗歌，其中有一首题为《钢、粮颂》，发表在1958年11月4日的《西安日报》上，为其见诸铅字的最早作品。①陈忠实后来回忆说："写诗是我年轻时的小爱好，那会儿我就爱写个短诗啊、小散文啊。那时候诗情来了，根本压抑不住，写诗的数量远远超过了散文，但因胆小怕羞也不敢往外投稿，只是自己没事抒发一下情绪而已。"1965年3月8日，他在《西安晚报》上发表了散文处女作《夜过流沙河》。早两日即3月6日，他在《西安晚报》发表了十四行的诗歌《巧手把春造》②。《西安晚报》的编辑回信对他说，他的散文比诗写得好；另外，术业有专攻，人的精力有限，应该把重心放在散文上，重点突破。③由此，陈忠实在散文创作上花的精力多一些，不过很快即倾力于小说创作。邢小利考察陈忠实的读书兴趣和文学接受发现："陈忠实早年读书，主要是小说，几乎没有见他提过散文、诗

---

① 邢小利：《论陈忠实的创作道路与文学史意义》，见《陕西作家与陕西文学》上册，陕西人民出版社，2017年，第63页。
② 邢小利、邢之美：《陈忠实年谱》，陕西人民出版社，2017年，第11页。
③ 职茵：《著名作家陈忠实，一生爱诗鲜有人知》，载《西安晚报》2009年5月24日。

歌和戏剧，更不要说文学理论、文学批评以及历史、哲学、文化一类书籍了。这一点非常重要。诗歌和散文或者干脆说诗文，从某种意义上说，更多的是属于文人或者说是知识分子作家的雅好。陈忠实的文学趣味不在这里。这也是他后来几乎不写诗（平生只写了一首自由诗，写了二三十首不讲格律的旧体诗词），散文（多数为五十岁以后之作）也写得不是太讲究的原因。陈忠实似乎从一开始，就在潜意识里给自己定位为一位小说家。"①潜意识里做一名小说家的自我定位，使得陈忠实在小说（尤其是当代小说和外国小说）的阅读方面尤为用力，对中国传统诗词的阅读和接受极为有限。不过他诗兴并未泯灭，在《白鹿原》完成之后，"诗人兴会更无前"，对古典诗词的阅读兴趣前所未见，并萌发了模仿写作的冲动。他"没有下过太大功夫研究旧体诗词的形式特点"，"只是利用旧体诗词这种形式来表达他当下的思想感情"。②也就是说，陈忠实的旧体诗词创作，是一种明心见性的陈氏自度诗词。且不去考虑其诗词是否合辙押韵、对仗工整，从中我们可以窥探到作者的创作心态、性情风骨与内心世界，这也是本文写作的主旨。整体而言，陈氏诗词有着鲜明的个人化特点——瘦硬劲挺、慷慨悲凉，类松柏虬枝，似秦腔唱词，热耳酸心之中不坠志向，沉郁之中不落颓丧，蕴含着胎息自然、不汩其真的诗学精神。这也是吸引笔者试以申论的缘由。

《白鹿原》书稿完成之后，得到了评论家李星、人民文学出版社编辑高贤均与洪清波的肯定，陈忠实心境豁然，迎来了"五十年生命历程中最好的一个春天"。他"即景生情，因情生景"，灞桥柳色、返青的麦田，

---

① 邢小利：《陈忠实的读书兴趣和文学接受》，见《陕西作家与陕西文学》上册，第120页。
② 邢小利：《陈忠实的读书兴趣和文学接受》，见《陕西作家与陕西文学》上册，第115页。按：关于陈忠实新诗的写作数量，邢小利此文与他本人的《论陈忠实的创作道路与文学史意义》一文以及《陈忠实年谱》矛盾，也与陈忠实的回忆不符。应该是：陈忠实50年代末到60年代初写了不少自由新诗，发表的最少有《钢、粮颂》《巧手把春造》两首。

以及河川与原坡满眼的绿色，使其"前所未见地敏感"①，目视神遇、外与内符、心与物契、神与物游，使得其对古典诗词有了自己也难以料及的雅兴。在《寻找属于自己的句子》的第十六节，陈忠实以"读诗诵词，前所未有的闲情逸性"为题，记述了自己产生"闲情逸性"的原因：

> ……这是我预料不到的一次阅读，竟然对几十年不断阅读着的小说（包括名著），在写完《白》稿之后顿然失去了兴趣，竟然想读中国古典诗词了。尽管未能接受高等文科教育，深知国学基础浅而又薄，然几十年来仍然兴趣专注于现当代文学和翻译文学作品的阅读，从来也舍不得把业余有限的时间花费到国产古典辞章的阅读中去。这回突然发生的阅读中国古典诗词的兴趣，也并非要弥补国学基础的先天性不足，再说年届五十记性很差为时已晚了，可以说是没有任何功利目的纯粹欣赏的兴趣。我后来想过，这种欣赏兴趣的发生，在于古典诗词的万千气象里的诗性意境，大约是我刚刚完成小说写作的长途跋涉之后所最渴望沉湎其中的。然而，在《白》的阅审尚未确定的悬心状态里，又很难潜心静气地进入其中，以至用高声朗诵来排解对《白》可能发生的不堪的结局的焦虑。现在，有了高贤均和何启治的肯定，也有李星的别具个性的语言的肯定，我便完全松弛下来了，进入一种最欣慰也最踏实的美好状态，欣赏古典诗家词人创造的绝佳意境就成为绝好的精神享受了。②

由此可见，灞桥春天辽阔盎然的诗意，与陈忠实完成"垫棺作枕"之作后踏实舒展的生命状态互为感发、相互契合，激发了他不曾有的敏感，以及前所未有的诗情与诗性，古典诗词遂成为他情感慰藉与精神享受的最佳文体。这也是旧体诗词所独具的文学功能使然，正如有学者所言："旧诗有感情容量度，他种文学形式所能容者能之，不能者亦能之，其'娱乐

---

① 陈忠实：《陈忠实文集》第9卷，人民文学出版社，2015年，第439页。
② 同上，第440页。

性'或有用性似在此;旧诗虽不盛,方块汉字一日存在,旧诗终当不灭,而维持其'娱乐性'或有用性。"①旧诗如此,词亦如此。在吟咏李白、杜甫、苏东坡、陆游的诗词的同时,陈忠实按捺不住自己的"诗性",开始尝试用诗词袒露自己创作历程与心情心态。1992年夏天,他填了平生第一首词《小重山·创作感怀》。不久,又填了《青玉案·滋水》。两首词如下:

小重山·创作感怀

春来寒去复重重。掼下秃笔时,桃正红。独自掩卷默无声。却想哭,鼻涩泪不涌。 单是图利名?怎堪这四载,煎熬情。注目南原觅白鹿。绿无涯,似闻呦呦鸣。

1992年夏

青玉案·滋水

涌出石门归无路,反向西,倒着流。杨柳列岸风香透。鹿原峙左,骊山踞右,夹得一线瘦。 倒着走便倒着走,独开水道也风流。自古青山遮不住。过了灞桥,昂然掉头,东去一拂袖。

1992年夏②

为了《白鹿原》这部死后可以"垫棺作枕"的大书,陈忠实四年磨一剑,万人如海一身藏于白鹿原,过起归园田居的清淡生活。大作竟稿,尚待评判,其中甘苦,翻江倒海。他自己曾立下誓言:《白鹿原》如果砸了,他就和老婆回家养鸡。虽说"有心人,天不负",但苍天负人何曾少见!回味四年辛酸,他情不自禁。前一首写创作之苦,或者可谓他笃信的那句"文学是愚人的事业"的诠释。开篇作者见景生情,感物而动。时光飞逝,春来冬去,四载春秋,与世隔绝。"掼下秃笔时",已是"桃正红"。知作者者,谓为理想而求索;不知作者者,谓为名利而自囚。接下

---

① 高旅:《散宜生诗·高序》,见本社编《聂绀弩旧体诗全编》,武汉出版社,2005年,第7页。
② 陈忠实:《陈忠实文集》第10卷,人民文学出版社,2015年,第422页。

来，作者突以问句承接——"单是图利名？怎堪这四载，煎熬情"，自问自答，由写景转入写心境，自然妥帖，浑然天成。究竟是什么能够支撑作者绳床瓦灶孜孜以求呢？未尽之语，作者进一步点明——"注目南原觅白鹿。绿无涯，似闻呦呦鸣。"正是南原那群呦呦鸣叫的吃享苹草的白鹿，使作者"瘖寐思服"。作者巧妙地将《诗经·鹿鸣》中的典故嵌入其中，以指代其《白鹿原》，一语双关，言近旨远。后一首寄情山水，借以言志，别有韵致。上阕写滋水独特的自然气象，"涌出石门归无路，反向西，倒着流"。一个"涌"字，力显喷发之势，起笔不凡。自古河水顺东流，滋水反其道而行，足见其特别。表面上写自然景观，实为自喻。《白鹿原》写作之时，恰逢下海大潮，众人皆东而唯作者向西，足见作者其志之笃、其力之坚。不独"杨柳列岸风香透"，更有"鹿原峙左，骊山踞右，夹得一线瘦"。如此情境，不但要有"咬定青山不放松"之坚强，还得有"千磨万击无改变"之韧劲，才能在众声喧哗中发出自己的声音。"透"，足见诱惑之大；滋水在白鹿原与骊山之间，被"夹得一线瘦"，如丝如线，"夹"与"一线瘦"足见环境之险恶。下阕直抒胸臆，一腔豪迈。"倒着走便倒着走"显作者之决绝，"独开水道也风流"彰作者之气魄。辛稼轩云："青山遮不住，毕竟东流去。"确如此言，一时之喧闹浮华瞬间即会风流云散，留下来的只有灵魂冲突孕育出来的佳作。至此，作者笔锋突然一转，吟出"过了灞桥，昂然掉头，东去一拂袖"的惊人之句。"夹得一线瘦"，不过形势使然，但这也是"苦其心志、劳其筋骨"，成其事业之地，"过了灞桥"，情势就截然不同了。这里我们顺便说说陈忠实的出生地灞桥。用陈忠实的话来说，灞桥是他"心灵中最温馨的一隅"，这个以折柳送别而闻名于世的地方曾得到历代诗人的不断咏叹，陈忠实在《故乡，心灵中最温馨的一隅》一文中深情地讲述了灞桥对其创作的哺育——"灞桥是我家乡，生我，养我，培育滋润了我。我有幸在家乡工作二十年，服务不够，却得益匪浅。正是那里的如韩康一样'卖药不二价'的父老乡亲，给我以深刻的影响；在那二十年的乡村基层工作中，我才逐渐加深了对社会和人生的了解和体验；完全可以这样来概括，如果没有那二十年的乡村工作实践，我的全部文学创作都是不可想象的，或者说完全会是另外一种面貌。基于这样一种情怀，我向你们鞠躬了，故乡的父老乡亲。"[1]灞桥风雪吟咏苦，这里我们不由得联想到"灞桥风雪"的著名典故。唐昭宗时宰相郑綮善作诗，"或曰：相国近有新诗否？对曰：诗思在灞桥风雪中、驴子上，此处何以得之？盖言平生苦心也"。（孙光宪：《北梦琐言》卷七）足见作诗之苦。陆放翁即有"灞桥风雪吟虽苦，杜曲桑麻兴本浓"（《耕罢偶书》）之句，现代著名学者钱锺书亦有"灞桥风雪驮诗物"（《戏问》）和"灞桥驴背雪因风"（《寻诗》）之句。陈忠实的《白鹿原》，正是在"灞桥风雪"中磨砺孕育出的佳作巨制。文章千古事，灞桥风雪寒。"过了灞桥"暗合此典故，无折柳送别之愁绪，有坚卓毅然之豪情。

除这两首词之外，陈忠实袒露自己创作心路的铮铮之作还有《七律·和路友为先生诗》和《七律二首·故乡》。路友为即著名剧作家芦苇[2]，他既是陈忠实的朋友，也是电影《白鹿原》的编剧。在赠陈忠实的诗里，他写道："壮哉秦风妙手传，如史如诗白鹿原。笔意纵横八百里，墨痕点染五十年。但听滋水歌当哭，难解白鹿情与缘。敢问雍村枕书人，方志续修更几篇？"路友为赞誉老友《白鹿原》之如椽巨笔，期待老友新作问世。陈忠实酬唱道："欣慰拙著有人传，沟通两心是古原。稚少痴梦艺苑里，老大醉耕不计年。遭遇灾变谁无哭？醒来沉静我有缘。寄语钟情白鹿人，体验不深不谋篇。"[3]"稚少痴梦艺苑里，老大醉耕不计年"云其对文学的执着，为自己文学之路的真实写照；"寄语钟情白鹿人，体验不深不谋篇"言创作体验，可谓"金针"与人。"金

---

[1] 陈忠实：《陈忠实文集》第5卷，人民文学出版社，2015年，第398—399页。
[2] 芦苇，原名路友为，著名剧作家。1950年3月出生于北京，在西安长大，任编剧的著名电影先后有《疯狂的代价》《黄河谣》《一地鸡毛》《霸王别姬》《活着》《秦颂》《红樱桃》等，导演的电影有《西夏路迢迢》等。
[3] 陈忠实：《陈忠实文集》第10卷，人民文学出版社，2015年，第424页。

针"即陈氏将"生活体验""生命体验"与"艺术体验"高度融汇的"三体验"创作理念。80年代中后期,陈忠实开始调整自己的创作,有意识地激活自己的生活积淀,剥离体验生活带来的限制,自觉地从生活体验的层面进入生命体验的层面。他认为:"作家进行文学创作唯一依赖的是一种双重性的体验,由生活体验而发展到生命体验,由艺术学习发展到艺术体验,这种双重体验所形成的某个作家的独特体验,决定着作家的全部艺术个性。"①关于生活体验,陈忠实"强调的是作家个体体验不仅要尊重生活,研究生活,更要使作家的思想情感深陷生活去真切感受却不停留于生活,努力去开掘生活的本真层面及其意义,即便是历史生活"②。在他看来,"生命体验由生活体验发展而来,生活体验脱不出体验生活的基本内涵。……普遍的通常情况是,一般的规律作家总是经由生活体验进入到生命体验阶段的;并不是所有作家都能经由生活体验而进入生命体验的,甚至可以说进入生命体验的作家只是一个少数;即使进入生命体验的作家也不是每一部作品都属于生命体验的作品"③。生命体验是一种陌生化的个人化体验,"生命体验首先也是以生活为基础的,生命体验不单是以普通的理性理论去解剖生活,而是以作家个人独立的关于历史关于现实关于人的生存的一种难以用理性言论做表述而只适宜诉诸形象的感受或者说体验。这种体验因作家的包括哲学思维个人气性等等方面因素而产生,所以永远不会重复也不会雷同"④。如何从"生活体验"进入"生命体验",陈忠实这样论述道:"我觉得从生活体验进入到生命体验,好像已经经过了一个对现实生活的升华的过程,这就好比从虫子进化到蛾子,或者蜕变成美丽的蝴蝶一样。在幼虫生长阶段、青虫生长阶段,似乎相当于作家的生活体验,虽然它也有很大的生动性,但它一旦化蝶了,它就进入了生命

---

① 陈忠实:《陈忠实文集》第6卷,人民文学出版社,2015年,第214页。
② 冯希哲:《从"三个学校"到"三种体验"——论陈忠实文学创作观念的转变》,载《陕西日报》2013年11月28日。
③ 陈忠实:《陈忠实文集》第6卷,人民文学出版社,2015年,第215页。
④ 同上,第216页。

体验的境界,它就在精神上进入了一种自由状态。这个'化'的过程就是从生活体验进入到生命体验的一个质的过程,这里面更多地带有作家的思想和精神的色彩。……对于一个作家来说,他的创作发展也有一个从生活体验到生命体验的过程。有些作家能够完成这个全过程,而有些作家可能从来也没有完成这个过程,这种作家是大多数的。就我的感觉,属于生活体验层次的作品是大量的,而进入了生命体验层面的作品是少量的。"①"生命体验"不是对生活的个人化的简单反馈,而是置于历史、民族、人类、人性前提之下的个人化表达。"艺术体验"不是别人经验的照搬,而是融汇着自己思索的扬弃和升华,这样才能摆脱影响者的阴影,找寻到真正属于自己的风格。经历了80年代痛苦的剥离之后,陈忠实对柳青"三个学校"(生活的学校、艺术的学校、政治的学校)的创作理念进行了深刻的反思和清理,同时祛除了中华人民共和国成立以来简单化的"体验生活"带来的问题和弊端,开掘出自己独特的创作方法论,即"三种体验"(生命体验、生活体验、艺术体验)相互融合,并以自己的创作尤其是《白鹿原》,充分证明了其艺术思考及其实践的合理性和深刻性,留给我们弥足珍贵的理论资源和艺术经验。"体验不深不谋篇"一句虽短,却蕴含着陈忠实几十年创作的深刻经验。《七律二首·故乡》其一回顾自己半个世纪的创作历程,不禁感慨:"轻车碾醒少年梦,乡风吹皱老客颜",当年那个在文学路上逐梦的少年,已经满脸皱纹,垂垂老矣;"来来去去故乡路,翻翻复复笔墨缘",回乡之路与文学之路一样,情感愈老愈笃,因而,有尾联"踏过泥泞五十秋,何论春暖与春寒"之句。其二回忆自己当初创作《白鹿原》的豪情:"魂系绿野跃白鹿,身浸滋水濯汗斑",如今作品虽已完成,但世事依然无奈,因而不禁生发出"从来浮尘难化铁,十年无言还无言"②的叹惋。在写这首诗的1996年,陈忠实身处文坛、官场(当然他从来没有将自己当作官),已经感到某种不适应和

---

① 陈忠实:《陈忠实文集》第7卷,人民文学出版社,2015年,第383—384页。
② 陈忠实:《陈忠实文集》第10卷,人民文学出版社,2015年,第425页。

无奈。到了新世纪后,这种不适应和无奈更为强烈,他干脆回到原下居住,《原下的日子》中写道:"我站在院子里,抽我的雪茄。……这个给我留下拥挤也留下热闹印象的祖居的小院,只有我一个人站在院子里。原坡上漫下来寒冷的风。从未有过的空旷。从未有过的空落。从未有过的空洞。"正如有论者所分析的:"三个'空'字,三个斩钉截铁的句号,极力表达着作者内心的空茫和宁静。"①陈忠实写道:"我不会问自己也不会向谁解释为了什么又为了什么重新回来,因为这已经是行为之前的决计了。丰富的汉语言文字里有一个词儿叫龌龊。我在一段时日里充分地体味到这个词儿的不尽的内蕴。"在这里,"陈忠实反复斟酌拈出的'龌龊'一词,已经透露了他复归原下的原因。具体是什么'龌龊',没有必要追问"②。文章结尾,陈忠实引用白居易咏灞桥的七绝《城东闲游》,"借他人酒杯,浇自己块垒",表明自己的态度——"宠辱忧欢不到情,任他朝市自营营。独寻秋景城东去,白鹿原头信马行。"并进而发挥道:"这是白居易的一首七绝。是诸多以此原和原下的灞水为题的诗作中的一首。是最坦率的一首,也是最通俗易记的一首。一目了然可知白诗人在长安官场被蝇营狗苟的龌龊惹烦了,闹得腻了,倒胃口了,想呕吐了。却终于说不出口呕不出喉,或许是不屑于说或吐,干脆骑马到白鹿原头逛去。还有什么龌龊能淹没脏污这个以白鹿命名的原呢?断定不会有。"③这可谓陈忠实的慷慨明志:某种生活是肮脏的、龌龊的,"任他朝市自营营";白鹿原是干净的,没人能"淹没脏污",自己"白鹿原头信马行",要保持独立和清白。

陈忠实袒露自己创作历程和创作心态的诗词,风格以瘦硬劲峭为主。不过,他也有细腻婉约的诗词,如《阳关引·梨花》《菊花诗二首》

---

① 邢小利:《论陈忠实的创作道路与文学史意义》,见《陕西作家与陕西文学》上册,陕西人民出版社,2017年,第73页。
② 同上。
③ 陈忠实:《陈忠实文集》第7卷,人民文学出版社,2015年,第232—238页。

《凤栖原》等。他写于1994年3月的《阳关引·梨花》为此风格的代表。朋友送他四株梨树，陈忠实植于后院。四年后的清明节，一夜春风，梨花盛开。词的上阕，描摹梨花盛开之状，不惜笔墨，"春风撩拨久，梨花一夜开。露珠如银，纤尘绝"，梨花天姿灵秀，意气高洁。"看团团凝脂，恰冰清玉澈"之句，绘白锦无纹、琼葩堆雪如在眼前，不与群芳同列之格调顿出。下阕转入抒情，寄托遥远，"自信千古，有耕耘，就收获"。当时路遥去世不久，作者同时借此词寄托自己的悲痛，因而有"花无言，魂系沃土香益烈"之句，令人不禁联想起陆放翁"零落成泥碾作尘，只有香如故"的名句。

陈忠实的旧体诗词，只是用诗词的形式来抒怀遣兴，传情达意。一时兴起，无暇顾及韵律和平仄，是独抒情性的自度之作。因此，他多自吟自赏，很少示人。讲究平仄、恪守韵律固然能增强诗词的美感，但如果不敞开灵魂、吐露本心，又极易落入旧套式的藩篱，也难以动人以情。他一生共创作了二十三首旧体诗词，大致可分为四类：创作述怀、写景状物、时事感发与友朋酬唱。创作述怀因灌注了自己的深刻体验，真诚感人，也是他的诗词里可读性和艺术性最好的。写景状物类稍次，时事感发与友朋酬唱类平平，艺术性较差。就写法而言，用清代词人况周颐的话来说，陈忠实的诗词"重、拙、直"。"重"，即"沉重之调，在气格，不在字句"，"情真理足，笔力能包举之，纯任自然，不加锤炼，则'沉着'二字之诠释也"。"拙"，是拙硬、拙厚、拙朴、古拙，出自天然，而非拙劣、拙笨、拙陋。[《蕙风词话》（卷一）]庄子所说的"既雕既琢，复归于朴"，即指此。明末清初的著名书法家傅山论书艺有"宁拙毋巧、宁丑毋媚、宁支离毋轻滑、宁直率毋安排"的"四宁四毋"论。书艺如此，诗词亦然。陈忠实的书法（陈忠实称自己不是写书法，而是用毛笔写的毛笔字而已），也多少切合此论。"直"，是指用词直接，不避奇峭，刚劲倔强，以骨气见胜。陈忠实的诗词，注重心灵与主观感受的表现，含婀娜于刚健，自然真率，凝重沉着，可谓其人格与文品的真实写照。尤其是创作述怀类的诗词，任心而动，摆脱了音律和平仄的束缚，直抒胸臆，气畅势顺，元气淋漓。既翩跹回翔，也豪迈宕逸，古拙厚重之中散出慷慨悲壮之意，同时又不落沮丧，排遣了一种慷慨悲凉、倔强大气的情绪，展示出一种苍劲而富有韧性的生命力量和开敞豁达的人生境界，既耐得住咀嚼，也提供给我们一个洞察作者文学园地和心理世界的独特窗口。

原载《新文学评论》2017年第3期

路遥小说的道德空间

路遥是文学上的道德主义者。他的小说叙事,不追求建造美学的大厦,而是竭力构建道德的理想国。他以虔诚的道德热情、诚挚的生活关怀、深沉的苦难思考,以及史诗式的写作追求,形成了朗润和畅而又浩荡澎湃的艺术世界。他的小说,灌注着其关于人生的道德信念、道德激情和道德理想,是"以道德完善为目的"的关爱人、教诲人、鼓励人、重塑人的布道式文学。他以审美的形式参与社会生活,以"城乡交叉地带"为叙事中心,聚焦"平凡的世界"奋斗者的生活,将过去、现在和未来整体性地贯穿起来,给予"奋斗者"和"孤独者"以巨大的道德感化和精神慰藉,表现出强烈的时代精神、深沉的历史意识和巨大的精神能量。他的代表作《平凡的世界》汇聚了其所有的道德热情和道德理想,成为众多读者极为欢迎的道德"训诫书"和精神"圣经",在当代文坛形成了"畅销"而又"长销"的文学景观。同时,《平凡的世界》"落伍"的现实主义叙事、松散的艺术构架、道德感的"肥大增生"等问题,遭到了学院派和文学史的冷落。近年来,由于某种需要,其又被高度赞誉。因此,如何阐释其"阅读"与"评价"的两极现象,尤其是如何定位《平凡的世界》的道德书写,阐释其道德空间,成为路遥研究中至为关键的问题。

一

在路遥的小说中,传统道德与现代生活、理性与情感之间的矛盾和冲突，成为其"痛苦而富于激情"的叙事主题。用路遥的话来说，即"当历史要求我们拔腿走向新生活的彼岸时，我们对生活过的'老土地'是珍惜地告别还是无情地斩断呢？"在这一社会转型过程中，我们"将付出巨大的代价，其中就包含着我们将不得不抛弃许多我们曾珍视的东西"[①]。面对现代生活与传统道德的巨大冲突，路遥无法割断同道德传统、乡土伦理的联系，其道德理想的德性论选择，无意识地流露出对传统道德的眷顾，同时也体现出明显的现代性道德焦虑。他聚焦"城乡交叉地带"，通过青年奋斗者在人生十字路口的两难选择，表现乡村生活与现代生活的互渗和冲突，展现了传统道德与现代生活的纠结碰撞和尖锐冲突，形成了以道德书写为中心，以人情美和人性善为道德尺度，以道德完善为叙事母题，以道德理想国的审美重建为旨归的叙事特征。

路遥在小说创作伊始就体现出以道德为尺度、以道德完善为旨归的叙事特征。从道德美学的角度来看，"在本源的生命活动中，审美的活动必然要求符合道德的意愿，道德的意愿往往必须满足审美者的生命意志"[②]。在路遥的小说里，作为人类生命本源的道德活动和审美活动做到了内在的统一。他也是当代少数几个能将道德活动和审美活动做到内在统一的小说家。不过，这种道德的审美化在他小说里的表现并不是一成不变的，而是表现出极大的不稳定性和不均衡性。在他早期的作品中，我们可以看到时代变化在道德领域引起的冲突变化，这种变化以传统的德性论为价值天平，体现出界限清晰、黑白分明的道德判断。如《惊心动魄的一幕》中的马延雄，在史无前例的动乱岁月里，面对复杂的形势和艰难的个人处境，能够处危不惊、临危不乱，表现出一位县委书记的魄力和共产党员的正气。小说过多停留在外部氛围的渲染上，没有深入开掘人物的内心世界，形象简单而又粗糙，道德世界也显得政治化和理念化。《姐姐》中的"姐姐"生于农村，却爱上了城里的洋学生高立民。后来生活变化，高

---

① 路遥：《早晨从中午开始》，十月文艺出版社，2013年，第61页。
② 李咏吟：《审美与道德的本源》，上海人民出版社，2006年，第1页。

立民抛弃了这个淳朴善良的乡下姑娘。故事没有跳出"痴心女子负心郎"的传统观念,体现出城市与乡村的道德冲突和精神差距,但作者并没有深入开掘下去。《你怎么也想不到》中的郑小芳,大学毕业后摆脱了城市生活的诱惑,抛弃热恋的爱人,毅然回到童年梦想的毛乌素沙漠,去实现自己的理想,做出自己的贡献。这种无私而又崇高的精神世界,对时代精神简单诠释、高度认同,没有提供跳出时代精神所规定的更多的东西。《黄叶在秋风中飘落》的卢若琴,一个乡村学校的女教师,有着纯洁美好的心灵。她不能忍受同事被妻子折磨,不能忍受当文教局局长的哥哥卢若华觊觎挖走同事的妻子。出于母性和同情,姑娘家的她不顾闲言碎语,照顾同事高广厚,把他的孩子当作自己的孩子。面对哥哥卢若华的辩护,她镇静地说:"是的,你没违法。但不道德!"①"道德"或"不道德",可以说是路遥人物塑造的中心和衡量人物的唯一标尺。他前期小说中的马延雄、马建强、吴亚玲、郑小芳、卢若琴、高广厚等,虽然都称不上高度饱满的"圆形人物",但由于"突出了内在精神的核心是道德的内化——平凡的人物因此获取了不同凡响的精神境界和闪光的性格"②,散发出迷人的道德诗意和人性光辉。在《人生》中,路遥呈现出复杂的道德态度,道德书写到达了其前所未有、后所未至的境地,传统道德和现代生活的冲突得到了圆融而集中的表现。一方面,高加林追求属于自己的生活,要实现自己的价值,甚至表现出膨胀的野心和坚决的个人主义——"我联合国都想去。"③在现代社会中,这无可非议;另一方面,他的选择要以抛弃巧珍和传统道德为代价,无疑会受到道德的批判和良心的谴责。在这种两难的人生选择和道德取舍中,高加林无论如何选择,都无法解开现代生活和传统道德之间的纽结,无法获得鱼肉兼得的圆满人生。因而,小说的道德

---

① 路遥:《黄叶在秋风中飘落》,见《人生》,十月文艺出版社,2013年,第202页。
② 胡辉杰:《路遥:德性的坚守及其偏执——以〈平凡的世界〉为中心》,载《理论与创作》2004年第2期。
③ 路遥:《人生》,十月文艺出版社,2013年,第133页。

世界具有前期小说所不曾拥有的复杂性和矛盾性，呈现出涵泳不尽的美学蕴藉。高加林选择离开土地，我们看到城市生活和现代文明对农村青年难以阻遏的诱惑，同时也看到了传统道德伦理的脆弱。但在最后，生活却同高加林开了个玩笑，现代生活和浪漫爱情离他而去，他只得回到他嫌弃并千方百计离开的乡土世界。德顺爷对他进行了严肃的道德训诫："就是这山、这水、这土地，一代一代养活了我们。没有这土地，世界上就什么也不会有！是的，不会有！只要咱们爱劳动，一切都还会好起来的。"①从中我们可以看到乡土的包容性，看到传统道德和乡土人情的感染力。高加林所处的环境找不到第三条出路，他的遭遇，无意之中也表现出现代文明和城市生活的理性和无情，透露出某种怀疑甚至拒斥。

《平凡的世界》所表现的传统道德与现代文明的强烈冲突已经完全和解，传统道德在面对生活苦难、身份认同危机等方面，体现出巨大的道德和精神上的优势。孙少安、孙少平没有了高加林的复杂处境和矛盾选择，个人追求与道德规范之间的关系不再是剑拔弩张的，而是体现出和谐的统一。他们在一次次道德磨砺和苦难考验面前，不断趋于完善和完美，最终如虔诚的宗教徒一样，甘愿为理想道德和理想生活受苦受罪，成为通体透明的真善美的化身。在路遥看来，他们这些普通劳动者的身上蕴含着中华民族的传统美德，有一种生生不息的韧性、朴实和淳朴，这是我们这个民族得以延续的最为宝贵的精神资源。他们身上，"表现了我们这个国家、这个民族的一种传统美德，一种生活中的牺牲精神"，并且坚信"不管社会前进到怎样的地步，这种东西对我们永远是宝贵的"②。孙少安虽然也有自己的人生理想，但在传统的道德担当影响下，他还是义无反顾地辍学回家，同父亲一道担起家庭的重担。在历史和生活的双重重轭下，他表现出崇高的道德诗意。孙少平也体现出道德方面的光辉。无论

---

① 路遥：《人生》，十月文艺出版社，2013年，第183页。
② 路遥：《关于〈人生〉的对话》，见《早晨从中午开始》，十月文艺出版社，2013年，第149页。

是对落难的郝红梅的搭救,还是在打工时对遭遇凌辱的小女孩的同情和帮助,都散发出人情美与人性美的光辉。这不禁使我们想起《战争与和平》里的彼埃尔公爵。经过战争的洗礼之后,他浑身散发出伟大的人性光辉。娜塔莎当着玛丽小姐的面这样夸赞他:"他变得干净、整齐、有生气了;好像从浴室里出来的一样,你明白我的意思吗?——好像精神上洗过澡一样。"①《平凡的世界》可谓"中国的道德浴室",一代代青年都渴望在这间浴室里清洗自己的道德污秽和精神委顿,寻找心灵的安妥,舒展理想的翅膀,磨炼奋斗的意志,书写属于自己的精彩人生。我们可以说,路遥是一位青春歌手,更确切地说,是一位洞察青年心灵的伟大牧师。他完成了关于青春的伟大发现。他之所以被那么多人称道,被那么多人敬仰,也正因为他道德理想国散发出的温暖和诗意。康拉德认为,都德"通过对不幸的明晰洞察,有着对信仰的深刻体悟,并且这种体悟以不可抗拒的魅力深入人心。他告诉人类在遭受饥饿、欲望与暴行的时候不要盲目行动,而应该时刻以最为美好的道德信仰为心灵归属。这也正是艺术所要极力达到的超越目标"②。他"总是用明朗的孩子般纯真的眼睛看待世界,因为他觉得世界本就应该如此明净,不含杂质,就像雨后洗过的澄澈天空。他心中的责任感逼迫着他丝毫不敢倦怠地表达着他的同情、他的愤怒、他的困惑、他的良知。在刻画这些人类情绪的时候,都德都没有遵照逻辑的顺序,他只是善于捕捉心灵的瞬间,把潜意识中流动的心绪加以灵感的阐述。他可以忍受小小的邪恶,也可以对一些不好的小癖好持一种宽容的态度;他绝不能容忍的事情只有一件,那就是铁石心肠"③。路遥亦是如此,他"时刻以最为美好的道德信仰为心灵归属"。以他为开端,开始了一代代青年的新生活。在他之后,

---

① 列夫·托尔斯泰:《战争与和平》(下),张捷译,译林出版社,2011年,第1246页。
② 约瑟夫·康拉德:《阿尔丰斯·都德(1898年)》,见《生活笔记》,傅松雪译,江苏教育出版社,2006年,第37页。
③ 同上,第39页。

也很难有人享受这份荣耀。《平凡的世界》所具有的非凡感染力和震撼力,"来源于一种强烈的对人性的道德关怀,这种关怀进而便为展开深刻的心理分析提供了角度和勇气"①。这种明确而坚定的道德理想和精神指向,是路遥小说最为突出和鲜明的艺术特征,同时也形成了他小说春风化雨般的感染力和同化力。路遥曾说,"我们应追求作品要有巨大的回声,这回声应响彻过去、现在和未来"②。他在历史、现实和未来之间寻找可以贯通的"永恒",这种"巨大的回声"和"永恒",既是强烈的时代精神,也是深沉的历史感,更多的是纯净的道德诗意和灿烂的精神光芒。

在路遥具有英雄主义特征的道德意识里,"生命应该是壮观的,就好像云雀一定要搏击长空"③,小说中的人物也大致以这种情结来完成自己的人生。因而,他的小说从某种程度上说,不是来自艺术的结果,而是来源于其性格。对于路遥来说,生活中若不充满激情,便不成其为生活。困境中的坚守、奋斗与激情、严肃而迫切的道德关怀,是路遥小说无法回避而又充满光辉的亮点。孙少安和孙少平等在传统道德的灌溉下,以坚强的意志、不屈的精神,与贫穷、困境、苦难抗争,坚定地维护并确立自己的尊严、价值、理想与意义,在困境和苦难的磨砺中,形成了自尊自立、自强不息的苦难哲学和人生精神。正如孙少平在写给兰香的信里所说的:"首先要自强自立,勇敢地面对我们不熟悉的世界。不要怕苦难!如果能深刻理解苦难,苦难就会给人带来崇高感。亲爱的妹妹,我多么希望你的一生充满欢乐。可是,如果生活需要你忍受痛苦,你一定要咬紧牙关坚持下去。有位了不起的人说过:痛苦难道是白忍受的吗?它应该使我们伟

---

① F.R.利维斯:《伟大的传统》,袁伟译,生活·读书·新知三联书店,2002年,第208页。
② 路遥:《答中央广播电视大学问》,见《人生》,十月文艺出版社,2013年,第196页。
③ 约瑟夫·康拉德:《海的故事(1898年)》,见《生活笔记》,傅松雪译,江苏教育出版社,2006年,第103页。

大！"①路遥用质朴、诚挚和纯粹为写作的墨水，总能把日常生活和平凡世界里的琐碎现象拉伸成道德信念和精神信仰的一部分。他也虚构，但更多是将生活和盘托出，呈现出最为真实和本质的存在，在众声喧哗中给生存于苦难之中、在困境中挣扎的人群和青年以方向指引和贴心抚慰。他不像托尔斯泰和陀思妥耶夫斯基那样去拷问灵魂，或者揭发人性的暗面；他倾注心力，感受乡村生活的喜怒哀乐，书写底层群体和青年平凡、充实而又充满温情的生活，发现日常生活中的闪光点，平凡世界里有"金子般心灵"的人们。你可以说他不是杰出的艺术家，但他绝对是伟大的布道者。他总是"把关注普通大众的人生作为自己审美的价值取向，总是于苦难意识与悲剧情节中展现一代农民（特别是青年农民）的奋斗的精神美，而这正是中国当代'城乡交叉地带'曾经拥有和正在拥有的现实"。他通过孙少平热烈赞美自尊自强、积极进取的向上精神："我们出身于贫苦农民的家庭——永远不要鄙薄我们的出身，它给我们带来的好处将一生受用不尽；但是我们一定要从我们出身的局限中解脱出来，从意识上彻底背叛农民的狭隘性，追求更高的生活意义。"②这种不向挫折低头、勇于奋斗拼搏的精神，是路遥心中的理想人格，也是他对人生和青春意义的真诚诠释。他笔下的人物像广袤沉雄的黄土高原一样，用宽厚坚硬的脊梁承载起了一个民族的繁衍、生存与发展。正如孙少安决定要办砖厂时作者所发的议论："什么是人生？人生就是永不休止的奋斗！只有选定了目标并在奋斗中感到自己的努力没有虚掷，这样的生活才是充实的，精神也会永远年轻！"③这些奋斗和拼搏不是于连式的不择手段，不是现代社会弱肉强食的丛林法则，也不是狂热的英雄主义，而是一种如沐春风、坚实坦荡、深沉刚毅的"硬汉子精神"——以最为美好的道德信念和坚定的精神信仰为归宿。这正是伟大的艺术所要极力达到的目标。对于熟谙人情世故、麻木

---

① 路遥：《平凡的世界》（第2部），十月文艺出版社，2013年，第360—361页。
② 同上，第360页。
③ 同上，第350页。

世故的成年人而言,《平凡的世界》与现实世界确实隔着一层厚障壁,因为他没有写出世道的阴险、人性的险恶和生活的龌龊。正是对纯洁、善良、美好心灵的呼唤,对理想的坚守和追求,对美好事物和幸福的期待,使他在心灵尚未衰老者之中拥有大量的读者。这正如格拉宁在评价苏联作家格林的中篇小说《红帆》时所言:"当岁月蒙上灰尘并失去光辉的时刻,我拿起格林的作品,翻开他的任何一页,春天立即破窗而入。一切都变得明亮和光彩。一切又像童年时代那样神秘莫测和令人激动。"对路遥产生过影响的纳吉宾则说:"如果成年时代还热爱格林的话,那就是说他已经避免了心灵的衰老。"①《平凡的世界》无疑也是《红帆》一样的作品。

路遥的道德叙事存在的问题和弊端也十分明显。他的道德化叙事统摄一切,没有深入内化到人物的心灵深处,体现出浅表化、平面化和理念化的特征。这种道德取向正如有学者所言:"他不去着意开掘平凡世界中深藏在平凡人身上的劣根性,而是更多地关注他们身上潜在的传统美德,特别是他们在社会变革中克服自身弱点走向自我觉醒的痛苦历程。"②缺乏了道德思考的多维性,就难免出现道德理想化和肤浅化的问题。在道德选择上,路遥也表现出矛盾的态度,不由自主地体现出对传统道德的眷顾和对现代生活的拒斥。一方面,路遥肯定传统道德在维系、保持美好人情、人性方面的作用,对传统道德体现出感情上的依恋。另一方面,他敏锐地感受到了传统道德的价值理性,在现代文明的工具理性和城市生活的物质压迫下失去了存在的基础和空间,不合时宜且不堪一击。在传统道德与现代文明的矛盾和两难中,路遥力图用善良、仁义、同情、包容等传统道德伦理,挽救现代文明冲击下的道德滑坡。这种努力,实际上是希望在现代性的背景中重建德性论的道德理想国,其契合现代社会个体道德的选择,

---

① 章廷桦:《格林和他的〈红帆〉》,见格林《红帆》,重庆出版社,1985年,第14页。
② 周承华:《在现代理性和传统情感之间:论〈平凡的世界〉的审美特征》,载《小说评论》1994年第1期。

却很难建立社会性的道德规则。在谈到《在困难的日子里》时,他曾感叹道:"在当代现实生活中,物质财富增加了,我们常常看到这样一种现象:人们的精神境界和道德水平却下降了;拜金主义和人与人之间表现出来的冷漠态度,在我们的生活中大量地存在着。"①可以说,《在困难的日子里》以及《平凡的世界》都充斥着这种道德拯救的诉求,并且取得了空前的成功,我们的心灵也得到了道德净化。但现实中道德的困惑以及生活中的道德困境并不能因此涣然。在进行道德的自我审视和拷问的同时,我们不由自主会超越简单的道德抒情,去考虑具体化的道德语境和深层次的道德规范问题,去思索造成这些苦难的原因,谁对这些苦难负责,忍受这些苦难的必要性,苦难是否一定能够使人成功成材等问题,即苦难的正义性和合法性的问题。这些表面看来虽然超越了路遥的道德叙事,实际上却是路遥道德叙事和苦难书写的内在出发点。只有解决了这些问题,我们对路遥的道德叙事和苦难书写的透视和把握才具有本质性和历史深度。从这些方面来看,路遥表现出道德决定论和精神决定论的认知偏颇,缺乏道德探究和道德反思,存在着将苦难合理化、神圣化、诗意化,将道德简单化、抒情化和理想化的问题。

路遥在小说中写道:"我们活在人世间,最为珍贵的珍视的应该是什么?金钱?权利?荣誉?是的,有些东西也并不坏。但是,没有什么东西能比得上温暖的人情更为珍贵——你感受到的生活的真正美好,莫过于这一点了。"②一方面,他高度认同并礼赞乡土社会的人情人性;另一方面,对传统道德存在的问题以及乡村社会人情世故的复杂,他也并非视而不见。他通过孙少平在远门舅舅家的遭遇,道出了他对乡村社会道德伦理的理解。尽管这番议论在整部小说对传统美德和道德的褒扬中显得微不足道,但无疑是洞悉其对乡村社会道德伦理认识的一个重要窗口。舅舅和妗

---

① 路遥:《这束淡弱的折光——关于〈在困难的日子里〉》,见《早晨从中午开始》,十月文艺出版社,2013年,第104页。
② 路遥:《平凡的世界》(第3部),十月文艺出版社,2013年,第24页。

子的无情无义，使孙少平"第一次深深地感受到，人和人之间的友爱，并不在于是否亲戚。是的，小时候，我们常常把'亲戚'这两个字看得多么美好和重要。一旦长大成人，开始独立生活，我们便很快知道，亲戚关系常常是庸俗的；互相设法沾光，沾不上光就翻白眼；甚至你生活中最大困难也常常是亲戚们造成的；生活同样会告诉你，亲戚往往不如朋友对你真诚。见鬼去吧，亲戚！"①路遥童年所遭遇的不幸、乡村社会道德伦理的势利，以及他经历的对传统道德美好方面的破坏，都使得他的道德书写具有一种"补偿"意识，因此他没有对人的劣根性进行挖掘、透视和表现，更多地积极表现传统道德与乡村伦理中美好淳朴、温情脉脉的一面，以此求得心灵上的慰藉。同时，也"由于路遥难以割舍的乡土感情，使他不可能从理性上达到揭示农民意识的高度，巨大深沉的乡土意识笼罩着他整个的精神空间，使他往往从情感上为他的乡土人物抹上了一道浓重而动人的光环，而总是让人觉得缺少了一点冷峻——一种对乡土的冷峻审视"②。路遥常常用强大的道德意念去面对生活中的问题和人生的苦难，他用道德诗意去化解一切问题，用克己利他、仁爱善良去面对他人，用苦难哲学去反观人生和理想。这种道德叙事，与现代社会的个体生活无疑有着契合点，不仅仅是个人道德完善，同时也是现代社会中需要珍视保留的一面。也正因为如此，他小说中的道德诗意才获得了人们的巨大认同和强烈共鸣。但与此同时，他的道德激情遮蔽了现实处境的复杂，悬置了道德的历史具体性。比如，田润叶和李向前的婚姻，是迫于社会关系的无奈结合，没有任何爱情基础，可谓"不道德"的婚姻。在丈夫遭遇车祸失去双腿之后，同情、怜悯、责任等使得田润叶弥合了爱情的伤痕，传统道德战胜了感情裂痕和个人意识，"不道德"的婚姻散发出道德的诗意。王满银游手好闲、不务正业，兰花忍受着肉体和精神上的双重折磨，却固执地恪守传

---

① 路遥：《平凡的世界》（第2部），十月文艺出版社，2013年，第143页。
② 赵学勇：《路遥的乡土情结》，载《兰州大学学报》（哲学社会科学版），1996年第2期。

统的女性的"妇道",不忍离开他,放弃了对自己权利和幸福的追求。由此我们可以看到传统道德观念的凄美,以及巨大的文化惰性。一旦偏离了传统道德,他们就会受到惩罚。比如卢若华同高广厚的妻子相恋,拆散了高广厚原本和睦的家庭,遭到了传统道德的强烈谴责。浪漫的杜丽丽同诗人古风铃偶然出轨,在现代爱情和传统道德的煎熬中,杜丽丽同丈夫两人都痛苦不堪。路遥无意识地流露出对传统道德的赞同,体现出价值判断上的偏颇。再如高加林、孙少平在社会转型中表现出的身份危机,作者让他们完善自身的道德并广施善行,简单地用温馨的道德抚慰,掩盖了更为复杂的传统道德与现代观念、农村生活与城市文明之间的冲突。传统道德是否能够拯救他们,是否能够摆脱乡村社会固有的落后蒙昧,是否能够使他们完成精神上的现代意义的解放,是值得疑问和反思的。这些路遥显然缺乏思考,不过由此造成的缺点和不足并没有对小说造成决定性的影响。读者更为看重的是小说中人物珍视亲情、友情、爱情,身处逆境、面对苦难时能够坚守传统道德,坚持道德的自我完善,以及坚定追求梦想的奋斗精神。

二

在道德观念上,路遥是德性论者。德性,即我们通常所论的道德品质和道德情操。德性论的目标和方法有两个方面:"首先是追问和回答人格理想是什么,然后才是以这一人格理想为目标的实现自我完善的方法。一个人实践自我完善的修养方法在自身之所'得',就是道德品质。"换言之,德性论的基本问题就是应当做一个什么样的人,如何按照一种预设的理想的道德人格,完成个人道德的自我完善和自我实现。其"主张道德评价的对象是一个人的内在的道德品质,而反过来,一个有道德的人,就是具有良好的道德品质和道德情操的人。这听上去似乎是理所当然,乃至天经地义的,由于我们的道德传统是,乃至于所有的前现代社会的道德传统都是某种德性论的传统,所以我们也许会把道德和德性完全等同起来,把德性论当作是唯一的道德理论"①。在路遥小说里,如何在道德上自我实现和自我完善,如何做一个道德完人是其紧紧围绕的叙事中心。其小说的精神力量也是由此辐射而出。路遥将道德设想为一种自我发现,在他小说写作的初期,就形成了稳定而完善的道德尺度。在他之后的小说叙事中,虽有略微的变化和调整,但他的道德倾向和道德态度一直是清晰稳定的。

从道德形态的形成来看,路遥以中国传统的德性论为底色,俄罗斯文学以及柳青文学的道德经验也参与了其道德观念的形成。尽管这三者的程度和分量无法确定,但它们相互作用,共同塑造了路遥的德性论道德观念。德性论的道德观念诉诸小说叙事的过程中,路遥汲取了列夫·托尔斯泰、拉斯普京、艾特玛托夫、恰科夫斯基等俄罗斯作家的叙事经验。俄罗斯文学的宗教意识、救世主题、苦难意识、道德态度、叙事方式、人物塑造,以及人道主义精神和人文情怀,都对路遥产生了重要影响。其中,托尔斯泰的影响要更大一些。托尔斯泰是路遥最喜欢的作家之一,他喜欢托翁的全部作品。在《平凡的世界》的创作准备时期和创作中,他一直在反复研读托尔斯泰的作品。托翁宏大的史诗模式、结构作品的方法、人物的出场和塑造、人物的道德完善,都对路遥起到了极其关键的影响。在长篇随笔《早晨从中午开始》中,他征引了契尔特科夫记录的托翁的一段话:"在任何艺术作品中,作者对于生活所持的态度以及在作品中反映作者生活态度的种种描写,对于读者来说是至为重要、极有价值、最有说服力的……艺术作品的完整性不在于构思的统一,不在于对人物的雕琢,以及其他等等,而在于作者本人的明确和坚定的生活态度,这种态度渗透整个作品。有时,作家甚至基本可以对形式不做加工润色,如果他的生活态度在作品中得到明确、鲜明、一贯的反映,那么作品的目的就达到了。(契尔特科夫笔录,一八九四年)。"②路遥的小说,也持有"明确和坚定的

---

① 崔宜明:《道德哲学引论》,上海人民出版社,2006年,第89页。
② 路遥:《早晨从中午开始》,十月文艺出版社,2013年,第20页。

生活态度"。可以说他继承了托翁的艺术追求，能够返归内心、坚守本性，具有稳定的道德态度和价值判断。在《平凡的世界》里，我们可以清晰地看到托尔斯泰式的道德说教，具有普遍人性的简朴和坚韧地受难的崇高。我们都热爱作为艺术家的托尔斯泰，厌恶他小说中的布道，但我们"很难把艺术家的托尔斯泰和说教者的托尔斯泰简单地一分为二——同样深沉低缓的嗓音，同样坚强有力的肩膀撑起一片景致，以及丰富的思想"①。托尔斯泰的道德说教——"如此温和、暧昧，又远离政治，同时，他的小说艺术如此强大，熠熠生辉，如此富有原创性而具有普世意义，因此后者完全超越了他的布道。归根结底，作为一个思想家，托尔斯泰感兴趣的只是生与死的问题，毕竟，没有哪一个艺术家能够回避这些问题。"②托尔斯泰的小说艺术深植于他的道德感之中，他认为小说是有罪的，艺术是不道德的，"创作的孤独与同人类连接的冲动所构成的激烈的内心冲突，即作为布道者的托尔斯泰和作为艺术家的托尔斯泰之间的冲突，积极的外向者和伟大的内向者之间的冲突"③，一直潜藏在他的灵魂之中。到晚年，这种斗争愈演愈烈。托尔斯泰认为，个人只有融入上帝悲悯注视的人类之中，才可能获得内心的宁静和幸福，个人才有可能获得拯救。他超越了简单的道德申诉和判断，关注的是超时间的人类最本质最核心的问题，譬如生与死、罪与罚、爱情与婚姻、忠实与背叛等，具有永恒的价值和意义。路遥没有托尔斯泰这种"积极的外向者和伟大的内向者之间"的斗争和冲突，也不是托翁那样要将人们引向宗教或者天国。路遥没有也不可能有这样的精神环境和思考深度，他由德性论主导的道德认知，完全扎根在现实的土壤之上，并期望对现代转型中社会的道德滑坡和个人的道德迷惘产生影响。因而，路遥的道德态度中没有"外向者"和"内向

---

① 弗拉基米尔·纳博科夫：《俄罗斯文学讲稿》，丁俊、王建开译，上海三联书店，2015年，第141页。
② 同上，第139页。
③ 同上，第237页。

者"的冲突。在他的道德世界里，这两者虽可能有小抵悟，但整体上是和谐的、无冲突的。传统道德在现代生活中不但不能抛弃，而且是可以利用凭借的精神资源。因此，在他的小说叙事中，我们可以看到：他没有对传统道德存在的问题以及适用的语境范围做出思考，而是由道德完善主导了一切，压倒了个人意识和美学意识，甚至表现出与时代话语的简单认同。从叙事上看，路遥也没能像托尔斯泰那样，保持作者同人物的适当距离，而是充分地利用全知全能，不断地强行介入，插入解释和判断，以保持历史叙事和道德判断的权威。

在路遥审美道德意识的形成过程中，他的文学教父柳青也对他产生了不可忽略的影响。柳青笔下梁生宝式的高大全的人物，在路遥这里发展为人格完美的道德英雄。孙少平、孙少安是千千万万农村青年中的一分子，他们在逆境中总是百折不挠地去完成自己的使命，追寻生活与生命的意义。这和柳青笔下的承载着时代期待的梁生宝已截然不同。他们没有了宏大的历史使命，在人生的困境和生活的苦难面前，努力拼搏，认真履行自己的责任和义务，追求真善美，追求道德的完善，追求人性的美好，以自己的行动诠释了平凡世界里的新英雄形象。路遥"将农村一代又一代人生活的悲哀和辛酸，同农村家庭生活、人伦关系的温暖情愫，溶解于人的经济、政治关系中，让严酷的人生氤氲着温馨的人情味"①。路遥"在创作中始终要求自己'不失普通劳动者的感觉'，他不是像'民粹派''启蒙派'那样'到民众中去'，而是'从民众中来'，他不是为民众'代言'，而是为他们'立言'，他自身的形象经常是他笔下的典型人物形象——浑身沾满黄土但志向高远的'能人''精人'合二为一。以'血统农民'的身份塑造出从中国农村底层走出来的个人奋斗的'当代英雄'，

---

① 李星：《无法回避的选择——从〈人生〉到〈平凡的世界〉》，载《花城》1987年第3期。

这是路遥对当代文学的独特贡献"①。正因为这一点，路遥与千千万万在"城乡交叉地带"以及在困境中奋斗拼搏的青年们，产生了灵魂与精神的沟通和共振，并赢得了他们永远的尊敬和爱戴。柳青笔下的梁生宝，在今天看来虚假刻板，路遥则将这种刻板转化为坚定的道德信条，并散发出迷人的魅力。但他们又有相同之处，那就是无论是梁生宝，还是孙少安、孙少平，他们在出场时道德世界已经基本定型，现实环境的影响以及生活的磨砺，只不过是为了论证或者完善预设的道德律条。由于思想深度和精神资源的限制，路遥没有其他可以凭借的精神资源，因而在他看来，个人的奋斗、接受苦难以及道德完善是最为理想和可靠的救赎通道。

小说艺术的道德伦理书写，源于人性自身以及人类社会的要求。倘若作者感觉到道德伦理是一种压力，就等于掷弃了本应承担的道德责任。约翰·罗斯金说过："艺术只有以道德完善为目的时才是在自己相宜的位置上。艺术的任务——是关爱地教诲人。假如艺术不是帮助人们揭示真理，而只是提供愉悦的消遣，那么它就是可耻的事业，而非崇高的事业了。"②但是路遥的这种目的论道德观念，作为个体的道德追求被设定了，个体的任务就是发现什么是值得追求的并正确地执行。一旦知道了什么是正确的，个体就不会做错事或者坏事。但我们要反思的是，难道意识形态和社会观念对人的道德意识没有影响吗？当意识形态的道德观念和个体道德追求冲突时，个体的道德如何实现？意识形态会不会导致不道德的压迫性专制？另外一个问题也随之而来，当道德陈述和事实陈述相反，即某种虚假的道德成为一种悬浮的意识形态，而实际生活却遵循另一种道德伦理，那么道德就陷进了逻辑黑洞。如我们将"不准盗窃"确定为普遍性的道德，而在实际中，大家却都偷窃，而且觉得这是正常行为，那么"道德"的意义就消失了。我们也应该看到，路遥小说中人物所面临的问题和

---

① 邵燕君：《〈平凡的世界〉不平凡——"现实主义常销书"生产模式分析》，见李建军编《十博士直击中国文坛》，工人出版社，2004年，第277页。
② 崔宜明：《道德哲学引论》，上海人民出版社，2006年，第92—93页。

苦难，是城乡二元体制以及其他社会体制问题造成的，个人的奋斗和抗争根本无济于事。对于他个人而言，如何处理这一问题，是十分矛盾和疑惑的，他更多地用模糊的叙事予以回避，让人物回到自己道德的理想国，去用自我的道德完善，对各种社会问题并没有深刻的反思。在路遥的作品中，我们可以看到，他是有政治情结的。他关心政治、政策包括领导人变化带给人们生活的变化。他也会偶尔讽刺、挖苦基层领导在决策等方面存在的问题。但总体上而言，他对政治、政策是充满信任和满抱希望的。当然，更重要的原因可能是路遥无法超越自己的知识体系和认知判断，形成思考社会体制的深层次问题的能力，或者他有这种能力，但心不在焉。在历史和生活的"当局"中，我们很难有作家像巴尔扎克那样，超越自己的出身的局限。再加之我们也知道，路遥写作的80年代，整个社会有着普遍广泛的共识，社会各个阶层有着流动和跨越的可能性，整体上体现出一种明朗、积极、乐观的理想氛围。不过，从《平凡的世界》里，我们还是可以看到路遥强烈的宿命感。高加林、孙少安、孙少平等的失败命运，透露出路遥心灵深处潜藏的悲恸和忧伤。他们都努力奋斗、拼搏过，但最后都失败了，没有一个是成功者。他们打动读者的是桑提亚哥式的硬汉精神，不断地去拼搏，不断地抗争，力图"扼住命运的喉咙"。作品打动读者的，也正是这种西绪福斯式的抗争宿命的精神。

路遥的道德书写尽管存在着上述问题，但他形成了一个温暖可人的道德理想国。他用纯洁美好的道德诗意抚慰着平凡人的心灵世界，给予困境中的人们以温暖、力量、希冀和奋斗的信心。路遥温暖了平凡者的心灵，捍卫了人的尊严和灵魂，树立起了精神的大纛。这是路遥写作的重要意义所在。

三

按照阐释学的观点，文本将阐释者带入了陌生的世界。由于阐释者的视界不同，对作品意义的理解就会不同。阐释者总是从自己的需要出发，做出自己需要的理解和阐释。但如果脱离了诉诸个体的阅读经验，脱离了文本产生的历史语境和意义指向，就犯了怀特德所谓的"错置具体感的谬误"。也就是说，一个同样的东西，在不同的时间和环境中，其意义和功能是不同的。如果放错了地方，它的意义和功能就可能被扭曲。路遥小说的阅读和阐释，目前即面临着这样的问题。

路遥小说的道德观念，是古典的前现代社会的德性论伦理学。其和规范论伦理学相同之处是都强调道德中的理性因素，不同之处在于——"规范论伦理学是根据理性的原则来确定行为的规范，行为规范的普遍性来自人类理性的普遍性，而德性论伦理学是要求从美德出发，运用理性权衡当下的具体环境和条件去行为，而并不要求普遍性的行为规范。正是在这里，突出体现着传统社会和现代社会不同道德评价体系的历史性差异，突出体现着不同伦理学理论形态的历史性差异。"[1]德性论这种前现代的道德形态，既是路遥无法摆脱的历史局限，同时也形成了其无可匹敌的优点。路遥不可能双脚悬空，去书写现代社会的道德观念，他无力也不可能去书写，这也不是他文学世界的图景。他对德性论的道德观念的认识可能是含糊的，但写作是清楚的。他将充沛的道德激情灌注其中，产生了巨大的感召力和影响力。需要清楚的是，路遥小说的道德影响建立在个体自由选择的基础之上，建立在路遥的道德态度、道德召唤同读者的阅读期待、道德选择的认同的基础之上，因此才产生了强烈的道德共振和精神共鸣。我们知道，"道德评判文学作品，只能根据每一代人所接受的道德准则，不论那一代人是否真正按照道德标准生活"[2]。当时代变化了之后，上一代人接受的东西，下一代人可能要反对。而上一代觉得震惊的事，下一代

---

[1] 托尔斯泰：《托尔斯泰读书随笔》，王志耕、张福堂译，上海三联书店，2007年，第178页。
[2] 托·斯·艾略特：《艾略特文学论文集》，李赋宁译，百花洲文艺出版社，2010年，第266—267页。

可能会泰然自若地接受。文化背景的差异、个体经验的差异、时代环境的差异,都可能使得读者得出不同的道德解读。也就是说,当文学中含蕴的道德观念与时代具有某种共鸣的关系时,它的声誉会不断增加,如果两者的关系是对立性的甚至是敌对性的,那么它的声誉就会丧失。文学史上这样的例子不胜枚举。因而,我们难以判断中国城乡的二元对立消失之后,在完成国民社会向公民社会、前现代的身份社会向现代的契约社会的转变之后,路遥的小说是否还会产生之前那样巨大的道德影响。这是存疑待论的。

道德根植于个体内心的自觉和自律,是内守的,可以选择的。个体在生活中做出道德选择,为所做的好事或者坏事负责,影响着一个时代的道德风气,因而可以说是一个大问题。路遥的小说无疑给我们提供了一种自我审视、自我评价的参照,无疑会磨砺我们的道德意识。但在道德表达和道德实践严重脱离甚至完全相反的情况下,无论如何,即使意识形态的强力号召,也不会成为康德所言的"道德的绝对命令",不会形成社会的普遍道德与普遍伦理。康德"将道德行为与纯粹的善良的意志、出于责任的行为以及对道德法则的尊重联系在一起,表现出一种无条件的绝对命令。道德的绝对命令所以可能的根据,关键在于必须存在一个将行为者的主观准则与客观的道德法则'先验综合'于一体的'第三者'。这个'第三者'即自由概念,它也被解释为意志自律"[①]。但道德法则只是针对接受者而不是制定者的时候,普遍道德和普遍伦理就无法形成。社会对个体的道德铸造产生决定性的影响,甚至为有关道德的事物完全负责。一个野蛮的社会常对某些人的道德品质产生负面影响。道德的纯洁无瑕美好温暖,人人向往,我们敬重一切洁身自好、品行高尚的个体。但单向的道德纯洁性的肯定和追求,忽略了社会对个体道德成长的影响,忽略了世界的丰富性和复杂性,影响到社会伦理规约的形成。中国的传统和现实是很多不道

---

① 傅永军、尚文华:《道德情感与心灵改善——兼论康德理性宗教的道德奠基》,载《山东大学学报》(哲学社会科学版)2012年第5期。

德者，却要站在道德制高点，对别人提出道德要求、道德绑架，甚至对道德高尚者大泼脏水。正如胡适所言："一个肮脏的国家，如果人人讲规则而不是谈道德，最终会变成一个有人味儿的正常国家，道德自然逐渐回归；一个干净的国家，如果人人都不讲规则而大谈道德、高尚，天天没事儿就谈道德规范，人人大公无私，最终会堕落成为一个伪君子遍布的肮脏国家。"[1]德性论也常常成为有权力者道德豁免的借口，形成对无权力者的道德压迫，为权力话语培育精神沃土。按照马克思经济决定论的观点，道德是资产阶级意识形态的产物，它完全决定于经济基础，它是"遮掩资产阶级经济利益和其他经济利益的意识形态"。实际上，经济的"鸡"并不一定会生出道德的"蛋"。人们往往过于相信资产阶级的"正义"不涉及其他利益，实际上，道德总是为捍卫它的阶级利益而战，它"把一个阶级的利益伪装成一种道德兴趣"[2]。确实，阶级的利益常常会伪装为某种道德兴趣，成为有权力者压迫弱小者的知识构造。如明太祖朱元璋，就是将严刑峻法与道德狂热成功结合统治当时的人民的。

　　阅读什么书是个体的自由选择，完全属于"私域"。当某种话语鼓励或者号召大家都去阅读某一本书时，这种"私域"就被侵犯了。根据经验和现实，这种现象透露出社会的某种"症候"和危机，恰恰是我们应该警惕的。《平凡的世界》诞生在理想主义高涨的80年代，直至后来相当长的一个时段里，社会上还有一个大致的关于奋斗改变命运的共识，还有对理想主义的积极追求。而在今天，环境发生了巨变，我们毫不怀疑路遥的小说对个人具有道德净化、道德照亮、道德抚慰和道德激励的重要功能，但也不能过分夸大它的道德重建功能。路遥德性论的道德书写，不可能帮助整个社会建立普遍的道德秩序和道德规范。道德的形成，取决于个体的内

---

[1] 转引自姜明安：《再论法治、法治思维与法律手段》，载《湖南社会科学》2012年第4期。
[2] 戴维·罗比森：《伦理学》，郭立东译，生活·读书·新知三联书店，2016年，第63—64页。

在品质,也必然表现为个体的外在行为。内在品质是外在行为的习化,外在行为是内在品质的体现。二者互相作用,相辅相成。对于个体来说,德性论伦理学可以净化提升个人品德,但社会奉行弱肉强食的丛林法则,老使德性论者吃亏甚至不能生存时,德性论者自己都放弃了。正如涂尔干所指出的,"割断道德规范与社会环境之间的联系,就等于把道德与其得以形成的生命之源分割开来;从而使道德不可能得到理解"[①],也不可能形成健全的、良性的道德秩序和道德规范。因而,一个社会不去积极地建立规范论的道德准则、道德秩序,而一味地要求按照德性论伦理学培养个人品德时,那么这个社会的道德系统就出现了严重紊乱,就出现了表达性道德和实践性道理相互矛盾的"双层话语"。

路遥道德理想国里的同情、善良、仁爱、包容、自尊、自强等,是前现代德性论伦理学的精神遗产,是人情与人性中最为美好的部分,是前现代社会和现代社会的道德伦理共识,对这种美好的德行的颂扬和践行都是道德完善的应有之义和必由之路。建立起个体良好的道德世界,才有可能形成社会普遍的道德。但同时我们也应该明白,道德传统的继承和发展,一方面要"通过不同个性的自由创造而形成社会的价值共识",另一方面,社会也要为其提供生长的可能和成长的条件。真正的困难在于路遥小说中的道德观念,以及德性论的道德传统"如何在社会转型的条件下得以发展,在生产方式发生根本性的变革以至于社会本身的基本结构随之重塑的历史条件下,既有的价值共识和道德规范如何与新的生产方式、生活方式相调适"[②]。当下中国正处于这种转型和困难之中,一方面是传统德性论一定程度上的瓦解,个体道德面临着迫切的选择和重建;另一方面是意识形态道德秩序和道德话语不断重建德性论道德的努力。二者形成了一种相互背反的表达与实践的矛盾。我们应该认识到,个体的"德性的道德"

---

① 爱弥尔·涂尔干:《职业伦理与公民道德》,见《涂尔干文集》第2卷,渠东、付德根译,上海人民出版社,2001年,第323页。
② 崔宜明:《道德哲学引论》,上海人民出版社,2006年,第87页。

的建立，是实现社会的"规则的道德"的基础。社会的"规则的道德"的建立，是实现个体的"德性的道德"的保障。如果没有这个保障，个体的"德性的道德"就会成为悬浮于整个社会真实道德的牺牲品，成为遥不可及的道德幻象。因此，要建立社会的"规则的道德"，仅仅靠阅读《平凡的世界》，是远远不够的。

原载《西北大学学报》（哲学社会科学版）2016年第5期

（本文系与唐明星合作）

西京美人的市井传奇

——论贾平凹的新长篇小说《暂坐》

贾平凹是一位气质阴柔、热心于塑写女性命运的小说家。女性作为"半边天"或"第二性",在他的小说中,占有极大的比重和分量。21世纪以来,女性在他创作中的地位更为显豁和突出,如《秦腔》《带灯》《极花》——通过女性的人生遭际和命运变迁,展现了转型时代中国光怪陆离的世相变化。这种趋势,在贾平凹的新都市小说《暂坐》中体现得更为充分。如果说他的第一部都市小说《废都》,是氤氲着世纪末情绪的西京城男性知识分子的颓废、幻灭和无家可归的挽歌,唐婉儿、柳月、阿灿等女性尚是庄之蝶玩物的话,那么,《暂坐》中的海若、严念初等职业女性(也可称为"中产女性")则获得了表面上的独立。在商业化、权力化与城市化的进程中,她们通过自己的打拼,在雾霾笼罩的西京城获得了立足之地——尽管后来不可避免地在挣扎中败落。此外,从"废都"到"霾都",西京的生活方式日趋社会化、都市化与娱乐化,这种变化改变了既往的政治生态、文化生态和商业生态,孕育出新的社会结构、价值理念和生活方式。就此而言,《暂坐》与相隔近三十年的《废都》,在时间维度上构成了西京遥相呼应的"两都赋"。

《暂坐》中的女性因不同的机缘而落脚古都西京,她们气质高雅,美丽时尚,号称"西京十玉"(不止十人)。以茶庄老板海若为中心,她们构成了相互联系、相互关照、相互慰藉的同心圆。小说从2016年写起，以照顾生病住院的夏自花和与茶庄交往密切的市上领导的"双规"为主、隐线，通过俄罗斯姑娘伊娃这个外来者"归来—离开"的陌生视角，勾连起她们的日常生活、商业活动和人情交往，叙写了一群追求经济富足、时尚新潮和个性解放的中年女性在西京城创业发迹的传奇，讲述了她们在婚姻、家庭、事业、友情与交际等方面所遭遇的种种困境，既展现了她们作为女性的妖娆妩媚的个体之美，也展现了她们被市侩主义主导的唯利是图的群像；既有当代都市女性日常生活、内心困惑和欲望追求的细致呈现，也有她们在权力和资本中间的艰难周旋和命运流转；既有商业、文化与权力紧密胶合的黑色内幕，也有焦灼现实的寻求精神安妥的焚香礼佛……可以说，《暂坐》是一部融合西京百态、聚焦女性命运的市井传奇。

一

21世纪以来的二十年间，中国女性跟整个社会一样，在某些方面，呈现出后现代主义的状貌：没有思想上的基础，没有明确的目标，没有努力的方向，也谈不上意义上的探寻和追求，几乎被现实生存和物质欲望淹没。物质上愈来愈丰裕，人们的选择越来越自由。女性的称呼也越来越多元，中国女性似乎从来没有这样自由自主过：女权主义者、全职太太、"剩女"、大龄优质妇女、美女、"女汉子"、"软妹子"、"萝莉"、"御姐"、"女王"、"白骨精"、"白富美"等新名词层叠而出，但实际上，中国女性也从来没有如此迷茫无助过，从来没有如此失魂落魄过——她们被逼进了貌似自由的后现代的死胡同，选择的余地较以往更加狭小逼仄。究本溯源，这种处境当然不能回避男女平等、性别公正、文化差异等问题，然而最根本的却是经济、政治、社会以及体制等对其内在的规定、控制和塑造。我们知道，"降生在任何社会的绝大多数个体，无论其所属社会的习俗有什么特质,正如我们已见到的,他们总是采取那个社会所需要的行为。这种事实常被其文化载体解释为,是由于它们的特殊习俗反映了一种根本而普遍的明智。实际原因是颇为不同的。大多数人被依其文化形式而受到塑造,这是因为他们有着那种与生俱来的巨大的可塑性(malleability)"①。对社会和人生,《暂坐》中的海若等"西京十玉",有着露丝·本尼迪克所谓的"根本而普遍的明智",完全是传统习俗和社会文化的建构物。她们生活在后现代的都市中,但从性别角色和主体精神来看,却是典型的前现代面相。

后现代最鲜明的表征,就是《暂坐》中的女性海若、向其语、应丽后、冯迎、希立水、夏自花等"西京十玉"包括俄罗斯姑娘伊娃,都时尚新潮,美丽可人,她们用现代都市女性的外在装饰和文化表述,传递着鲜明的时代信息和共同的个人体验。她们考虑着如何去染奶奶灰,做拉皮手术,如何去注射玻尿酸,谈论着胶原蛋白消失、苹果肌下垂、去韩国整容⋯⋯她们成为时尚和美容的奴隶,这些不但没有让她们成为独立的个体,而且隔断了她们与超越性的联系,使她们成为男性欲望化的对象。正如波伏娃所言,"服饰对许多女人之所以如此重要,是因为它们可以使女人凭借幻觉,同时重塑外部世界和她们内在的自我"②。极端者如辛起,为了骗取港商财富,偷偷做了缩阴术。被抛弃后,又谋划着骗得港商的精液,冷冻后去做试管婴儿,以此来要挟。这些女性注重自己的美色,将美色和身体作为吸引男性的资本,丝毫不觉地认同作为男性欲望化对象的存在。她们是所谓的"好女人",几乎都是单身,她们不相信爱情,也不相信婚姻,不再对婚恋关系中的男性抱有任何希望和丝毫幻想。对她们的过去,小说或一笔带过,或着墨不多。但我们可以看到,她们都有着失败的感情和婚姻,对男性走进自己的情感世界充满提防或者排斥。海若对严念

---

① 露丝·本尼迪克:《文化模式》,何锡章、黄欢译,华夏出版社,1987年,第197页。
② 西蒙娜·德·波伏娃:《第二性》,陶铁柱译,中国书籍出版社,2004年,第499页。

初说:"咱这姊妹们谁的婚姻好过?蒜剥了皮都光光洁洁的,咬嚼了只有自己知道又辛又臭么。"①小说中引用了当下很流行的一句话——"别说我爱你,你爱我,咱们只是都饿了。"作者说:"这句话是别人说的,之所以用在此,也是表达当下的一些婚姻爱情的实况。世上或许有纯真的爱情吧,但现在的社会里更多是建立在物质基础上,即使走在一起了,也多是'饿'着,'吃了饭'便各走各的。正如此,《暂坐》里的女子追求经济独立,要自我,要自由,要时尚,要潇洒,要文艺范儿,才多是未婚或离婚后的单身。这是别一样的时代,这也是别一样时代里的一群别一样的女子。"②"西京十玉"注重姐妹感情和同性之爱(如司一楠和徐栖),围绕在官商皆通、长袖善舞的海若周围,形成了一个情感和利益的小团体。她们通过各种途径与权力结交,凭借自己的资本、美色和努力,在市场—权力绾结的社会中,成就了自己的事业。她们天生丽质,摩登时髦,迷醉于消费主义;她们世事洞明,人情练达,深谙权力和资本的运作秘密;她们虽有女性与生俱来的悲悯与同情,但在本质上,依然是一群衣着时尚光鲜的旧时代妇女——没有完成由外而内的转变,没有自我意识,处在他人和环境的支配之下,在市场—权力—男性合而为一的社会结构中,完全处于客体地位,是丧失了主观人格的异化了的他人(the other)。她们虽不再依靠或者依附丈夫或男友,获得了经济上的独立和表面的解放,但并不意味着不再依靠男性,而是寻找到了新的更有力的依附,依靠更有权势的男人。她们跳出了家庭—恋情小共同体的束缚,却在由男性主导秩序的大环境和大社会中,沦为更为彻底的欲望化的玩物。她们的走出家庭或告别婚恋,跟性别意识的萌发和主体意识的觉醒,没有丝毫关系。就此而言,《暂坐》虽然书写了一大群西京城的现代女性,但却是一部与女性主义毫无瓜葛的都市小说。这也是现代都市女性的真实处境:作为女性,

---

① 贾平凹:《暂坐》,载《当代》2020年第3期,第66页。
② 柏桦:《贾平凹:第二部城市小说的文化态度和对女性心灵的审视——本报就长篇小说〈暂坐〉独家专访著名作家贾平凹》,载《陕西日报》2020年6月9日。

在大的社会环境中,并不女"性"或丢弃了性别,"她注定要处于被限定的存在中:她通过她的被动性布施了和平与和谐,只要她拒绝扮演这个角色,就会被视为'祈祷的螳螂',吃人的女妖。在任何情况下,她都以特权的他者(the privileged other)出现,通过她,主体实现了他自己:她就是男人的手段之一,是他的抗衡,他的拯救、历险和幸福"①。她们是男性、权力和资本的附属物。

海若作为"西京十玉"的灵魂,是作者高度理想化和非常欣赏的女性,她不自高自大,对姐妹们一视同仁,平等相待,关心每一个姐妹的幸福和安康。她说:"大家都是土地,大家又都各自是一条河水,谁也不要想改变谁,而河水择地而流,流着就在清洗着土地,滋养着土地,也不知不觉地该改变的都慢慢改变了。"②姐妹们围绕在她周围,形成了一个情感和利益的小共同体。我们知道,女性的友谊如果能够成功地缔结并持续下去,对女性来说是非常宝贵的。但在一个男性主导的社会中,"女性却被限制在她们共同的女性命运之内,被某种内在的同谋关系捆在一起。她们在她们中间首先想的肯定是她们共同的世界。她们不去讨论意见和一般想法,但是却交换私人秘密和食谱;她们要联合起来创造一个相反的世界,这个世界要超过男性的世界"③,然而,一旦有个人利益或者私人感情侵蚀这种"内在的同谋关系",她们的小共同体则岌岌可危。小说中,她们互相关照,互相抚慰,轮流照看病重住院的夏自花,表现出姐妹之间令人感动的手足之情。然而,这种感情并不牢靠,这是由于女性之爱的垄断特征决定的:"女人的伙伴感情极少能上升为真正的友谊。女人觉得她们的团结比男人的团结更有自发性;但是在这样的团结中,每一个人的超越都不能指向他人,因为她们共同面对着男性世界,她们每一个人都希望独自垄断其价值。她们之间的关系并不是建立在她们个性的基础上,而是

---

① 西蒙娜·德·波伏娃:《第二性》,陶铁柱译,中国书籍出版社,2004年,第239页。
② 贾平凹:《暂坐》,载《当代》2020年第3期,第69页。
③ 西蒙娜·德·波伏娃:《第二性》,陶铁柱译,中国书籍出版社,2004年,第507页。

一种直接的共同体验,所以立刻会由此产生出敌意的因素。"①在现实生活中,两个女性越是要好,她们的关系愈是危险。在文学史上,女人被最好的同性朋友出卖,是一个屡见不鲜甚至有些老生常谈的母题。"西京十玉"之间的关系也潜伏着这种危险的"垄断",正如羿光给严念初所说的:"一个个都是些刺猬的,抱团取暖着倒也相互扎得疼,一把沙子能握吗,越握越从指缝漏的。"②小说中也写到了女人姐妹之爱与男女之爱的排斥性——海若"在认识羿光的那一年,羿光经常就打来电话,或者是她正在上班,或者就三更半夜。他是说打就打,随心所欲,她也是召之即来,乐此不疲。他们成了最亲近的朋友。白天里下班后她会帮他做饭,然后两人一块用餐。……那一年她是最忙碌的,精神头却是那么好,压根不知道疲倦。可当她开始有了一个一个姊妹,羿光的电话就越来越少,她的失眠症便也从那时患起。但羿光仍然是她最好的朋友,也成了众姊妹最好的朋友,她和她们有任何好的事情和不好的事情都会找他,分享、请教或求帮忙。羿光也高兴地说过:我是心脏呀,快乐了跳得厉害,悲伤了也跳得厉害,受不了啊!"③海若对羿光无疑是专一的痴心的,但她高估了她跟羿光的关系,比如羿光偷约伊娃风流,不但羿光瞒着她,伊娃也瞒着她。在伊娃的潜意识里,能与著名作家风流遇合,有着难以言语的荣耀——"你是天才呀,绝对是天才。"④这种跨国艳遇,无意间流露出四夷宾服的亢奋的时代精神。海若也隐隐约约觉得,姐妹之爱与对羿光的爱产生了令人郁闷焦灼的冲突,羿光因为她记着姐妹疏远他而冷淡她,她自己也因此患上了失眠症。

更无可回避的是,在唯利是图的社会环境和时代风气下,不仅姐妹之情,一切传统意义上很可靠很坚固的感情,都不堪一击。任何时代,一

---

① 西蒙娜·德·波伏娃:《第二性》,陶铁柱译,中国书籍出版社,2004年,第509页。
② 贾平凹:《暂坐》,载《当代》2020年第3期,第25页。
③ 同上,第107页。
④ 同上,第75页。

且价值混乱,金钱和权力就会成为唯一的尺度和标准。《暂坐》中的西京城,类似于《金瓶梅》中的16世纪中后期的清河县,出现了一种新的支配性的新信仰,即人人"以金钱为基础,以经济活动为中心,构筑自己梦幻般的'欲望天堂',重构经济依附性的人伦关系,确立以金钱崇拜为核心、以挥霍纵欲为根本人生目标的新信仰"①。"西京十玉"也是生活在这样的环境中。小说中,严念初朋友的朋友,芙蓉口腔医院王院长的朋友房地产商胡老板,资金回笼困难,通过王院长和严念初,向应丽后借贷了一千万,利息每月五十万,王院长为直接担保人,严念初为连带担保人。起初三个月,利息按时到账,后来却没了,胡老板就跑路了。应丽后后来也意识到了这可能是严念初给自己使手段设套子,但已没有办法,只得央求海若来解决。应丽后担心钱还不上,"海若说:该相信友情。应丽后说:你让我相信友情?海若说:让严念初相信。"②后来,应丽后让讨债公司参与,非但没有讨来旧债,反而新贴不少,搞得一地鸡毛。实际上,海若那种理想化的如同荣国府一样"一荣俱荣一损俱损"的姐妹观念和怡怡之情,即使市上领导不被"双规",在一个唯钱可见的丛林社会中,也难以维系下去。茶庄发生爆炸事件之后,海若杳无踪影,众姐妹也纷纷自顾。虞本温说:"夫妻本是同林鸟,大难来了各自飞,何况众姊妹!世态炎凉,这次看清楚了吧。"③树倒猢狲散,这是她们必然的结局。

二

从性别意识和主体精神上,《暂坐》表现出典型的前现代症候——"西京十玉"貌似独立自主,实际上却被金钱、权力、关系和名人崇拜等

---

① 格非:《雪隐鹭鸶——〈金瓶梅〉的声色与虚无》,译林出版社,2014年,第44页。
② 贾平凹:《暂坐》,载《当代》2020年第3期,第53页。
③ 同上,第115页。

支配，没有独立的性别意识和个人的主体精神，是男性欲望的对象。按照女性主义者的解释，性别差异不是来源于自然属性的规定与差别，而是被文化地建构起来的。"西京十玉"如同笼罩西京的雾霾一样，也是被前现代社会的性别观念和权力意识塑造而来的：她们认同于自己这种被规定的角色，陶醉于扮演被物色、被挑选的对象。皮埃尔·布尔迪厄说："男性的欲望是占有的欲望，是色情化的统治；女性的欲望是男性统治的欲望，是色情化的服从，或者，严格来讲，是对统治的色情化的认可。"①一方面，妩媚妖娆的"西京十玉"以及辛起和俄罗斯姑娘伊娃，穿V领裙，穿筒靴，挂玉佩，戴项链，戴墨镜等，都是羿光等——她们跟权力与资本的中介者的赏玩对象，羿光一会"惊若天人"，说"今日都穿得这么鲜亮，既然是女为悦己者容，让我来抱抱，我是抱衣服啊！"②一会"赞叹美女们用两个指头夹烟支，吸一口了胳膊更高高举直，潇洒优美，态味十足"，"忍不住捏了一下她的鼻子，说：你这个小脸，好可爱的"③，等等，这种欲望的主体和欲望的对象相互分离，是一种不平等的、单向的需要关系，欲望的对象，并未具备思想、精神、意识、尊严上的独立性和主体性；另一方面，二者又是同一的，即欲望的对象对这种不平等、单向的关系表现出完全的认同和接纳，表现出同谋化的特征。正如波伏娃所言："从男人那里获得经济解放的女人，在道德上、社会上和心理上，还没有处在和男人同样的境遇。"④《暂坐》中的女性正是如此。

海若经营的暂坐茶庄，是"西京十玉"日常活动的场所，也是众姐妹"走向新生活的圣地"⑤。小说通过羿光——这群"红色娘子军"的"党代表"同严念初与海若的对话，道出了"西京十玉"部分的"独立"真相：

---

① 皮埃尔·布尔迪厄：《男性统治》，刘晖译，中国人民大学出版社，2012年，第26页。
② 贾平凹：《暂坐》，载《当代》2020年第3期，第24页。
③ 同上，第27页。
④ 西蒙娜·德·波伏娃：《第二性》，陶铁柱译，中国书籍出版社，2004年，第639页。
⑤ 贾平凹：《暂坐》，载《当代》2020年第3期，第25页。

她们说得热闹，海若和羿光也走过来，羿光只是嘿嘿笑。严念初说：羿老师笑啥？羿光说：你们都是飞天啦？严念初说：难道不是吗？羿光说：那我先给你们讲讲这是个什么社会吧，这个社会说是妇女翻身，其实仍然是男性的社会。我举一个小小例子吧，从街道办到市政府省政府，甚至中央开会，公布的会议人员名单中从来都是某某某，某某某，某某某括号女，男的为什么后边不加个括号标明是男呢？海若说：正是这个社会对女人不公，我们才要走出体制走出家庭么。羿光说：走出来就做生意？海若说：经济独立呀，不经济独立怎么精神独立呢？羿光说：是要经济独立，可都是些小老板呀，就像坐在窝里孵蛋的鸡，生下的蛋大蛋小，有的蛋还是软的，有的蛋还是蛋皮上粘满了粪便和血，却都咯咯大叫。海若举了拳头就在羿光背上打，叫道：我们在你眼里就是这形象啊！众声齐声讨，羿光抹了一下脸，说：比喻，比喻，一切比喻都是蹩脚的么。当然，你们这十一块玉，不，除了伊娃，是已经够优秀的了，有貌有才，有一定经济实力，想到哪就能到哪，想买啥就能买啥，不开会，不受人管，身无系绊，但在这个社会就真的自由自在啦，精神独立啦？你们升高了想着还要再升高，翅膀真的大吗？地球没有吸引力了吗？还想要再升高本身就是欲望，越有欲望身子越重，脚上又带着这样那样的泥坨，我才说你们不是飞天，飞不了天的。他问海若：你觉得呢？[1]

确如羿光所言：海若等"西京十玉"即使如何自强独立，也难以逃出社会所造就的不公；在男性面前，她们从来不是主体，"而是荒谬地带有主观性的客体"，她们"把自己当作自我，又当作他者"[2]。非但如此，她们只有顺从和迎合，才能拥有自己的一隅之地。"西京十玉"多数

---

① 贾平凹：《暂坐》，载《当代》2020年第3期，第28页。
② 西蒙娜·德·波伏娃：《第二性》，陶铁柱译，中国书籍出版社，2004年，第672页。

从商,在资本权力化和权力资本化结合的社会环境中,无一不认同其显规则和潜规则:向其语有一块地,一转手赚了上千万,又与人合办了康复医院;应丽后是倒腾房子的老手,光出租的门面房就有二十三间;严念初最先做电梯生意,后改行做医疗器械,赚得盆满钵满;司一楠是西京最大的红木家具店的老板;作为大姐大的海若,做茶叶生意,多财善贾,官商通吃,同市政府秘书长熟悉,跟吴老板、巩老板、齐老板等富商关系也非同一般:齐老板买茶叶一次就是买好几万的,有时候给领导送名牌手表、珠宝玉器、高档衣服,也都是店里的小唐、小甄送货。正因为如此,她才成为"西京十玉"中众星环拱的北斗。小说中,市上召开招商大会,宁秘书长一如既往地照顾海若,她一单就售出二百筒猴魁茶。海若投桃报李,跟以往一样,让小唐给宁秘书长一张卡。其他姐妹,之所以将海若当作大姐大,固然因为她的待人平和,体恤姐妹,更重要的是她人脉活络,结交官商,可以通天。如陆以可经营广告公司,企图通过海若和秘书长的关系,承揽LED显示屏的生意。"西京十玉"貌似独立,实际上却和权力紧密黏合在一起,或明目张胆,或暗通款曲。暂坐茶庄是她们开展活动的据点,正如《金瓶梅》所言:"风流茶说合,酒是色媒人"①,她们由茶而传情,由酒而催情,由色而谋益,经济上获利,过上了珠围翠绕的时尚生活。但我们知道,以色事人者,色衰则爱弛,爱弛则恩绝;以色事权者,权弱则利小,权颓则难至。海若等"西京十玉"尽管妩媚艳丽,精明能干,但她们的商业活动,或依权,或附势,可谓"霾都"西京的菟丝。杜甫云:"兔丝附蓬麻,引蔓故不长。"②元稹的《兔丝》则说得更透彻:"人生莫依倚,依倚事不成。君看兔丝蔓,依倚榛与荆。荆榛易蒙密,百鸟撩乱鸣。下有狐兔穴,奔走亦纵横。樵童斫将去,柔蔓与之并。翳荟生可耻,束缚死无名。桂树月中出,珊瑚石上生。俊鹘度海食,应龙升

---

① 兰陵笑笑生:《张竹坡批评第一奇书金瓶梅》,王汝梅、李昭恂、于凤树校点,齐鲁书社,1987年,第72—73页。
② 杜甫:《新婚别》,见马茂元编选《唐诗选》,上海古籍出版社,1999年,第310页。

天行。灵物本特达，不复相缠萦。缠萦竟何者，荆棘与飞茎。"①最终，因为市上领导被"双规"，拔出萝卜带出泥，"樵童斫将去，柔蔓与之并"，暂坐茶庄受到牵连，员工被带走，"西京十玉"作鸟兽散，伊娃离开西京返回俄罗斯。在小说中，我们看到，雾霾笼罩的西京城是一个空洞敞开的深渊——海若们追逐财富和地位，谈论幸福和不幸，被虚假的财富、虚假的兴奋和虚假的愉悦鼓动，她们的经济活动，固然有市场经济的一些因素，但本质上，仍然依托于律法松弛、权力寻租、贪贿风行和人情往来盘根错节而形成的畸形社会形态，是一种权力、资本、美色和欲望熔铸的典型的商业经济伦理。

实际上，不止都市女性依附权力，面临着类似"西京十玉"的困境、危机和灾难，都市男性处在同样的雾霾之下，处境比海若们更为艰难，遭遇比海若们甚至更为不幸。因此，我们无须也没有必要悼红惜玉，只怜悯女性的处境。在现实中，塑造"女人"的不仅是女权主义者所声讨的男性以及男权意识，更多的时候，其实正是女性自己。而且，她们的命运和男性是相同的，她们/他们成为她们/他们自己的唯一途径，也许正如马克思所指出的——只有解放全人类，才能解放自己。

三

"西京十玉"在精神上是迷茫的、困惑的和空虚的，她们同维多利亚时代的庞得贝一样，美丽雅致的外表下，隐藏着"最粗鄙的、最顽固的'赤裸裸的个人主义'"，她们"只关心恣意伸张自我，关心权力和物质成就，而对理想或观念没有一点儿兴趣——除了做完全自立之人这个观念外"。②被物质、权力和资本裹挟，必然会导致精神上的孤独、幻灭和虚

---

① 谢永芳编著：《元稹诗全集》（汇校汇注汇评），崇文书局，2016年，第6页。
② F.R.利维斯：《伟大的传统》，袁伟译，生活·读书·新知三联书店，2002年，第380页。

无。孤独是现代都市人的特征，也是"西京十玉"的生存处境。不过，这种孤独不是形而上的思想精神上的哲学意义上的孤独，而是在拥挤不堪、雾霾笼罩的都市，在无处不在的生存和竞争压力，以及复杂的人际关系中煎熬的孤独。"西京十玉"们，一旦没有财富、权力与欲望带来的刺激与兴奋，她们不但孤独，甚至还绝望和虚无。这正如作者所言："我读过一篇文章，里边写道：'城市越是现代，生活在城市里的人越是艰难，其惶然命运的无望，失去信仰的撑持，远离存在的意义，彼此相交集，各自成障碍，表面常来往，实际不兼容，每个人都自我中心，每个人又身处边缘，不见外表的冲突，却在群体中大感不适，既虚弱又脆弱，既无力又无奈，既有所萦怀又无动于衷，情感的损伤无法疗治，精神的苍白难于慰藉。'现在的城市有太多需要我们看到的东西，然后把它表现出来。"①现代都市以金钱、物质和权力为中心，拜金主义、市侩哲学、权力崇拜和消费主义主导一切，表面的繁华掩饰着自利的丛林，一切以衰竭、崩塌和坏死的形式呈现出来，个体在支离破碎中幸存，被抛入孤立无助的异乡人的处境。

因此，"西京十玉"将精神寄托在佛教上，寄托在西藏活佛上。这是她们的精神教父羿光给予她们的指引。羿光是跟庄之蝶一样的官商皆通的著名作家，是众姊妹崇拜得五体投地的大才子、大名人，他因担任市模特大赛评委认识参赛的夏自花，从而走进了海若的姊妹圈。他是她们心灵依赖的对象，也是一个能给她们带来实利的"掮客"。他在官员和商人之间穿梭，为海若等人的生意穿针引线，不仅是她们的精神导师，也是她们的商业活动的经纪人。在一切可能的场合，羿光都会抓住机会给"西京十玉"讲法："佛教讲缘生，说由于各种关系结合而产生各种现象，写小说也是如此"，日常生活也是如此；"佛教中认为宇宙是由众生的活动形成的，凡夫众生的存在便是生老病死怨憎会爱别离求不得的周而复始的苦

---

① 柏桦：《贾平凹：第二部城市小说的文化态度和对女性心灵的审视——本报就长篇小说〈暂坐〉独家专访著名作家贾平凹》，载《陕西日报》2020年6月9日。

恼，随着对时间过程的善恶行为，而来感受种种环境和生命的果报，升降不已，浮沉无定"①……海若虽是之前在吴老板介绍下，在活佛名下皈依当了居士的，但羿光无疑具有决定性的影响。其他姊妹如陆以可、希立水、司一楠等，也受到羿光潜移默化的影响，甚至想借着活佛的到来，皈依佛法。

因而，海若扩大茶庄，腾出一间来专门供佛。她将精神和希望寄托在佛法上，将一切不顺和不幸的解决，寄托在吴老板联系的西藏活佛上。她对众姊妹说："不管当今社会有什么新名堂，新花样，新科技，而释迦牟尼要让我们众生解决的问题一直还在。我们不能去寺庙里修行，打坐，念经，我们却可以在日常生活中做禅修，去烦恼。当然具体到咱们众姊妹，现在都还不会。接着接待活佛，茶庄扩大了这间房，权当做个佛堂或者禅室，以后就开始礼佛呀。今天我们大家坐在这里，是什么力量让我们坐在一起？表面上是请客吃喝，其实这是我们过去业的缘故吧，也更是我们每个人有着想解决生活生命中的疑团的想法和力量才聚成的。"②小说中，从始至终，海若们一直热切地盼望着西藏活佛的到来，到了还是没来，她们的郁闷、困惑和不顺因而未得纾解，她们也没有得到佛法的护佑。随着市上领导的被"双规"和暂坐茶庄的爆炸，姐妹们风流云散，茶庄灰飞烟灭，一切正如茶庄的名字所喻——暂坐。暂坐，是佛家的智慧，正如《金刚经》所言："一切有为法，如梦幻泡影，如露亦如电，应作如是观。"作者解释说："人生就是'暂坐'呀，每个人来到世上都是'暂坐'呀。小说要表现的是社会，是人活着的意义，这群女子又是如何的生存状态和精神状态，她们在经济独立后，怎样追求自在、潇洒、时尚和文艺范，又怎样地艰辛、迷惘、无奈、堕落。其中冯迎的线索、陆以可父亲的线索、'活佛'的线索等等，甚或一开场茶庄二楼上的壁画都是以此而

---

① 贾平凹：《暂坐》，载《当代》2020年第3期，第27页。
② 同上，第25页。

设置的。"①实际上，处在佛法所谓的"末法时代"，佛法被世间的物质欲望和丛林法则淹没，纵然有度人度己的功德无边的佛法存在，也没有几个人虔诚地去信受奉行。小说中，我们可以看到，海若读《楞严大义经》，读《妙法莲华经》，辟敬佛间，听羿光讲佛法，焚香礼佛，敬佛如佛在，对佛法很重视；另一方面，她们的所作所为，除了照顾救济夏自花一家有点佛性之外，其他并非信佛之人所为。她们深陷消费主义、享乐主义和现世主义的喧嚣合唱，在欲望、金钱与利益等的蛊惑下，丧失了女性的本性，也丧失了人之为人的本性。羿光所讲的"升降不已，浮沉无定"，不但没有给她们定力，反而加速了她们的迷失和堕落。就小说叙事而言，佛教说教在明末以降的世情小说中并不鲜见。按照浦安迪的说法，《金瓶梅》成文时期，"把佛教说教这一套编入小说文体的美学轮廓中，已经成为一种固定的格式。它被当作一种约定俗成的惯例，其醉翁之意已经不在于说教本身"。不过，"《金瓶梅》中的因果报应框架并不是直言无隐的小说主题，而是深具寓意，暗蕴反讽的处心积虑之作"。②在《暂坐》中，佛教"升降不已，浮沉无定"和"幻灭"的思想体现在人物身上，成为她们安身立命的哲学，也表现在小说的氛围和题目上，作者并没有去追求一种反讽性的张力，重构与存在、与世界的关系，刻意追求的是一种与人物、与时代、与环境共鸣的浮生若梦的"暂坐"感慨。

四

《暂坐》中的女性，是贾平凹"将现实对象理想化"和"将理想对象现实化"的结晶。席勒在致歌德的信中说："将现实对象理想化和将

---

① 王雪瑛、贾平凹：《与贾平凹关于长篇新作〈暂坐〉的对话——面对生活存机警之心，从事创作生饥饿之感》，载《文汇报》2020年6月17日。
② 浦安迪：《中国叙事学》，北京大学出版社，1996年，第134页。

理想对象现实化,是完全不同的两回事,后者从根本上而言属于自由虚构的创造状态。"①"将现实对象理想化"并非不需要虚构,但与"将理想对象现实化"充分依据虚构不同,其更需要扎根现实,符合人物的性格逻辑和生存环境。海若等女性,均风姿绰约,光彩照人,但除海若稍微丰满一些之外,其他人的形象比较模糊,内心世界也比较隐蔽。一定程度上,这也是她们的后现代主义处境带给小说叙事的"非真实化"难题。杰姆逊认为,萨特发明的"非真实化"不仅指艺术品的蜡像化,更重要的是,"剥夺我们依赖的现实","在后现代主义的文化里,形象也是有着同样的非真实化的效果。尽管它很忠实地复制出现实,但也正是在这种复制中,形象将现实抽干了,非真实化了"。②虽然如此,这种"非真实化"效果,起决定性的,还是人物的过度理想化。因而,"西京十玉"也就给我们一种缥缈之感,仿佛就在身边,但又遥不可及。

　　小说的核心人物海若,寄寓了作者对女性的美好想象,是作者高度理想化的"尤物":她爱姐妹,为姐妹的利益奔波,有爱心,关心病重住院的夏自花,照顾夏自花的母亲和儿子……这些都表现出女性与生俱来的善良悲悯的性别特征,带有些许佛性。她读书认真,为员工制定"美德十三条",要求员工饮食节制、言语谨慎、行事有章、坚毅果敢等;她供佛间的瓷佛是名家烧瓷,条案是金丝楠木,壁画是西京著名画家王季临摹的西夏王朝的地宫画,房间里到处是文学的、经济的、茶道的、瓷器的、插花的、鉴定珠宝的书籍,还有画册,有字帖等;她熟悉西京鼓乐,给徐栖讲解行乐《十六拍》的韵曲《绕仙堂》、耍曲《击鼓》、歌章《往东瞧》、铜鼓《步步娇》……她心烦了,拿起古琴,弹一曲《渔舟晚唱》稳定情绪;或翻翻《芥子园画谱》,调剂心情;或到罗汉床上摆弄那些珠子和文

---

① 叶隽:《史诗气象与自由彷徨》,同济大学出版社,2007年,第271页。
② 弗·杰姆逊:《后现代主义与文化理论》,唐小兵译,陕西师范大学出版社,1986年,第189页。

素扇，寻求安静。心情好的时候，在罗汉床上翻翻书，摘录四字成语，以备羿光题写，如"境界前尘，染净不二，阿鞞跋致，清风在握，旷野无尘，逸翮独翔，高尚其事，鸣鹤在阴，被褐怀玉，澹然无极，格物致知，解衣盘礴，得大自在，有孚盈缶，幽娴贞静"①等等。作者集百千宠爱于一身，爱之切，饰之重，不惜将一切美好的智慧的通达的东西集中在她身上，反而压垮了人物，造成形象失真，甚至矛盾，如同鲁迅所谓的"欲显刘备之长厚而似伪，状诸葛之多智而近妖"②。同时给人一种时空的错乱感，感觉"西京十玉"命里都是"怡红院中人"，现实中却是"清河县上客"。换言之，海若等人是《金瓶梅》女性的处境，却有《红楼梦》女性的情怀。这种抵牾或许也构成了《暂坐》女性人物的张力，使得整个文本呈现出前现代与后现代女性主义交相错杂的症候，除了可以从人物形象、美学价值或者文学史的视阈去审视外，可能还蕴含着认识论、意识形态的和经济学的命题。

我们这个时代，的确是瞬息万变的"暂坐"时代，这给我们的小说叙事带来极大的挑战：关注、关切当下的日常生活和社会变化，穿过表面的幻象，勘探生存的深层的本质，成为当下小说叙事不堪担荷的重负。无疑，这是获得永久性的可贵努力。然而，在消费主义、享乐主义、市侩主义和虚无主义主导的社会语境中，在气候雾霾、思想雾霾和精神雾霾搅拌的混沌中，我们的小说写作又极易沦为社会生活的表象记录、社会学意义上的调查报告、"抉择社会弊病"③的黑幕小说，以及"揭发伏藏，显其弊恶"④的谴责小说。但最关键的，还是小说对待现实、对待世界的态度。在一定意义上，态度无疑比追寻更为重要，正如卡尔维诺所言，"文学能够教会我们的并不是实际的方法和需要达到的结果，而仅仅是对待事

---

① 贾平凹：《暂坐》，载《当代》2020年第3期，第52页。
② 鲁迅：《中国小说史略》，见《鲁迅全集》第9卷，人民文学出版社，2005年，第135页。
③ 同上，第301页。
④ 同上，第291页。

物的态度"①。《暂坐》的意义和价值，可能更多也在这种对待现实、对待女性和对待世界的态度上。

原载《西北大学学报》（哲学社会科学版）2020年第5期

---

① 卡尔维诺：《文学机器》，魏怡译，译林出版社，2018年，第93页。

现实困境的古典摆渡

——论邢小利的长篇小说《午后》

对三秦文坛略有所知的人都知道，邢小利是新时期陕西文学的参与者与见证者，也是一位颇有建树的记录者与研究者。

20世纪80年代，他是声名鹊起的评论家；90年代，他是声名籍甚的散文家；新世纪，他是声名赫赫的柳青和陈忠实研究专家。当他去年在唐村——即《午后》的场景，提到他的知识分子题材的长篇小说将要出版的时候，我多少还是有些惊诧，但更多的是期待。

令我惊诧的是他身份的自我转变。虽然知道他之前也写过一些中短篇，但相信包括我在内的大多数朋友已将他的面孔"定格"为散文家和学者，暌违多年之后又写小说，而且是长篇，让人不得不叹服他的执着和顽韧。期待则是他写的是知识分子群体，因为我也混迹在这个群体的边缘，更重要的是，关于这个群体的书写，20世纪90年代以至当下，少有称心如意的作品。曾有多次，外省的学者以惊诧或者羡慕的目光问我：你们西安的女性崇拜作家文人真像《废都》写的那样吗？我一笑置之。《午后》写的是长安，也就是《废都》中的西京，新世纪他们的命运又如何呢？读罢之后，我觉得这是一部具有古典格调与文人情趣的新世纪知识分子精神画传，是一部在细微和轻盈处映照大裂变、大悲伤和大主题的抉心之作。

一

　　21世纪以来，中国知识分子的处境，较之20世纪90年代的世俗化、商业化、多元化以及相对宽松的精神空间，更为尴尬：虽然基本的生存条件有所改善，但日益强化的拜物教、拜权教以及不断压缩的话语空间所造就的空心化的社会环境，使得知识分子尤其是边缘知识分子的生存尤为艰难。一方面，他们得力图摆脱环境的控制，保持自己的个性和独立性，另一方面，他们又不得不对巨大的时代转型和变革阵痛做出反应，避免成为精神上的虚无主义者，并寻找灵魂的安放之地。这是21世纪以来知识分子及其书写所面对的无法回避而又敏感重大的时代命题。从新世纪初的《沧浪之水》《能不忆蜀葵》《作女》《桃李》《所谓作家》等，到近年的《穿心莲》《桃夭》《春尽江南》《应物兄》等，几乎都在表现知识分子身处巨大历史和社会变革的挣扎与纠结、妥协与坚守、苦痛与创伤、困顿与迷茫。我们可以看到，他们几乎都进退失据，丧失了知识分子的使命，在纷乱喧嚣的现实面前严重失重，承受着难以言表的空虚之痛和荒诞之轻。

　　邢小利的长篇小说《午后》接续了这一时代主题，正如出版社的推荐语所说的——

　　最普通的男女往往演绎着最浪漫的恋曲/最疯狂的追逐偏偏潜伏着最深沉的悲凉/继《春尽江南》《应物兄》之后，又一部书写当代知识分子真实生存困境与灵魂裂变的剖心之作/人到中年之后/我们该如何安放自己的身心

　　但同时，《午后》对这一主题又有着焕然全新的拓展和深化，其与新世纪知识分子题材小说的失魂落魄不同，也与《废都》中以庄之蝶为首的西京文化名人"沽名钓女"相异，这是一部具有古典格调、隐士情怀与现代文人情趣的长篇小说。或者说，这部长篇小说通过南柯，比较成功地处理了中国古典传统和文人隐士的生活方式在现代化、城镇化和物质化的过

程中，如何作为安身立命的凭借，抵抗权力、资本、物质对灵魂和精神摧残腐蚀的这一沉重命题。

"午后"是生命的中年状态，也是人生中比较理性和澄澈的一个阶段。这突出表现在小说主人公南柯人生态度魏晋式的"旷达"上——洞明世事悟透人生的豁然达观，删繁就简了无牵扯的真率自然。他不像《沧浪之水》中的池大为，屈服于生活的逼迫和权力的诱惑，成为官场中风光无限的成功者；不像《桃李》中的邵景文，遭遇一系列不幸之后成为识时务者，利用法律知识和法律空子攫取金钱俘获美女，成为商业时代的胜利者；不像《春尽江南》中的谭端午那样，自我放逐，甘于做一个百无一用的书生，在现实生活中处处碰壁，像水母一样软弱无力。在新世纪的长安文化圈和朋友圈，南柯在道德观念和精神世界上，与熟人和友朋的差异也很大：他不是齐文晋那样的现实主义者，不是潘冬宝那样的没有底线的纵欲者和享乐者，不是柴一才那样的生活和精神上的浪荡鬼，也不是汪文海那样的世俗意义上的成功者……他深受中国古典隐逸文学影响，具有传统文人的特点，同时又兼具现代知识分子品格，是不折不扣的古典主义者和理想主义者。尽管他在精神、道德、价值认同上也面临着种种危机和困惑，有着种种冲突和挣扎，但他在古典传统中寻找到了安身立命的所在，在芜杂喧嚣的现实中并未进退失据，有限地获得了宁静和安妥。一方面，他以古典传统和魏晋风度为精神资源，自觉与时代疏离，保持自己的个性和独立，有着浓厚的隐士情结。作为体制中人——汉唐文化研究院的研究人员与《唐音》杂志的编辑，他不与世俗苟合，自我放逐，是可有可无的边缘人；作为长安城的文人，他甘当"隐士"，与文坛若即若离，但又不坠文人志趣——"他知道他受了陶渊明太多影响，或者说自己身上与陶渊明有太多相似的地方，主要就是：不愿巴结逢迎，'质性自然'，'违己交病'，'不慕荣利'。"[①]（第23页）他不像齐文晋、柴一才、潘冬宝那

---

① 邢小利：《午后》，上海文艺出版社，2021年。本文中凡此书引文，只在相应位置标注页码。

样机敏世故长袖善舞,他注重生命内在的意义和价值,在物质化、世俗化的环境中恪守自己的底线,批判现实生活中的功利主义和世俗主义,追求具有古典趣味的生活理想。在年过不惑之后,他已经将人生的问题想得很清楚:"不能为追逐金钱而活,不能为当一个什么官而活,无论这官是大是小,'名利于我如浮云',这是他坚定不移的信念。做学问,搞研究,甚至写一些随笔,这是他喜爱的,但他也觉得这一切的价值和意义不是很大。如何才能实现自己最大的人生价值和意义?向哪个方向努力?南柯是迷惑的。"(第23页)尽管他也自我怀疑,甚至具有浓厚的虚无主义和悲观情绪,但隐士的精神和人格已经完全融入他的生命之中,并自然地体现在日常生活之中,不以功名累己,不以俗务萦心,任性而动,自然而然,晦暗的人生因此步入澄明,俗气的生活充满诗性。另一方面,南柯并非简单地采取复古主义的生活态度,回避现实,而是以隐士的态度,对待生活,思考生活,体验生活,将古代中国文人的生活情趣融入现代生活。我们知道,"在审美经验中,如果说人类不是必然地完成他的使命,那么至少是最充分地表现他的地位,审美经验揭示了人类与世界的最深刻和最亲密的关系"①。南柯通过实业家朋友汪文海,将自己的审美经验与文化追求付诸文化产业,建设的隐士文化体验园、中国隐士生活体验地、南山书院,既有传统元素,又有现代感,是其理想的生活方式,也是其文化理想与精神追求的具体实现,也可以说是开启了一种具有古典隐逸特色的现代文人生活方式。米兰·昆德拉认为:"任何时代的所有小说都关注自我之谜。您一旦创造出一个想象的人,一个小说人物,您就自然而然要面对这样一个问题:自我是什么?通过什么可以把握自我?这是小说建立其上的基本问题之一。"②一定程度上,南柯即作者对自我身份、本性、价值和归属的体认,并在独特的塑造中给我们呈现了一个与当下知识分子书写截然不同的人物典型。

---

① 米盖尔·杜夫海纳:《美学与哲学》,孙非译,中国社会科学出版社,1985年,第3页。
② 米兰·昆德拉:《小说的艺术》,董强译,上海译文出版社,2011年,第29页。

二

南柯的"旷达"不是木然，不是逃避，而是认清现实之后的清醒与痛心。因为"旷达"，所以清醒；因为痛心，所以忧世。他在秉持古典主义理想的同时，继承了传统的"士"的批判精神和淑世情怀，因而具有现代知识分子的精神内涵。

20世纪90年代以来，物质主义、消费主义和权力崇拜不断捆绑聚合，影响愈来愈剧烈。许多知识分子信仰崩溃，精神坍塌，道德虚无，价值空虚，女人们考虑问题主要从功利的目的出发，而男人们，稍有一点权力和金钱，便沉醉于吃喝嫖赌的纵欲之中，享受堕落的快感。南柯对这种裹挟一切的实用主义和功利主义持有清醒的警惕和深刻的批判。对周围的朋友，诸如老潘的这种选择，南柯不以为然，在具体行为上，也与其判然有别。他关心社会现状，关切国家命运，忧虑社会未来。他自己人到中年，有着对生命的惶惑，以及对人生、对世界、对价值、对意义的迷茫……但他没有放弃自己的思考和努力，也没有选择与世俗同流合污，而是在惶惑和茫然中无意识地寻找着自己的救赎之路。他思考的是中国社会在现代转型的过程中，整个社会的政治制度、经济形态、文化观念和道德观念发生的巨变，对我们生活方式和精神观念的影响，正如他对汪文海介绍中国传统隐士文化时所讲的：

> ……短短的几十年，我们经历了农业文明，那种用牛犁地、用镰刀收割的农耕文明。我们小时候在农村所见的农业文明方式和生活方式，在春秋战国时代就是那样的。后来我们经历了工业文明，现在又是什么信息时代。我们经历了几个时代，我们经历的要比前人多而复杂。我们的脚步跑得很快，一日千里啊，这在传统社会是万万做不到的，陆游那种"细雨骑驴入剑门"的生活方式，很有诗意，但是今天没有人这样做了，一日千里甚至万里

的生活都能做到了。我们跑得太快了,可是我们想过没有,我们的灵魂在哪里?我们的灵魂与我们的脚步是不是同步的?如果不是同步的,我们是不是需要等一等我们的灵魂?看看我们的灵魂在这个通往现代化的过程中,它已经有了什么,还需要什么,已有的东西要不要清理,是不是?(第91页)

这段话,实际上也可以视为时代之问。21世纪以来,在物质化、欲望化和权力化的社会环境中,知识分子沉迷于金钱、欲望和权力之中不能自拔,丧失了个体意识和主体精神,成为空心人、植物人和零余者,彻底丧失了对社会现实、道德理想和精神价值的关切、思考、批判和追问,这也是绝大多数知识分子书写的重复情节和故事原型。其书写的过度欲望化与世俗化,带来知识分子精神的矮化和形象的猥琐,加之故事情节模式化、人物形象扁平化、叙事技巧拙劣等弊病,使得整个知识分子的书写表现出千篇一律的同质化。南柯与之有很大的不同,他深受中国古典传统和魏晋风度的影响,旷达超迈而关切现实,没有完全抛弃自己作为知识分子的责任和道义,思考如何将古典传统中的隐士文化进行现代化的转化,为当下生活寻找精神支持。在南柯看来,古代的隐士个性卓绝,精神世界独特,从小的方面讲,"他们曾经面对的问题和对于问题的思考,他们对待生活的态度和对生活的思考"(第92页),都可以触发现代人对生活及其意义的思考。他们日常生活中的审美趣味,对当下也有一定的借鉴意义。从大的方面讲,"中国隐士的生活方式和居处地,是中国美学的一个重要组成部分,集中体现了中国古代文人的审美理想,中国人接受它并喜欢它,也许对现代农村建设和现代农业发展能提供某种借鉴"(第93页)。不仅如此,其还能让现代人慢下来,检视自己的心灵,等等自己的灵魂,思考生活的价值和生命的意义。南柯之所以能够在现实深渊中获得宁静,正是因为他依靠传统,完成了古典摆渡。自20世纪90年代以来,当代知识分子一直在寻找安身立命的所在,南柯的中国古典传统的自我摆渡之路,虽然说不上完全成功,但无疑是他最为理想的途径。他不是成功者,只能说是一个不彻底的失败者，他的悲观和忧郁，是不甘沉沦的知识分子遭遇驳杂陆离的现实困境的必然命运，他的隐逸人格与古典摆渡，浸透着大时代无可名状的失落和伤感，具有挽歌的气质和情调。

三

爱情萌发于人类延续种属的需要，是生命意志的最高表现，体现出一个时代独有的社会风气、审美感受、精神趋向、道德观念和价值选择。爱情的深刻基础固然是生物因素和社会因素，但其实现实际上主要取决于社会因素。《午后》写到的中年男人，除了南柯还在寻找爱情外，其他几个都觉得这是一个金钱和权力主导的、有性无爱的时代。秦钟说得更干脆："爱情在我们这个时代已经消亡了。"（第206页）正因为如此，南柯所寻而不得的古典式的爱情才更为吸引人、更为动人。

人到中年伤哀乐，孤独和悲观也随之而来。而孤独和悲观的人，往往深情。对于男性而言，"栏杆拍遍，无人会，登临意"是中年特有的孤独，"倩何人唤取，红巾翠袖，揾英雄泪"是中年特有的渴求，因而，中年男性一旦陷于深情，虽能以理驭情，不像老房子着火那样无法可救，但也往往将自己烧成一具木化石。南柯就是这样，"因为深情，因而失望；因为失望，因而悲观"（第197页）。

在长安文人圈和朋友圈中，南柯不像潘冬宝那样沉湎声色，想着法儿玩世界、享乐子；不像柴一才那样见一个爱一个，爱一个扔一个；不像齐文晋那样婚姻名存实亡，喜欢美色而不逾矩，"希望与女性有一种感情上的沟通、精神上的交流"（第48页），他对爱情的期待是充满古典文人趣味的，他"理想中的姑娘是一个中国古典精神熏陶出来的姑娘，美丽，聪颖，却不是那种太过聪明的人精；温柔而多情，并且很含蓄，含情脉脉，柔情似水；多才多艺，善解人意"（第48页）。他理想的爱情，是《春琴抄》那种内敛的、沉静的、极端的东方式爱情。他的三段感情，有情而不滥情，深情而不纵情，都是他这种爱情理想的诠释。第一个是如忆，她是南柯大学毕业在东门中学实习时的学生。那时南柯情窦初开，觉得她"美得惊心动魄"（第32页）。两人都曾对对方有过好感，因为身份和年龄，彼此没有捅破这份美好的情愫，随着工作和学习的变故，两人联系渐少，后来的关系像朋友，也像师生，感情没有开始便结束，"此情可待成追忆"，徒留一段生命中的感伤和回忆。离异后，南柯参加一个全国的唐诗研究会，认识了东北的晓卉，两人情趣相投，一见如故，心灵深处的交流，使彼此产生了深深的爱意，两人心有灵犀而又含情脉脉，深情绵邈而又含蓄内敛，在一点一滴中体味这份具有古典韵致的爱情。晓卉的婚姻虽不幸福，但她还是理性战胜了感情，没有回复南柯饱蘸情感的情书，埋藏了中年姗姗来迟的爱情。晓卉及这份感情，遂成了南柯喜欢的木化石：美丽、宁静、冷幽、悲怆、执着，因为固执而孤独，因为孤独而更加美丽。第三个是兰湘婷。通过在河西艺术学院兼职任教的朋友齐文晋，他认识了河西艺术学院的大学生兰湘婷。兰湘婷妩媚乖巧，具有古典之美，南柯深深地喜欢上了她。兰湘婷有男友，对南柯也有爱慕之心，感情一直在摇摆之中，对南柯在一定程度上也有利用的成分。她跟南柯感情暧昧，甚至有一定限度的肌肤之亲。南柯很喜欢兰湘婷，但因她只有二十一岁，年龄差距太大，内心忐忑不安，甚至有犯罪感。作为一个知识分子，他凡事总要想一个为什么，做事总要寻找一个合理的依据，但理性往往又被感情冲垮，因而在情与理的冲突中纠结煎熬。后来兰湘婷在感情上逐渐疏远南柯，南柯发现自己很大程度上被兰湘婷当作可以利用的工具，在她身上寻找的古典爱情不过是一场白日梦罢了，他也停止了自己的感情投入。正如南柯所言，一个时代有一个时代的爱情。古典式爱情有古代与之相适应的社会环境和生活方式，有与之合辙的古典文化的滋养。在一个实用主义和功利主义甚嚣尘上的时代，古典的、纯粹的、彻底的爱情如镜花水月，可望而不可即。南柯在一个世俗的讲求实利的时代寻找古典纯粹的爱情，这是他的错误，他的悲剧，也是他的感人之处。更难得的是，在他认清了兰湘婷虚与委蛇的爱情之后，并没有停止帮助兰湘婷，安排接待她的母亲，帮助她在唐村举办毕业音乐演奏会，联系日本朋友帮助她去日本留学，成为兰湘婷人生和梦想的摆渡者。这实际也是南柯人生哲学的具体体现。他说："……我一直认为，在现实之上，也包括在欲望之上，一定还有一个更高的存在。芸芸众生，可能只知道现实，只知道满足欲望，但是我们，我们还自认为是知识分子吧，我们应该清醒，现实和欲望之上还有一个更高的存在。可能我们不能免俗，我们也随波逐流，也堕落，但是我们的理性告诉我们、提醒我们，我们的欲望之上有一个更高的存在。正是那个更高的存在，在照耀我们前行的路。否则，我们将不知道要走向哪里。"（第212页）这种"欲望之上"的"更高的存在"，使得他未彻底失掉知识分子的理性。

从南柯身上，我们看到一种积极的古典爱情观念，他努力寻找，但往往对结局无可奈何，其中有"得之我幸，不得我命"的宿命感。他在乎女性的容貌，更注重精神的共振和价值观念的契合，他与晓卉的爱情之所以凄婉动人，源于他的深情，更源于两人的志趣相投。同时，他又是具有现代精神的知识分子，尊重女性，理解女性，有着清醒的责任意识和清晰的边界感。他与如忆的爱情有缘无分，岁月褪去了激情和光芒，彼此都觉得：与其相濡以沫，不如相忘于江湖。发现兰湘婷的逢场作戏之后，他平静如常，一如既往地发挥自己的利用价值，成人之美。当然，我们并不是简单地认同、褒扬南柯的爱情选择，而是发现，他的选择没有被世俗生活所左右，仍不失知识分子的优雅和情趣，也是我们能普遍接受的不坏的方式。

四

《午后》在艺术上也颇有特色。主人公南柯儒雅、清高、敏感、细腻，有文人情趣和隐逸人格，投射并寄寓着作者的人格底色和人生理想。

我们知道，"小说的主人公是小说家和现实结缘的产物。但是我们是用自身或者至少是部分的自我，来哺育这些生活给予我们的形式和记忆中保留下来的形象的"①。南柯是作者用自己的生活经验、艺术经验和生命体验孕育出的新世纪知识分子的一个典型。作者以散文化的笔记小说形式，通过轻灵自然的叙述，描摹新世纪知识分子的心灵世界和情感世界的纤微变化，诗性地呈现他们的心灵挣扎及忧郁的灵魂。这种以轻写重的小说笔法，是卡尔维诺所谓的消解和反抗沉重现实的根本方式，也是对东方诗性智慧的深刻阐扬。

更为重要的是，《午后》直指当代知识分子的灵魂，披露他们的内心生活，回应他们内心的需要。我们绝大多数的知识分子书写，"忙于对大事件、大波动的描述，而注意不到那些似乎平常的生活状态，注意不到那些似乎没有声响没有运动的事情和人情。而事实上，往往正是这些细微之处藏着大主题、大精神和深刻的人性以及人的最基本的生存方式"②。《午后》明清笔记体式的叙述，字里行间隐含着特有的文化格调和细腻的情绪波动——优雅而不失自然，轻盈而不失沉重，从叙述语言到叙述内容，肌理交融地表现出21世纪以来知识分子的精神灵魂的嬗变，创造出一种既有古典情致，又有现代气质的当代知识分子的精神图景。

当然，《午后》也存在着一些明显的问题，最突出的，可能是作者没有处理好生活经验和自我感觉的距离，这也是当下大多数知识分子书写存在的普遍问题。我们总觉得南柯距离作者太近了，作者过于偏爱南柯。一个客观理性的写作者，对笔下的人物故事要能入乎其内，了解其内在的褶皱和内心的波澜，体悟其喜怒哀乐，能与他们同欢笑共哭泣；也必须能出乎其外，能够客观理性地审视笔下人物故事，能站在更高的社会的艺术的历史的审美的层面观照，超出直接的感性经验，让作品获得超越题材本身

---

① 莫里亚克：《小说家及其笔下的人物》，见崔道怡、朱伟等编《"冰山"理论：对话与潜对话》下册，工人出版社，1987年，第443页。
② 曹文轩：《经典作家十五讲》，中信出版社，2014年，第56页。

的文学特质和审美价值。这说起来容易，做起来极难。如何调整焦距，获得最佳位置和艺术价值的最大化，对一切写作者而言，都是莫大的挑战，也是一个写作者永远都难以回答得百分之百满意的难题。

　　读《午后》，笔者不由得联想到两幅关于"午后"的世界名画，一幅是法国画家高更1892—1894年在塔希提岛所画的《午后小憩》，一幅是西班牙印象派画家霍金·索罗拉·巴斯蒂达1903年创作的《午后斜阳》。看了高更的画，瑞典人斯特林堡对高更大加谴责："一派从火山口倾泻直下的海洋，一片连上帝也无法居住的天空——我在梦中说道，先生，你创造了一片新天地，可是在你创造的这片新天地中，我一点也不快活……"读完小说《午后》，我们似乎也有斯特林堡的感觉，我们置身的不也是"一片连上帝也无法居住的天空"吗？高更对斯特林堡的回应也很妙："为艺术而艺术，这有何妨？为生活而艺术，这有何妨？为愉悦而艺术，这有何妨？只要是艺术，何乐而不为？……这画里的一切，不是艺术，而是生活，活生生的，真实的生活。"小说《午后》是艺术，也是"活生生的，真实的生活"，是霍金·索罗拉·巴斯蒂达式的"本色"地在画面上表现生活的、力显当代知识分子本质形态的、有着沉实清愁和料峭温煦的凝重感伤的油画。

原载《中国当代文学研究》2022年第3期

安黎：黄土地上的现代"公牛"

安黎的博客名为"耕地的公牛"。这头"公牛"，与文学"陕军"中的"秦川牛"截然不同。这"牛"属于别一世界。它走出了农业文化的圈限，没有土地依恋、村庄情结和农民意识，没有自卑、自闭、自大的文化心态。它以现代精神审视现实生活和生存体验，充满启蒙精神、反思深度和悲悯情怀。它通过理性和诗性的融合与飞跃，给我们呈现了许多人的精神"痉挛"、"小人物"的疼痛，以及"时间的面孔"的诡谲。安黎的第一部长篇小说《痉挛》，曾引起人们的惊叹，发行量有二十万册之巨。花城出版社小说室主任读了《痉挛》之后，惊叹道：陕西竟然有这样厉害的作家！陕西作家比较保守传统，循规蹈矩，普遍脚上沾泥，裤上带土，很是农民化。安黎的小说却完全是荒诞的写法，而且写得那么好，充满现代精神。因此可以说——安黎是黄土地上或文学"陕军"中的现代"公牛"。

安黎的第一部长篇小说《痉挛》，以对现实的严峻关注、情感的超越愤激和表现的深切老辣引起文坛的瞩目。这部小说虽然命运多舛，但时间还是证明了这是一部不可多得的杰作。小说以农村姑娘李亚红的悲惨遭际为主线，对历史和现实进行了尖锐和深刻的逼视，几乎含纳指涉了当代生活所有的主题——饥饿记忆、"文革"、权力异化、拜金化、商品化、物质化、粗鄙的生活维度和令人战栗的人性之恶，无不得到触目惊心的诗性呈现。"痉挛"可谓时代精神的精妙镜像：情欲的渴望与虐杀、心灵的沉沦和挣扎、人性的扭曲与变形、生存的病态与荒诞等,深深切入生活的本质和人们的内心之中,关联着当代人们良心、道德和精神所面临的紧迫问题。安黎以丰沛的激情,形象地阐发上述历史、社会、精神、道德、伦理问题,深刻的思考自然地融合于精湛的叙事之中,再加之机智而又锐利的幽默蕴含的独特诗意,以及人道主义精神和理想主义光芒,使《痉挛》成为当代长篇小说独特的"这一个"。《小人物》是安黎的第二部长篇力作。小说以小县城的一群"小人物"(中学教师、医生、校长、派出所所长、售货员、小官吏、妓女等)为对象,展示了他们卑琐而又麻木的生存。他们类似于卡夫卡笔下的小人物,在名利、欲望场中互相追逐,尔虞我诈,在充满矛盾、扭曲变形的世界里寻找出路。他们不曾触犯律条,也不曾僭越道德,但他们身上有着巨大的、可怕的被人们忽略的"平庸之恶",这恰恰是腐蚀人性,使人性、道德、底线等坍塌的最可怕的蝼蚁。作者深刻地"挖掘"出这些生活深层的本质性内容,暴露出"小恶"冷酷、自私、残忍、褊狭等如何累积成可怕的"大恶",以敏锐的心理洞察力表现了荒诞而又可怖的"敞视监狱"式生存。第三部长篇小说《时间的面孔》,以独特的艺术力量刺激我们的神经,使我们不得不在巨大的冲击和震动中,对我们的当下生活和生存世界做严肃的思考。作者直面纷纭而惨淡的现实生活,以归国华人田立本回乡投资的遭遇及所见所闻为主线,将世纪之交中国社会生活的方方面面都绾结于其视域之中,对生活的诸多层面进行了形而上的深邃思考:城镇化带来的问题、农民工的生存问题、城市底层人的生存困境、知识分子的皈依问题、"离乡"与"归来"问题、中美文化的差异问题、人性的复杂问题等等都得到了本质化的体现,渗透出作者对生存、生活以及生命的巨大焦虑和深沉思考。正如有评论家所言:"《时间的面孔》更像是'现实的面孔',安黎用疾风暴雨般的'现实'毁灭了我们对过去的留恋、对'未来'的期许,一个改革者的浪漫主义乌托邦的命运,就是一个生命被悬挂的命运。小说带有强烈的寓言性,人的原始欲望的现代显现、中国乡土伦理境遇的崩溃、国民精神蒙昧的文化想象形成的种种神秘的、冲突的张力,经由几十个人物的互相背叛和相互伤害的狂欢图景,把人性对'现实'的绝望和对罪恶永恒轮回的可怕境遇的想象推向了极致。"(何同彬语)作者在追寻时间的意义,在精神领域内孜孜不倦地探索和询问,力图把人们从严酷现实的狼嘴里解救出来,找到精神、哲学上的安身立命之所,为这个支离破碎的世界寻找可以凭依的赤火炎炎的精神不死鸟。这是真正的小说存在的理由,也是《时间的面孔》以及安黎小说创作的卓越之处。

安黎的小说具有焦灼的精神关怀,以及思考、反叛和行动的自由。反抗、自由和激情在他的小说叙事中,成为稳定的三极,支撑起自然均衡的艺术世界。他的小说具有一种加缪所谓的"高贵的风格",一种蕴含着尊严、骄傲和反叛的风格。他的艺术世界是深刻的,同时也是博大和悲悯的。由于现代艺术精神和基督教的影响,他的小说一方面是对病态、残忍、荒诞现实的"反虚构化"揭示,另一方面是按捺不住的同情、体谅、反抗与悲悯。这两方面合二为一,内化为一种个人化的叙事风格。如《时间的面孔》中的"我"(黑豆),体现出浓郁的宗教气质,具有悲天悯人的同情与仁爱之情。小说极其自然地叙述着灵魂污染、精神拯救等具有宗教关怀的生活事件,蕴含着对人的尊严的呵护和坚守,处处闪耀着真实、真诚与思想的力量。在小说精神上,安黎是现实主义者;但在小说叙事上,安黎是现代主义者。他熟悉现代主义小说,黑色幽默、意识流、荒诞等都被他融化为自己血肉,并高度个人化和风格化。他以笑写泪,以喜剧写悲剧,以黑色幽默写黄土地,以热烈的感情关注生活的阴暗、残忍,存在的荒诞和绝望,以痛切的嘲讽态度放大个人与环境的互不协调、互相扭曲,透视人性和灵魂的畸形变态,使人既感荒诞滑稽,又觉沉重苦闷,形成了精彩绝伦的本土化的"黄土地上的黑色幽默",既具有极强的可读性,同时又给人以强烈思想震荡和审美冲击。我们能够感受到他小说的现代主义的叙事方式,但他呈现给我们的却完全是中国化的。更难得的是,他剔除了现代主义文学的虚无和绝望,以清醒的意识、可贵的诚实和执着的坚持，反叛历史和现实，具有"秦川牛"的倔强性格和现代"公牛"的精神气质。

安黎的散文也非同凡响。他的散文自然质朴，思考深刻，情怀宽广，境界宏大，是当代散文天地里个性非常鲜明、成就非常突出的一位。他的散文具有健全的"逻辑"和清醒的"常识"，能够发现、确认我们的弱点和盲从，赋予我们智慧和理智。加缪说："智力是明亮的阳光的姐妹。"安黎散文中"明亮的阳光"，溶解了附着在现实与历史上的冰块，裸露出了现实、历史以及存在最本质的面容。他通过质朴自然的叙述，呈露生活的芜杂和无奈，用智力的红外线穿透现实与历史坚硬的外壳。他注视着、揭露着、鞭挞着人性的残忍和人的灵魂的丑恶，但不以鉴赏、拷问为目的，也反对任何形式的忍从，最终都指向绝望的反抗和灵魂的救赎。他的两部散文集《丑陋的牙齿》和《我是麻子村村民》涉及光怪陆离生活的方方面面，素朴而又真挚，痛切而又悲悯，为智慧的清澈和灵魂的纯洁作出了自己的努力。这虽然还没有受到足够的重视，但已引起了文坛的一定关注，相信他迟早会得到应有的位置。

安黎用思想创造着自己的小说与散文世界，他具有许多作家所缺少的刺穿谎言的能力，以及呈现的能力。他清醒而不高傲，悲悯而不矫情，沉痛而不绝望，耻辱与尊严、冷漠与激情、痛苦与幸福、黑暗与光明、虚无与热情，总能臻于理性的均衡和冷静的统一。他用自己的"犄角"，顽强地撞击着嘴尖皮厚的现实磐石，用严厉的思索重建着被摧毁的东西，力图使正义、同情、关怀、悲悯等稀缺的东西，在我们生存的这片土地上成为普遍的可能。

我们需要这种不断以头撞墙的希绪弗斯式的现代"公牛"！

原载《文艺报》2016年7月15日

中国空巢老人的心灵图志

——读弋舟的《空巢：我在这世上太孤独》

关于空巢老人的话题，我们已不陌生，但读了弋舟的非虚构纪实作品《空巢：我在这世上太孤独》①（下文简称《空巢》）之后，还是出乎意料地震撼——我们的熟悉，是停留在社会学话语层面的"陌生的熟悉"，《空巢》带着我们进入了个体意义上的空巢老人的心理世界，带来令我们惊颤的共情体验和心灵冲击。这二十一个老人的故事，以对话与独白（以独白为主）的方式，通过巨细靡遗的写实描绘和心理捕捉，反复地凝望孤独，用不同的故事、相同的悲伤，啃啮我们的心灵，雕刻时代的疼痛，如同古希腊悲剧表演的合唱团，悲怆地奏鸣着空巢老人孤独的"致命的风暴"以及时代无法言说的伤恸。

空巢老人的生存困境和孤独虚空，是社会体制、城镇化浪潮以及中国传统伦理道德合力造成的棘手难题。《空巢》"乡村"篇的十位老人，不能说儿女们都不孝顺，也不能说老人不为子女考虑。比如老原，"在城里住不惯。地里的活儿扔不下，跟儿子一家住着到底也是别扭。总感觉那是人家的家"（第24页），他无法完全融入。韩婆婆四个儿子在外打工，五个孙子都是她拉扯大的，一条胳膊中风瘫痪之后，还得拉扯孙子。儿子

---

① 《空巢：我在这世上太孤独》，上海文艺出版社，2020年。本文凡此书引文，只在相应位置标注页码。

们为生计奔波，即使想尽孝，也都心有余而力不足。乡里乡亲之间的传统的互助和照应，也因彼此老弱病残而无法付诸行动。更令人寒心的是以经济为主导的城镇化浪潮，将乡村传统道德伦理和价值规范连根拔起，造成精神道德上的巨大荒芜和空前虚空。作者通过郭婶在两个儿子家吃"转转饭"的故事，折射出了当下中国乡村的现状——"'养儿防老'，三代同堂，这些我们中国传统伦理道德中的美好希冀和许多中国人渴望的理想家庭模式，正在与现实发生着剧烈的碰撞，遭遇了农村青年人口城市化、农村家庭小型化的挑战，农村家庭的养老功能因此出现了不可阻挡的弱化趋势。"（第67页）这里引出一个问题：中国传统社会三世甚至四世同堂，父严子孝，母慈女顺的理想家庭模式，真的是那么美好和让人留恋吗？似乎也不是。我们知道，我们的现代文学，正是从控诉这种大家庭的罪恶开始并生成了《狂人日记》《子夜》《家》《财主的儿女们》等一大批经典的，这种传统的理想家庭模式，当然是回不去了，回去了也很难说得上美好。那么，理想的家庭模式究竟应该是什么样，究竟是什么将我们所留恋珍视的传统家庭中的美好记忆抹去了，是五四启蒙以后的不断"革命"，还是如韦伯所说的那样——现代化将我们传统价值观念中所有的神圣性和终极意义感涤荡殆尽了？我们又该从哪些方面去努力呢？这是《空巢》延伸出的一个重大的思想史命题和文学史课题。

《空巢》"城市"篇的十一位老人生存环境和生活条件要比乡村老人好些，但精神上的孤独，却有过之而无不及。未嫁的曹姐早年与母亲相依为命，母亲去世后曾收养过孩子，孩子长大后她独自一个人生活，靠回忆和在超市里闲转打发余生，忍受不可忍受的孤独。七十一岁的老杜孤独而脆弱，倔强地维护着自己的尊严，深陷抑郁之中而选择了自杀。八十八岁的吴婆婆，因家人担心再次走失，被锁在"城中村"拆迁未尽的楼房里，一日两餐由孙子送来，"每次听到门上锁头咣当一声锁下的时候"，老人的"心里就是一颤"。七十三岁的王妈不愿在六个女儿家中轮流过着"流浪猫"的生活，一个人孤苦伶仃地打发着时光。八十岁的杨奶奶，不愿待在养老院，如同一只渴望自由的鸟儿一样，飞越养老院，靠感觉回到了自己的家中。六十岁的中学音乐退休教师王姨，黄昏恋遭到儿女的反对，处在爱情与亲情的拉锯中，进退维谷。八十一岁的退休护士长徐老在二十五年的再婚生活中享受了爱情和亲情，然而在老伴去世之后，继子继女们却一个个如狼似虎，索取、攻击甚至驱逐她，她只得逃之夭夭，躲躲藏藏，最后住进了养老院，不禁绝望地怀疑人性与活着的意义。七十九岁的罗奶奶退休前曾是大学教授，相信早年在教会中学接受的"人与人之间应该以爱为纽带"的教育和"佛家的慈悲"，却接连不断遭受保姆和医药广告的欺骗，不得不面对现实的残酷煎熬，慨叹道："我从小失去了父母，可以说是饱尝了人情的冷暖，但也没觉得人心像今天这样没有底线。我经历过'反右'，经历过困难时期，经历过'文革'，这些时期，最大的痛苦都是心灵上的，现实一次次让我怀疑，如今的这个国度，还是我们那个产生过唐诗宋词的伟大国度吗？""你说现在的人怎么都变成这样了？"（第145页）这里作者没有展开去写，但揭拽而起的历史深处的负累和文化毒素，令人陷入意犹未尽的沉思……

　　《空巢》写到这里，我们看到的不过是重复的空巢老人的个体悲哀，我们不断坠入沮丧哀恸的深渊。作者也觉得总体上是"那种秋天一般的萧索"。我们不禁要问：空巢老人是世界性的现象吗，国外有空巢老人吗？不同文化背景的老人，如何面对空巢的境遇呢？任兄的故事，对比了中西文化的差异，如同"明朗的音符"，以内省式的讲述回答了我们的疑问。任兄退休之后，穿梭在中国和美国之间。他发现，由于文化的差异，中美老人对空巢的态度并不相同，对于美国老人而言，空巢只是一种中性的生活状态，而在中国却成为一个严峻的社会问题，空巢老人多多少少都有对子女的隐性抱怨，原因在于："这里面当然首先是一个观念上的不同。在中国，子女们孝敬父母的重要指标就是让父母享天伦之乐，就是一大家子人聚在一起，这是传统文化所强调的。但是，美国老人大多崇尚独立生活，在文化上，没有这种承欢膝下的要求。而且，相对完善的社会保障，也给美国老人的空巢生活提供了条件。"（第185—186页）而"中国人到了老年，以'被人服务'为基本诉求。这种诉求在中国人心里几乎是天经地义的，都觉得人这一辈子，年轻的时候付出，老了以后，就应该被回馈，成为接受服务的一方，在家里对子女是这种心情，在外对国家、对社会也是这种心情，这种心情被满足了，就觉得是颐养天年，不被满足，就觉得是老无所依了。可是美国老人不是这样，即使进入了老年，能够为社会服务，依然是他们自我存在的一种需求"（第187页）。两国老人"这种'服务'与'被服务'心态的不同，在很大程度上决定了两国老年人在晚年时精神上的不同。乐于'服务'的，即使物质条件很差，但精神上也是乐观和积极的，乐于'被服务'的，即使日子已经过得不错，精神上也还是容易消极悲观。中国老人普遍怨气很重，觉得事事都不如意，还是因为这种'被服务'的愿望没有得到最大的满足"（第188页）。这种文化视阈的比较荡开层云，让人眼前一亮，也让我们明白，中国空巢老人不仅有养老体制、社会结构上的特殊性，更重要的是有其文化观念上的独特性，这种观念上的不同，带来的影响甚至更为关键。文化上的障碍无法短时间跨越，但也不是完全无法解决，最起码提供了一个参照，不让我们那么消极悲观。我们知道，养老问题是一个社会系统工程，这些年随着社会结构的变化，中国传统的养老观念已经发生松动，甚至产生了明显的变化。我们亟须去做的，首先是去完善健全养老保障体系，不断满足空巢老人的物质追求，进而满足他们的精神需要，让他们老有所依、老有所求，能够积极地直面自然的衰老和生命的孤独。

　　《空巢》在艺术上也颇有特色。其通过倾听空巢老人"独语"来聆听世界的声音，即白俄罗斯著名作家S.A.阿列克谢耶维奇所谓的倾听"人类声音"的非虚构纪实作品。这种文体，是一种更灵活、更能发掘生活含义的写作方法，也被命名为"文献文学"，具有历史见证者的坚实质地。米沃什的《被禁锢的头脑》、艾利·威塞尔的《夜》、摩司·奥兹轰动一时的士兵访谈录《第七天》等非虚构作品，都是同类的杰出的"人类声音"。弋舟的《空巢》，无疑也可以作为我们这个变革时代的历史见证和空巢老人的心灵图志。他通过倾听去认识世界，通过心灵去揭示真实，开掘了空巢老人——这一群体心灵的深深岩层，"人性的复杂与深邃，鲜活与生动"（第7页），获得了超出个人经验的时代共性，一次次震颤得我们暗哑无语。掩卷之后，我们还是难以避免产生这样一个疑惑：这种倾听式的非虚构写作是否存在某种认知上的局限，我们是不是将空巢老人的问题简化了？他们作为一个与我们完全不同且陌生的群体，我们可以完全理解他们吗？按照阿尔都塞的观点，错误认识经常发生"在他所称呼的询唤（interpellation）或打招呼（hailing）的时刻"①，我们在倾听空巢老人的倾诉的时候，他们作为一个主体被自己塑造出来，他们会不会有意无意筛选遮蔽一些事实，去获得人们对作为弱者的空巢老人的同情？这并不是说我们完全笃信怀疑阐释学，而是空巢老人作为个体上的人，在性格、教育、文化等方面都与下一代有着明显的难以跨越的代沟，尤其是他们在特殊时代所塑定的独特精神面貌、生活习惯、处事准则与道德规范，与他们的境遇有着什么关联？而且，中国原生家庭一般都有着复杂的婆媳、翁媳、妯娌、兄弟关系，不同代际缺乏明显清晰的生活边界，也缺乏有效的精神沟通，这些对空巢老人的生活境遇带来了什么影响？这些问题似乎也不可忽略。中国古语说："兼听则明，偏信则暗。"我们是否有必要倾听空巢老人子女的讲述？而且他们面对的生存压力、精神压力以及孤独处境，一点也不亚于这些空巢老人。当然，这只是一些疑惑和假设，只是为了多方面地更为有效地解决空巢老人的问题。这似乎也是我们之后的空巢老人书写不该忽略的问题。

《空巢》中二十一位老人的孤独，虽各不相同，但基本上囊括了当下中国空巢老人的生活状况和精神处境，他们都处在这样一个空前的、巨变的、转折的时代——金钱主宰一切，人性被扭成了麻花。中国空巢老人的

---

① 芮塔·菲尔斯基：《文学之用》，刘洋译，南京大学出版社，2019年，第43页。

孤独和伤恸，是时代之痛，社会之痛，也是我们每个个体的精神之痛，面对、理解、解决、善待这种巨大的无形的痛，也是在面对、审视和善待我们自己。孤独是生命存在的本质，没有一种孤独与我们无关。正如作者所言，"孤独，此刻便潜藏在我们每个人的内心，它柔韧地蛰伏着，伺机荼毒我们的灵魂"（第5页）。当下中国，孤独不仅纠缠着老年人，也纠缠着年轻人，更重要的是——我们每个人都将毫无例外地老去。《空巢》严肃而真诚、冷峻而热切，是一部关怀空巢老人和思考空巢现象的大爱之书，是中国空巢老人的心灵图志，也是一部献给我们未来的忧患之书。

　　本文系2021年6月5日在"虚构与非虚构之下的写作伦理——弋舟《空巢》研讨会"上的发言

故乡的"异乡人"

——论周瑄璞的《像土地一样寂静：回大周记》

这是"一个热乎乎的真实人间"①。

这是一个孕育着可能、创设着希望，而又复杂沉重、寂静凄清，归来恨不得马上离去的"故乡"。

福柯说：这个世纪最迫切需要思考的就是事件与幻象。对处于千年变局中的中国人而言，乡土、乡音、乡亲、乡情、乡愁就是纠缠他们的迫切需要思考的"事件与幻象"，甚至是挥之不去的梦魇。

20世纪90年代以降，尤其是21世纪以来，市场化、城镇化汹涌澎湃，卷地而来，"乡土中国"的社会结构、道德规范、家庭伦理以及生产方式，完成了一场静悄悄的巨变。物质上，我们毫无疑问地获得了几千年从未有过的丰裕，但许多人在生存状态、精神安放与道德选择上，却陷入了前所未有的慌乱、迷惘与焦灼。1943年，沈从文在《长河·题记》里写道："表面上看来，事事物物自然都有了极大进步，试仔细注意注意，便见出在变化中那点堕落趋势。最明显的事，即农村社会所保有那点正直素朴人情美，几乎快要消失无余，代替而来的却是近二十年实际社会培养成功的一种唯实唯利庸俗人生观。敬鬼神畏天命的迷信固然已经被常识所摧

---

① 周瑄璞：《像土地一样寂静：回大周记》，河南文艺出版社，2022年，第205页。

毁，然而做人时的义利取舍是非辨别也随同泯没了。"[①]较之沈从文所言的"变化中那点堕落趋势"，我们近几十年的变化，则是全面的、彻底的和结构性的。不过，中国幅员辽阔，农村的情况千差万别，其中既有显而易见的异中之同，也有含而不露的同中之异。而精神、道德和伦理世界的变化，往往并不清晰可见，只是反映在人们的大脑观念和生活方式之中。这就需要我们进入人们的日常生活和内心世界，需要照亮那些隐含的暗面，纤毫毕现地呈现巨变背后的世态人心与乡村表情。

《像土地一样寂静：回大周记》正是这样一部非虚构纪实力作。作为中国中部农村的一个切面，大周让我们透彻了解了它的结构性变化和焦躁无奈的人心世态：童年的伙伴热情如故，有着真挚的情谊，不同的生存现状，一样的现实压力；母亲河颍河逐渐干涸，往昔宁静质朴的充溢着人间烟火气的古桥，被打造成面向国道的喧哗的大花园式的4A级旅游景点；穿梭而过的京广线，慢悠悠的绿皮火车，连接着童年遥远的梦想与少女感情的最初悸动，因为火车提速，曾经可以短暂停息的小站被从时刻表上轻轻抹去；两代人的南院情结，曾经的盖房大计，屡遭周折后黯然退场；精明勤劳、带有残疾却承包了几千亩土地的周大国，经营红薯培育基地和加工厂，而又耕读不辍的有理想的王永杰，推着三轮车在小学门口出售糖果和小零碎的老冯太太……他们用尽全部力量和热情，经营和憧憬着自己的生活，虽然也获得了些许丰收，但更多的是迷茫彷徨和焦虑不安。我们可以看到："乡土中国"到"城镇中国"的转型，给中国农村带来了翻天覆地的变化，农民摆脱了土地的束缚，农村和农民迎来了前所未有的契机，然而在参与的过程中，喜忧参半，所得与所失不成比例。这一过程自始至终被城乡资源的极不平衡——这种结构性的力量——裹挟而过，农民并不能完全融入城市之中，他们是停留在城市里的"候鸟"。他们用城市打拼挣来的积蓄，在家乡构筑着不无虚荣和炫耀的长期无人居住的新居，以获

---

① 沈从文：《沈从文全集》第10卷，北岳文艺出版社，2002年，第3页。

得心理上的安慰和情感上的补偿。大周跟广袤的中西部农村一样，楼房林立，街道平整，但表面浮华，人烟稀少，内里凄清，形成了一个复杂而庞大的中国底层社会："稠密的村庄"，封闭的世界，被现实搅动的充满矛盾冲突和困惑挣扎的、很难看到出路和希望的生活。

  大周村的农民与中国其他地域的农民一样，没有阶层的意识和概念，也没有虚幻迂阔的生活目标，他们踏踏实实，勤劳本分，全力应付着家庭和生活中所遭遇的一切。除了周大国、王永杰等少数几个乡村"能人"和"成功者"，其他人的生活几乎都可以说是左支右绌，捉襟见肘——单是生存和维持最基本的稍微体面的生活，他们已经筋疲力尽。较之以前，他们的生存条件无疑是愈来愈好，但生活境况却是愈来愈差。农村所参与的市场化、物质化和城镇化，带给他们前所未有的机遇，同时也带来巨大的生活重担和竞争压力，使得农村熟人社会的人际关系极为敏感脆弱，邻里明争暗斗，乡亲嫉妒仇富，亲属猜疑提防，甚至最亲密的兄弟父子关系，也被激烈的社会变革和阶层分化扭曲、变形和撕裂。譬如作者家庭波折丛生的"盖房大计"最终夭折，固然是因为历史久远的庄基纠纷，以及叔叔的执拗固执和不会处事，但更具决定性的因素，却是邻居理洪一会儿同意，一会儿不同意的羡慕嫉妒恨与乡村情义之间的冲突矛盾。作者相信邻里情义，认为理洪哥不会如此狭隘，表现出难能可贵的体谅。但邻居海丽的解释无疑洞穿了理洪的心理——"你家里吧，都在外面有工作，都挺光彩，他再没有啥事能超过你，只有这一件事，得去求他，那可得好好拿捏拿捏，一会儿同意，一会儿不同意，就是想耍一下你们。"这正如作者在写到农民对乡村富人和在外工作者的复杂感情时所慨叹的："街两边的这些沧桑面孔，是一次次的无望与失败灰心雕刻出来的，只将羡慕与不平深藏起来，等合适的机会露头。"[①]作者通过大量的日常化细节，让我们看到："乡村并非一个淳朴静美的世界，也不是田园诗那么简单，错综复杂

---

① 周瑄璞：《像土地一样寂静：回大周记》，河南文艺出版社，2022年，第200页。

的关系，所有的心机与争斗，都潜伏在平静谦和的表象之下。人们表面上和气地度日，因为世代生活在这片土地，大家都是爷们儿，要为自己的名声和形象负责，应付的客气话说起来一套一套，听起来亲得不行，共同维护安定团结的大好局面。"①但"在这平静平和之下，盘根错节，草蛇灰线，包裹覆盖着大量的心理活动，攀比竞争，有意义无意义的闲言碎语、窃窃私语。假如城市里的钩心斗角是有层级的，立体的，层层摞起的，随时可以相识和决裂的，因为人们的阶层差别较大，人员众多而复杂，很多人转身之后，一辈子再也不见。那么乡间的这一切，有稳定性长期性，呈摊开状平面化，大家在同一个水平线上，都是以村为单位世代居住，几辈子守在一起，知根知底，无论怎样，大家要维护表面的和谐与融洽"②。实际上，许多农村连"表面的和谐与融洽"也已无法顾及，市场化、物质化和城镇化已经将沈从文在《长河·题记》所谓的"那点正直素朴人情美"荡涤殆尽。当然，我们不能简单地站在某一个角度，去评判这种结构性的社会的、精神的、道德的、伦理的危机，因为我们每一个人都被深深地卷入这场亘古未有的变革之中。我们深切地感受到了作者那种爱恨交织的赤子之心。

"乡土中国"到"城镇中国"的结构转型，带给农村最为棘手的难题，是大龄未婚男性的婚姻问题。市场的自由开放和农民对市场参与的深入，形成了全国性的劳动力市场和婚姻市场，以往乡村熟人社会的婚姻模式被打破。在市场竞争、区域歧视与阶层分化的时代压力之下，中西部农民在社会资本、文化资本和人力资本上没有多少优势而言，外在的压力全部转移到了婚姻之上，婚姻的性质发生了变化，"由目的变成了现在的手段，即实现阶层竞争和向上社会流动的手段"③。落后地区的未婚女青年

---

① 周瑄璞：《像土地一样寂静：回大周记》，河南文艺出版社，2022年，第114页。
② 同上，第115页。
③ 张雪霖：《一个博士的深度调查：中国农村男青年"高价娶妻"研究》，https://zhuanlan.zhihu.com/p/424504621。

随着市场化普遍外流，再加之之前的重男轻女以及计划生育，农村男性的婚姻成本急剧抬升，个人婚姻问题转化为普遍的社会问题，光棍现象极为严重。大周也是一样："每个生产队，三十岁以上没有对象的小伙子至少有三四个，如果下延到农村人认为的二十七八岁的大龄线，那么每个生产队都有十来个。大周村（自然村）五个生产队，大周大队十三个生产队，大龄青年数据，一算便知。"[1]由于未婚女性缺乏，农村女性骗婚现象也极为普遍，有些女性将婚姻作为买卖来做，甚至出现了跨国贩卖新娘的现象。在大周，就有跨国介绍越南新娘的婚姻介绍所。当下乡村，婚姻成为绝对的女方市场，男方必须在县城购房，必须有车有存款，甚至还有更为苛刻的条件。而男方急于求成，饥不择食，只要抓住个女的，无论是未婚还是离异，都是不计成本和代价。作者小时候的玩伴大妮，在村子周围打零工，为了给两个儿子结婚，夫妻二人省吃俭用，家里盖了两层小楼，在村里斥资十几万买了一套三室一厅的商品房，装修齐备，准备给儿子结婚。结果大儿子谈了一个县城的对象，必须在县城买房，家里的两层小楼和村里装修好的商品房，都没有了用处。大妮算了一笔账，县城买房装修，置办家具，最少得五十万，再算上彩礼结婚，最少得十万，媳妇娶进门，至少得六十万。两个儿子，就是一百二十万。这对土里刨食的大妮一家，绝对是一笔令人战栗的天文数字，因而她起早贪黑，寝食不安，夜夜发愁。其他同龄人也无不为儿子的婚姻煎熬。

  农村的悔婚和退婚也极为棘手。按照约定俗成的规矩：如果女方提出退婚，男方付出的所有礼钱，以及吃喝买衣服的花费都得折成钱，退回男方；如果男方悔婚，给女方的彩礼衣物等，女方都可不退（这或许是作者还停留在童年时期对乡间退婚的印象，当下乡村，估计男方提出退婚的少之又少或根本没有）。但具体操作起来很难，男方衣物等折价过高，女方觉得其故意刁难自己；还有一种情况，女方已经花掉了彩礼无力退还，

---

[1] 周瑄璞：《像土地一样寂静：回大周记》，河南文艺出版社，2022年，第28页。

或者不愿意，因而故意找各种借口少退或者不退，这就产生了矛盾。正常的渠道是媒人从中化解，或者上诉到法院。《像土地一样寂静：回大周记》中提到的退婚案，扯清钱款交割清楚时，女方已经嫁到别家生养了孩子。非正常的则是男女双方结怨生仇，双方诉诸暴力相互报复，导致刑事犯罪甚至恶性案件发生，这种情况也屡见不鲜。在农村还有一种现象极为普遍，那就是进城务工带来的夫妻分居，在城市和农村衍生出极为普遍的"临时夫妻"，这种情况在农村人人皆知而不言明。其中虽不乏有真感情者，但更多的是临时搭伴，填补身体上的寂寞或是为了财物，这使得过去相对稳定的家庭产生了普遍的危机，带来严重的社会问题。《像土地一样寂静：回大周记》中写到在周涛超市购物的小个子女人，虽其貌不扬，脑子也不灵光，但情人却排长队。她酒后秽语满口，在超市里谩骂自己的情人，在乡村熟人社会中已毫无顾忌，由此不难看出乡村传统道德伦理的崩溃。上述情况表面看来，似乎只是农村婚姻的畸形状态，实质上，这是农民对市场化和城镇化带来的社会分层的择偶竞争的被动适应，更严重的是，这种适应带来了传统家庭组织、家庭关系和乡村伦理的巨大转变。

大周村民跟中国其他土地上的农民一样，坚韧勤劳，朴实乐观。他们青壮劳力打工在外，老弱病残坚守土地，里里外外在竭力适应社会变化，参与市场化与阶层化带来的社会竞争，对生活充满期许和希望，社会也给他们提供了流动的狭窄空间和有限可能。如先天病弱、精明能干的周大国，富有市场和经济头脑的王永杰，他们因为种种原因，在城镇化的浪潮中固守本土，将自己的劣势转变为优势，成为乡村社会为数极少的敢为先者和成功者。但他们的数量少之甚少，并不具备普遍意义。绝大多数农民的社会资本、经济资本和文化资本极为有限和稀薄，他们通过努力和奋斗所积攒的财富，面对急剧增长的日常生活和婚丧嫁娶支出，差距愈来愈大。如果遇到重大疾病，更是人财两空，一蹶不振。作者的童年玩伴大妮，为了挣钱给两个儿子娶亲而不顾身体，去医院检查时已是癌症晚期，苦撑不久即撂下两个没有成家的儿子，生命仓促结束在五十二岁。如大妮这样为了生活，不顾及健康而早逝的，在小小的大周村，还有新勺媳妇、大国等人。这在广大的中国农民群体里，绝非个例，他们只有在身体无法忍受病痛时才会考虑去医院，面对巨额的医疗费用，往往手足无措，甚至放弃治疗。他们个人英雄主义式的奋斗与挣扎，在遭遇生活挫折和重大变故时，极其孱弱无力，不但无法应对，更不具备自我恢复的能力。如果没有完善的社会保障体系和健全的秩序法规，他们只能感觉越来越累，非但永远无法跨越城乡之间结构化的那道厚厚障壁，即使在自己生于斯长于斯的乡村故土，也难以过上体面的有尊严的生活。

大周村的诸多变化，跟广袤的中国乡村一样，"像土地一样寂静"。正如托马斯·艾略特的《空心人》所言——"不是嘭的一响，而是嘘的一声。"几十年来，中国的农村静静地承受着时代的潮汐，已经没有多少诗意：河流已经干涸，土地已被污染，乡亲不再淳朴，甚至比其厌恶的城里人更为愚昧和狡诈。乡愁也成了作者和当代许多人无处搁放的迂阔的不合时宜的情感。正如《像土地一样寂静：回大周记》窥察到的：

> 乡愁是流动在血管里的隐形基因，一个人，不管走到多远，穿起再好的衣服，换了再多的妆容，都会为家乡动情，也会为乡音召唤，一句土得掉渣的老家话可让我们的心融化。大周，这个在中原大地上再普通不过的村庄，这温暖而又复杂的所在，却是我梦之所系，而要一次次回去。我不愿意轻飘飘地歌颂她，我提醒自己，你没有这个能力和高度。只有离开到一个安全的距离，你才能爱得起她，才能回头去书写她。这里不是天堂，也不只是苦难之地，而是一个热乎乎的真实人间，这里有纯朴善良、踏实肯干、热情乐观的人们，也有懒汉滑头、奸佞小人、鸡鸣狗盗。人性有多么复杂，这里就多么丰富；生活有多么广阔，这里就多么深厚，尽我一支弱小之笔，此生书不尽、写不完。①

---

① 周瑄璞：《像土地一样寂静：回大周记》，河南文艺出版社，2022年，第205页。

乡愁是血缘联系与情感归属寻找与认同，是土地、河流、亲人、乡音以及记忆等所凝结的念兹在兹的个人情怀与社会情绪。在另一个意义上，乡愁是对现代都市文明的拒斥和逃离，是对彼在的"诗意"的想象和体认。更彻底点说，乡愁是无法回到原点的惆怅，是魂不守舍的漂浮，是焦虑虚无的挣扎。几乎没有人的故乡没有"沦陷"，每个人都成了故乡的"异乡人"。正如齐美尔（G.Simmel）所言："异乡人是潜在的流浪者：尽管他没有继续前进，还没有克服来去的自由。他被固定在一个特定空间群体内，或者在一个它的界限与空间大致相近的群体内。但他在群体内的地位是被这样一个事实所决定的：他从一开始就不属于这个群体。他将一些不可能从群体本身滋生的素质引进了这个群体。"①对离乡者而言，故乡是"温暖而又复杂的所在"，故乡有着难舍的岁月记忆与情感留恋，返乡后才发现，自己作为离乡者，与故乡早已格格不入。故乡人已将其视为"异乡人"，故乡不但不温馨美好，而且滋生了不少面目可憎之处。作者发现了当代人面对故乡的普遍的情感困境，"只有离开到一个安全的距离，你才能爱得起她，才能回头去书写她"。实际上，也只有在"一个安全的距离"，人们才爱得起故乡，也才恨得起故乡。唐代韦庄云："未老莫还乡，还乡须断肠。"中国古典诗歌所表现的这种诗人游子——故乡的"异乡人"的情感纠结，已被塑造成普遍的感伤的社会情绪和独特的情感张力结构。

《像土地一样寂静：回大周记》直面大周市场化和城镇化后的复杂现实，细大不捐地捕捉打捞豫中农村由表及里的社会变化与世态人情，给我们呈现了大变革背景下中国乡村原生态的火辣辣的现实，虽有个别之处显得琐碎（如对一些人物的介绍），情感的表达也不够恰当（如对乡村舞台貌丑女演员饰演状元心上人的议论），一些细节也值得推敲（如一岁多的记忆），但作者热爱故乡的痴情却如火如荼，让人莫之能御，熔化在其中。

这是"一个热乎乎的真实人间"。

---

① 转引自贺晓星、仲鑫：《异乡人的写作——对赛珍珠作品的一种社会学解释》，载《南京大学学报》（哲学·人文科学·社会科学版）2003年第1期。

这也是一个让游子无可奈何的可望而不可即的魂牵梦绕的"故乡"。

"家乡对一个人，到底意味着什么呢？为什么又想回去，又想离开？"①作者如是问。

就在作者写完全书等待出版的过程中，童年玩伴大妮死了，新勺的媳妇死了，跟着二儿子在灵宝生活的春莲婶死了，人到中年豪爽能干的大国死了……日子如同以往，无声地继续着，平静地颓败着。中国农民几千年固守乡土，周而复始的生活模式被市场化和城镇化彻底打破了，他们比以往更加迷惘、惆怅和焦虑。他们的尴尬在于——青壮时在城市拼打，城市并不能完全接纳他们，农民或农民工，不仅仅是职业上的划定，更是无法褪去的"身份原罪"；当垂垂老矣或失去劳动力返回乡村时，乡村也已非他们生活过的、梦寐以返的乡村。书中几处写到，走动于乡间的青壮年，都是外出务工受伤者，或暂时回来休养，或彻底失去了外出打拼的能力。更令人忧虑的是，原有的乡村社会结构和道德伦理遭遇了严重的侵蚀，已经没有了熟人社会的相互信任、稳定的乡邻关系以及原有的乡村公序良俗，没有了共同的是非善恶标准，并且由于职业的分化和贫富差距的扩大，彻底丧失了自我修复的能力。社会学家李强指出，改革开放以来的"城乡差异"使中国社会形成了"丁字形结构"和"两极型社会"，"我国农村是一个典型的由普遍较低地位者构成的社会。"②农民以及农民工，作为社会的最底层，无疑为中国的现代化和城镇化，作出了巨大的牺牲，但他们又得到了什么呢？大周以及广袤土地上的中国农民，难道只是中国城镇化的"历史中间物"吗？

作者作为故乡——大周的"异乡人"，能寻找到记忆和想象塑造的故乡吗？她的这种寻找，幼稚吗？迂阔吗？

日暮乡关何处是？烟波江上使人愁。

原载《粤港澳大湾区文学评论》2022年第3期

---

① 周瑄璞：《像土地一样寂静：回大周记》，河南文艺出版社，2022年，第204页。
② 李强：《"丁字形"社会结构与"结构紧张"》，载《社会学研究》2005年第2期。

现实魔沼与欲望深渊里的可怖景观

——论刘晓刚《那条割裂生命的河》

回望新时期工业题材的长篇小说创作，似乎还没有一部如刘晓刚《那条割裂生命的河》（下文简称《那条河》）那样波澜壮阔而纤毫毕现，那样深刻透彻而创剧痛深，那样令人触目惊心。小说以陕、晋、内蒙古交界的大型国企中天煤业为切口，精妙地呈现了市场经济运作的秘密，无情地揭开宏大叙述和历史话语的面纱，以及个体和主体无限膨胀表现出来的疯狂的欲望、不择手段的巧取豪夺和惶惶不安的精神焦虑，给我们裸露出历史、现实和人心毫无遮掩的最真实、最狰狞的可怖景观。

一

《那条河》最突出的、最有力量的，是对欲望的深刻揭示和精彩呈现——对权力欲、金钱欲、色欲那种裹挟一切的破坏力的书写。欲望书写在当代文学中一直是被高度聚焦的中心，但也形成了某种模式化的东西，一方面是因为写作者生活经验的同质化和想象力的类型化，另一方面，也缘于历史现实的复杂性以及写作者内心习焉不察的自我审查，欲望的对象化及其分裂性和破坏性，一直缺乏深度呈现。这并不是说《那条河》刻意要塑造某种令人惊悚的可怕的欲望地狱的图景，而是作者长期在这种环境中体验并深受刺激，书写与表达的欲望如同激流一样难以遏制。《那条河》不仅写煤炭行业改革开放四十年来的兴衰起落，同时结构化为审视四十年来中国人欲望、情爱、信仰和追求的视角：我们察看我们的动机和欲望，我们理解我们的追求和迷惘，我们看到我们周围和身后的事物；我们看见了我们所有的野心与恐惧、演绎与伪装、骄傲与悲伤、兴奋与落魄；看到了社会各个角落、各个群体的心理，看到各种习俗、各种偏见、各种热情、各种欲望、各种分歧的背景。正如马克思在《共产党宣言》中所言："一切坚固的东西都烟消云散了，一切神圣的东西都被亵渎了，人们终于不得不冷静地直面他们生活的真实状况和他们相互的关系。"①马克思所描述的这种令人困惑的现实，正是小说中所描述展现的，"这就是山西陕西内蒙古三省区交界煤炭运输的空前盛况。到处是黑烟，到处是煤灰煤渣子，到处是被轧得坑洼不平的各式各样的道路，到处是不顾风雨寒暑一年到头跑长途的拉煤汉子"②。黑色的煤炭改变了这片土地上人们的生活。黑暗的财富的积累，煤炭矿藏的发掘，席卷一切的城镇化，使得他们失去了土地、牧场，也使一些人失去了精神、道德、伦理和底线，他们在欲望的魔沼里愈陷愈深，无法自拔。小说对真相的全新体验与摹写，以及丰富而深刻的表达，拓展了我们对历史和现实的认知。

小说中的贾家湾，是被上帝偏爱的地方，也是被上帝诅咒的地方。这里的人们，被欲望裹挟，在欲望的深渊里挣扎。王民（李小花）、安田修三、大汉奸陈荣德、王国全（贾红）、吴艳霞（与陈荣德）、吴玉珍、传教士吉米、薛秋爽等，都被套在欲望的辕轭上，如同陷于沼泽的羸马一样，愈挣扎，陷得愈深。正如李神仙李混田所说的："他们信的不是神也不是鬼，他们信的是自己的欲。"很多人都是如此。虽然大家知道物质不过是生存的基础性条件，并不是生活的全部，但对经历了空前的物资匮乏的人而言，物质在满足生存的必需之外，饫甘餍肥和病态占有提供了一种

---

① 马克思、恩格斯：《马克思恩格斯选集》第1卷，人民出版社，1972年，第254页。
② 刘晓刚：《那条割裂生命的河》第1卷，长江文艺出版社，2015年，第227页。

无法言说的安全感、存在感和优越感,成为身份、地位和权力的象征资本。马克思指出,近代社会与古代社会的一个本质区别在于:古代社会建立在自然共同体的基础上,而近代社会是建立在货币这种异化存在的基础上,货币支配着主体的需要和欲望的表达。他说:"货币不仅是致富欲望的一个对象,而且是致富欲望的唯一对象。这种欲望实质上就是万恶的求金欲。致富欲望本身是一种特殊形式的欲望,也就是说,它不同于追求特殊财富的欲望,例如追求服装、武器、首饰、女人、美酒等等的欲望,它只有在一般财富即财富本身个体化为一种特殊物品的时候,也就是说,只有在货币表现它的第三种规定性上的时候,才可能发生。因此,货币不仅是欲望的对象,同时也是致富欲望的源泉。"①货币这种异化的存在,在"一切向钱看"的氛围中,既是一个社会性和历史性的过程,也是一个个体化和情感化的过程,而且被推到了世所罕见的极致。正如叔本华描述一味追求感官愉悦的人时所言:"那些最高的快乐,亦即理智的乐趣,乃是他所望尘莫及的;他恣情纵欲,徒劳地以那些瞬息即逝的快感代替理智的愉悦,并以巨大的代价来延续这种短暂的时刻。"②也就是说,感性欲望和感官享乐已经完全占据了他们的大脑,以一种狂欢化的形态不断膨胀和发展,使得他们深陷其中不能自拔,即使有人用尽全力,想从这个深渊里爬出来,也无不陷得愈深。同时,他们又极度焦虑,害怕欲望,深陷于不能将欲望永恒化的恐惧,不惜以精神、道德、理智、美德等为自我标榜的幌子或掩人耳目的遮羞布,给欲望戴上道貌岸然的假面,无不在欲望的放纵中来缓解焦虑和延宕恐惧。

我们知道,个体与欲望对象的分离,是社会塑造和文化转型的必然结果,是文明的结果,而在《那条河》中,个体的欲望成为动物性和自然性的东西,没有任何东西可以约束。正如卡莱尔在《文明的忧思》里批

---

① 马克思、恩格斯:《马克思恩格斯全集》第46卷(上),人民出版社,1979年,第18页。
② 叔本华:《叔本华论说文集》,范进等译,商务印书馆,1999年,第11页。

判当时英国存在的状况时所言:"除了无穷的物欲之外,他们将一切置之度外!我那些崇尚拜金主义和混世哲学的弟兄们,这样的世界绝不会长久。"①小说也通过李混田临终的一番话发出警告:"你们什么也求不到。你们在欲望的泥地里打滚,将自己滚成猪狗。谁能救你们这些自甘堕落的,披着人皮的东西?你们非下地狱不可。谁也救不了你们。你们求的,是剐你们的刀山。你们求的,是烧你们的火海。对你们,没有慈悲而言。你们,是末世的伥鬼。天谴!天罚!天诛!"②我们并不否认个体追求欲望的正当性,但将欲望的无限膨胀归咎为个人主义、利己主义和拜金主义的原罪,显然是言不及义的。的确,市场经济为上述现象提供了土壤,但我们知道:"任何模式的市场经济都不是单纯的经济,它本质上是一种文化。在中国模式的市场经济中,个体自我意识的无限膨胀,以至不惜超越社会公德和法律的界限,恰恰是对传统的、取消一切自我意识的'献身精神'的一种反拨。事实上,'献身精神'和'自我意识无限膨胀'这两个极端是相通的,它们都没有规定个体义务和权力的界限,都欠缺普遍的道德实践主体意识。"③这必然导致个体精神和时代追求的无处置放,出现"明天就是世界末日"的虚无感和幻灭感。

《那条河》对欲望的深刻书写,也突出体现在性欲书写上,可以说浓墨重彩,穷形尽相。金斯利·艾米斯说:"性描写会让角色失去普遍性(de-universalise),意思大概是这件事情已经私人化到每个人的感受都千差万别,所以你写得再如何真实,第二个人来一看还是觉得你什么都不懂(而且是写得越细他越看不起你)。"④金斯利·艾米斯的说法,对雷同性的性描写,可能具有警示意义,但对创造性的性描写而言,并无效用。我们知道,情色是生活中的原味,即使它不是生活的全部,多半也是人类

---

① 卡莱尔:《文明的忧思》,宁小银译,中国档案出版社,1999年,第17页。
② 刘晓刚:《那条割裂生命的河》第4卷,中国环球文化出版社,2019年,第268页。
③ 俞吾金:《新十批判书》,商务印书馆,2018年,第17页。
④ 陈以侃:《在别人的句子里》,上海人民出版社,2019年,第113页。

最贪婪的那一部分，因为它离人性最近。写好性，通过性来彰显人性，并不容易。女色与金钱是许多男人追求的唯二目的。他们认为，千里当官只为权力，而权力会保证金钱与女色的获得。《那条河》中，我们可以看到官员、商人阶层赤裸裸的、毫无禁忌的、唯色是图的、唯欲是求的种种面相，简直可以同《金瓶梅》中的清河县相比。而且，《那条河》是有开拓性和补充意义的，它不是《废都》那样模仿《金瓶梅》，而是个人化的、创造性的。如小说中的安田修三，因为在中天煤矿的出色表现，当上了三菱商事中国有限公司机械部的部长。修三"喜欢红色法拉利跑车，红色法拉利跑起来像女人飘荡的红裙子，钻在女人的红裙子里狂飙，那该是何等痛快淋漓的爽事。他安田修三的雄心壮志其实就像风筝一样系在那块艺妓的红裹裆布上，系在捆绑百合子的那根红绳子上，系在数不清的女人的烈焰红唇上。他需要更多的钱，数不清的钱，花不完的钱，能把他火化一万遍的钱"[1]。安田修三将事业情欲化，也将情欲事业化了，二者完全融会在一起。小说用那种必然的、可怕的、人人谈之色变的充斥着情色的细节，在那些社会普遍谴责的纵欲、淫乱、偷情、乱伦的行为里，恢复他们原始的心理活动和欲望冲动，探讨他们为何与撒旦为伍，以及寻找拯救方式和解脱之途的困难。因而，这是一部激进的非道德题材的小说作品，是一部超出色情小说局限的非色情的情色巨构。

二

《那条河》是第一部用清醒的神志，面对我们改革开放以来的历史，尤其是煤炭行业的鲜为人知的内情与内幕，敢于真实揭露和无情剖析的长卷巨作。其中的许多人物屈从于暴力、疯狂、淫荡和堕落，在他们的认知和逻辑里，这既是时代的主流，也是他们在遵从生命的本能——这种内在

---

[1] 刘晓刚：《那条割裂生命的河》第1卷，长江文艺出版社，2015年，第18页。

声音的必然选择。遵从生命的内在声音，必然使得他们的行动和选择，打破一切道德与伦理的禁忌，与疯狂的非理性联系在一起，并习焉不察地成为他们人性的一部分。

　　萨德侯爵在《朱斯蒂娜》中说："在完全邪恶的社会中美德是毫无意义的。"一旦美德、正义、法律、原则等丧失作用，暴力必然成为最为管用的手段。《那条河》中的贾家湾，位于陕、晋、内蒙古三省区的交界处，丰富的矿藏惹人注意，但行政的管理却因为相互毗邻互相推诿而显得孱弱，甚至成为三不管的江湖之地。暴力无坚不摧，代表着权威，成为通行的手段。这种暴力首先表现为集体暴力，是某些时候民间社会一部分人认可的处理怨结的办法。小说多次写到大规模械斗的场面，恢宏而血腥。小说第1卷写到贾家湾的第三条好汉贾义，因为日本三台两立方米的挖掘机烧机油而同贾忠产生冲突，两人真刀实枪干了起来。王民和李小花结婚的第六天，贾义啸聚了五十多号人，兴师动众上门，直接找贾忠的上司王民寻仇。贾忠布置拖车队的二十多个兄弟，人手一根铁棍，自己扛着一支双管猎枪；王民手持铁链，远可攻近可守，并事先跟旗里打了招呼，万一战况不利，让警察速来弹压。几十个人舞刀弄枪，乱作一团，高压水炮铺天盖地，"骨头碎的闷响和人的惨叫惊心动魄"。最终，贾义的刀从王民的锁骨到软肋刮开了一道长口子，王民一枪在贾义的后背开了碗大的洞，第二枪抵着贾义的额头，一声枪响，贾义半个脑袋不见了。王民作为凶手，并未受到法律的惩罚，反而因为他待人仁义，众兄弟心服，成为新的大哥。贾义的一条命，给孀妻弱子换来的，不过一百万的安家费。为了夺回三台挖掘机，王民又一次组织兄弟和裕隆公司火并，双方杀气腾腾，血流成河。枪声响起，身着裕隆工服的尸体（事先预备的真尸）从挖掘机上栽倒，震住了裕隆公司的员工。王民挥着手枪，指挥着挖掘机驶出大门。手枪具有威慑力，然不足以凸显王民的好勇斗狠，小说下来通过其手刃黑地里窜出的大狗，显露了他凶煞的本性——"黑地里窜出一只大狗，咆哮如雷，龇牙咧嘴，直奔王民，王民不慌不忙，将身体微微右转，左手腕一翻,手中多了一柄寒光闪闪的蒙古匕首,待那大狗扑来,膝一蹲,手一抬,那匕首从狗脖子直划到狗屁股。开了膛的狗扑在地上抽搐,喉管割断,叫都叫不出来,四条狗腿抖如筛糠。狗血溅了王民一身,半边脸红如玫瑰半边脸白似碎瓷,血雨飞洒中望之犹如天神恶煞。"[1]第七十三章,一百多个村民求钱闹事,包围了中天煤业的办公楼,冲进了贾爱道的办公室,贾爱道拿起办公室里准备的日本短刀,一阵挥舞,砍伤两个,自己手臂也被划破。旗长贾石头通知王国全,旗公安局派出的增援民警已经上路,并征询王国全是否要调来盟里的防暴队。尽管后来王国全化解了这次集体事件,但我们可以看到,暴力仍然是解决问题的最重要的手段。我们诧异的是,在中天煤业这样的大型国企,解决冲突依靠的不是法律和原则,而是群体性的暴力手段。这种集体暴力景观的书写,在当代小说中也是极为少见的。

在贾家湾,暴力不仅表现在集体事件上,而且以含蓄的鼓励和默默的赞同,让个人选择暴力具有正当性。暴力选择的极端就是杀人。《那条河》写到各种各样的死亡,其中最多的是暴力杀人。瓦尔特·本雅明在《讲故事的人》(*The Storyteller*)里曾经说过,经典的故事讲述围绕着死亡展开,死亡给予讲故事的人权威。死亡使整个故事可以传达。《那条河》中的死亡,领会了本雅明关于死亡论述的精义。巴特尔用哑铃击中安田修三,将其扔进了深井。王民用丝袜勒死了自己的妻子李小花,弄死了薛宝莲,弄死了巴特尔。贾红杀死了吴玉珍的孩子,结果死于吴玉珍的刀下。吴玉珍无意杀死了企图强暴自己的人,又蓄谋杀死了杀死自己儿子的仇人。其他人物,如大汉奸陈荣德,传教士吉米,神汉李混田等,死法各异,神态各殊。在死亡中,他们既迷失了自己,又回到了自己,找到了自己。小说结尾写到的王国全之死,光着屁股,像小时候奔跑那样,奔向崖顶,抄起雪,把身子擦净,在初升的霞光中,"清清冷冷地跳下",一切

---

[1] 刘晓刚:《那条割裂生命的河》第1卷,长江文艺出版社,2015年,第284页。

又回到了当初。白茫茫一片真干净!

  之所以会如此,是因为在贾家湾这片土地上,几乎没有人是干净的,几乎所有人都死有余辜。在作品中,除了神汉李混田等外,几乎没有道德界限清晰的人物。王国全是中天煤业的领导,是表面正派光鲜的成功人士。但实际呢,"他王国全是一个立牌坊的婊子,一个贪污犯,一个把钱运去美国的卖国贼,一个谋杀老婆的通奸犯"。他觉得:"这个世界不干净。他不干净。没有人干净。干净的人早就像他杀的那条野狗一样,失去了存在的资格。现在,这个魔鬼出没的世界作好了吞噬他的一切准备。"① 他别无选择。他的情人——最圣洁最光辉的如同女神的吴玉珍,无意杀死想强暴她的徐定发,也是别无选择。她寝食不安,噩梦不断,发现了自己的罪孽,苦苦找寻救赎之路,"如附骨之疽般的负罪感反倒成了她的动力和支柱。她像一只顺着树干往上爬的蜗牛,看不见光明的终点,但确信光明就在前方,而她背负着的那个壳里装的全是对孩子的期望"②。她的赎罪,并非为了自己,而是为了孩子。她觉得自己的虔诚、自己的祈祷,一定会感动主,"主一定会让她的孩子幸福,主也会将她洗得比雪还洁白,让她这个罪人配得上她的孩子"③。她担心王国全的妻子贾红会对自己的孩子下手,她希望贾红能够宽恕她,给她和孩子一条生路。她想起《出埃及记》,她寻找自己的摩西——"有谁能为她分开滔天大水,把孩子送往安全的彼岸。"④ 她沉醉在《旧约·弥迦书》中伟大的神谕中,不自觉地用女性的善良和自己的罪孽锻造信仰的铁砧——"这是多么惨的景况!我像一个饥饿的人,从无花果树上找不到剩下的果子,在葡萄园找不到留下的葡萄。所有的葡萄和无花果都被摘光了,所有诚实正直的人都死了。在这地方,连一个对上帝忠心的人也没有。人人都等着机

---

① 刘晓刚:《那条割裂生命的河》第4卷,中国环球文化出版社,2019年,第28—29页。
② 刘晓刚:《那条割裂生命的河》第1卷,长江文艺出版社,2015年,第197—198页。
③ 同上,第198页。
④ 同上。

会谋杀；人人都在陷害自己的同胞。他们全是作恶的专家。官吏和法官接受贿赂，有权势的人跟他们成群结党，狼狈为奸。在他们当中，就算最善良最诚实的人，也跟杂草一样毫无用处。"①然而，贾红还是没有放过她和王国全的孩子，她也没有宽恕罪人，而是以怨报怨，拿起刀，捅向被捆绑的贾红，再一次成为杀人犯，双手沾满鲜血。她享受到了复仇的快乐，同时也遭到了复仇的报复。主最终没有拯救她，她被王国全安排到美国，她成了精神病人——坚信自己已经怀孕，坚信永远不会再来的男人会来。她没有找到自己的摩西，没有走出埃及，她又到了茫茫的荒原上。

吴玉珍在福音书里苦苦寻求救赎，最终得到的是耶利米哀歌里的孤独和精神上的错乱。《那条河》中的人物，都不可避免地在自己的故乡流离失所了，他们得到的是无尽的孤独、难挨的恐惧和精神上的无所归依。小说中写到的杀手——牧民巴特尔，可以说将这种迷茫、疼痛和绝望集中呈现出来了——"孤独成了文在他心坎上的刺青"。他"周围是铁一般的黑暗，是暴风骤雨，是无尽的孤寂，只有他一个人，只有他一个人默默地站在那里"。②不过《那条河》尽管写到各种欲望的可怖，各种人性的幽暗与可怕，但从王国全与吴玉珍的爱情中，我们感觉到，虽然生活和生命处于恐怖和异化之中，但只要有爱，还是值得活下去的，人间还是值得的。在残忍的世界里去寻找美，寻找自由，去拒绝任何对想象力的制约，在认清种种风险的同时，为人类所能拥有的最好的东西而努力，还是值得肯定的。

三

《那条河》中的世界，既是大家陌生的煤炭企业，也是大家熟悉的世俗世界———日千里，魔幻神奇。我们数量有限的类似题材作品，对此

---

① 刘晓刚：《那条割裂生命的河》第3卷，长江文艺出版社，2016年，第47页。
② 同上，第212页。

也有表现，但如《那条河》这样立体、全面、深刻的，并不多见。因而，对于大多数人和当代文学而言，《那条河》完全是一种崭新的审美体验。更难得的是作者直面现实、凝视人性、撕开来写的勇气。在《那条河》这儿，为同类题材的写作，树起了一个新的标杆。

改革开放以来，历史是沿着两条河发展的，一条河在表面，是大家可以看得见的千帆竞发，生机勃勃，光影四射，繁花似锦；还有一条地下的、汹涌的、没有分流的河，它实际上是社会这座金字塔的塔身和塔座，当然也支撑起了河面的光鲜和阴影。《那条河》所挖掘勘探的，正是这条被忽略的然而至为重要的"潜流"，作者赋予其诗意化的幡幢——"那条割裂生命的河流"。

因而，《那条河》具有"补正史之阙"的价值和意义。比如煤炭企业的日常运营、企业内部的权力结构、资本的流转运作、管理层的私人生活、工程机械的采购漏洞等等，这些我们以往的类似小说语焉不详的，在《那条河》中都得到了前所未有的呈现。以大型工程机械为例，在当代小说中，可能还没有一部写得如此之多、如此之细。各个品牌的性能数据、优劣差异，以及如何日鬼掏碳，均令人叹为观止。林纾说："盖小说一道，虽别于史传，然间有纪实之作，转可备史家之采摭。"①林纾所言的"备史家之采摭"，未必容易，一要看作者有没有这样的能力，二要看有没有各种各样的禁忌。刘晓刚既有这种能力，也有突破禁忌的勇气。《那条河》正如英国小说家佩内洛普·菲茨杰拉德在小说《蓝花》（1995）开头所言："小说来自历史的缺陷。"这部小说的主人公诺瓦利斯——诗人兼哲学家的话可以作为理解《那条河》的一个通道——这本书实际上是拯救那些历史从未记录下的时刻。尽管我们对这四十年不乏各种各样的历史叙述，但个体的命运和异化的存在，往往被掩藏在时代斑斓的幻影背后。而历史，只有相对于个体才有意义，历史是无数个体命运的外在体现，

---

① 林纾：《践卓翁小说·序》，见《践卓翁小说》，都门印书局，1913年。

无数个体的命运,演绎着历史的基本轨迹。《那条河》正是通过一系列人物命运的起落升降,将历史的偶然性和必然性,个体的悲剧性和戏剧性,惊心动魄地涌现于我们的眼前。正如雅思贝尔斯谈到世界历史时所言的,"世界历史看上去就是偶然事件的堆积……是泛滥的漩涡。就这样它由一种混乱转向另一种混乱,由一种贫困转向另一种贫困;它带有短暂的幸福的闪光,带有一些暂时仍为死水包围的孤岛,但它们仍将被淹没"①。《那条河》呈现的,是现实生活中"泛滥的漩涡",是生存中的"混乱",是被富裕包围的"贫困",是俶尔即逝的抓不住的"短暂的幸福",是被绝望"淹没"的无处可逃的"孤岛"。

《那条河》是一部痛苦之书、悲愤之书、绝望之书。它从头至尾,表现出冷静的愤怒、不屑的鄙视和深深的绝望。美好的东西在现实中逐渐失去,牵动起我们无可排遣的历史感伤;价值关系错位和价值层次混乱,给我们带来焦灼失落和迷惘彷徨。我们的悲剧感被深深唤起,我们的责任感也被深深激发,我们能相信未来,重塑未来吗?作者使出全身力气,让人们听到历史和现实深处某种"更高的声音"(higher voice)。

四

《那条河》是一部体量可观、容量宏大和深度惊人的多卷本小说。洋洋百万字如同大江大河,波澜壮阔,诸如欲望、资本、时尚、美食、豪华宴会、民俗、风景、民谚、历史、宗教,移民生活,天南海北,历史地理,无不囊括其中,并有非常独特而精彩的抒写,彰显出作者渊博的知识,难得的才华,以及惊人的敏感性、洞察力和表现力。同时,这种体量和容量,因为生动、饱满和独特的细节而显得"富余",这也是英国小说家詹姆斯·伍德所谓的积极意义上的"富余"。詹姆斯·伍德说,"如果

---

① 转引自钱满素编:《美国当代小说家论》,中国社会科学出版社,1987年,第449页。

说一个故事的生命力就在于它的富足,在于它的富余,在于超出条理与形式后事物的混乱状态,那么也可以说,一个故事的生命富余在于它的细节,因为细节代表了故事里超越、取消和逃脱形式的那些时刻"[1]。《那条河》的"一个故事的生命富余",高度陌生化和个人化的细节,构成了小说味之不尽的艺术世界。

另一方面,《那条河》因为结构上的不够周全缜密和叙事上的中西杂糅而显得"富余"。这种"富余",虽然在真实的时间里汇入历史的韵律,但不一定能有机地融入整个小说叙事之中,具体表现在故事的过度膨胀和人物的过度参与。小说的背景过于辽阔,枝蔓过多,作者想将自己所知道的一切毫无保留地全盘托出,常常会由一个人物、一个故事,引申辐射出一系列故事,给人感觉将生活大河里的螃蟹鱼虾石头水草全打捞上来了,有时候如中国套盒,有时又如江南河流,不断出现新的汊湾。这种舍近求远的追溯常常造成主要人物的失色以及对主要线索的干扰,无疑是喧宾夺主,对于读者来说,也缺乏兴味的空间。比如第1部第六章介绍李小花的宠物犬球球,并不是说不应该借球球来表现王民复杂的心理世界和杀妻的复杂感情,而是篇幅过多,反而造成局部的臃肿和窒塞。第十七章写吴前进和薛秀芳,讲要运粮的家史,尽管是为了引出吴玉珍,但也可以简单处理。如第二十一章写徐定发;第三十三章写贾文武的早年经历;第四十二章写到贾藏藏的家史;第六十章写到的贾疙瘩复仇;等等,都可以处理得简略一些、紧凑一些。叙事上的中西杂糅可能跟作者深受中国古典小说,比如《水浒传》《西游记》等的影响有关。在小说中,我们也可以看到他的引用和嵌入。如第二十二章"一路无话,徐定发到了新乡""说时迟,那时快",以及王民手刃大狗和店老板棍捣藏獒睾丸等情节,都是典型的传统章回小说的叙事格调。而整个小说从叙事上来看,基本采用的是被称为上帝视角的第三人称,力图客观地讲述和展示。这种叙事格调从本质

---

[1] 詹姆斯·伍德:《最接近生活的事物》,蒋怡译,河南大学出版社,2017年,第31页。

上说,跟基于说书传统的章回小说的"说书人"叙事不但判然有别,甚至显得格格不入。因而,作者在客观展示和讲述一番之后,突然又出现中国传统章回小说的叙事方式,显得龃龉而不合卯。当然,在小说叙事上,中西小说叙事方式如何融合,是一个充满挑战的叙事难题,《那条河》也有意无意进行了大胆的叙事实验。

《那条河》的"富余"还表现在议论上。叙事中,渊博的作者常常忍不住,跳出来发表不甚恰当或者完全不契合小说情境的议论,显得冗余多事,也常常破坏叙述内在的一致性。如第2卷的第四十一章写到龙妙妙想到跳楼自杀的弟弟大汉奸,理解他投靠日本商人的举动,并对他的心理和动机进行了细致的揣测。这时,作者突然联系到鲁迅,写道:"鲁迅在《我之节烈观》里怎么写的?中国人从来只存在两种状态,一种是做稳了奴才,另一种是想做奴才亦不可得。"①第4卷第七十三章写到一百多人冲击中天煤业工贸公司时,王国全盯着窗户上的绿色的小飞虫,犹豫要不要将其一指头摁死。这时,作者突然插进一句议论——"这可是鲁迅赞颂过的绿色的苍翠的精灵。"②这些对于叙事而言,不但毫无增益,反而显得画蛇添足。

《那条河》的"富余"在语言上也体现得非常突出。整部小说语言奇崛生动,无拘无束,热情洋溢地飞进着编纂的词汇、陕北的方言土语、极富表现力的歇后语和熟语、伶牙俐齿的粗话、闪烁着哲思火花的睿语,散文诗式写景抒情,还有英语,或轻快流利,或哀怨忧切,或激烈狂热,或幽幽独白,交织成一个喧哗芜杂充斥着感伤主义和绝望情绪的文学场景,冲破了"陕派小说"长期以来形成的固有的叙事模式和语言板结,激活了被地方主义和地域文学限制的语言的生命力和活力。

---

① 刘晓刚:《那条割裂生命的河》第2卷,长江文艺出版社,2015年,第152页。
② 刘晓刚:《那条割裂生命的河》第4卷,中国环球文化出版社,2019年,第2页。

结　语

《那条河》如同旷野上没有经过人工修剪的杜梨树，茂密蓬勃，枝丫重叠，果实细密，有着粗犷的西北壮汉般的剽悍和生命的野性，呈现了历史和现实的多重性、不透明性和悲剧性。这是一个勇敢地揭开了现实光鲜斑斓面纱的新世界，也是一个让人无比愕然、愤怒和绝望的旧世界，随手摘下其中的一颗杜梨果——棠梨，无不酸、甘、涩、寒，与当代小说中经过催红膨大的清甜可口，完全不可同日而语。也与当代陕西文学传统及其经验完全不同，地方性书写、世界性眼光和现代性视野，融汇成了《那条河》驳杂而丰富的美学特征。作者严肃地观察生活，对现代社会、既往历史，持一种怀疑、蔑视甚至绝望的态度，他反抗现实，反抗历史，反抗绝望，他在寻找现实和历史的突围之路。瓦尔特·本雅明在谈到波德莱尔的诗时说："人的目光必须克服的荒漠越深，从凝视中放射出的魅力就会越强。在像镜子般无神地看着我们的眼睛里，那种荒漠达到了极点。"[①]在刘晓刚的笔下，"那种荒漠达到了极点"。他是一位虔诚的文学信徒，是一个内心浩瀚的扩张主义者，也是一个滑稽而悲壮的幻想家，他在决绝地找寻走出荒漠的通道。在《那条河》第2卷的结尾，他说自己双眼患疾时在思考："万一哪一天与光明永别，我如何在永恒的黑暗中蹚过这条割裂生命的大河？我从未如此惶急，如此胆怯，如此勃郁，如此愤怒。"[②]这实际上也是我们面临的问题——在被欲望、物质和功利遮蔽精神的双眼，在被无法形容的悲催现实裹挟之后，我们每个人，又如何"在永恒的黑暗中蹚过这条割裂生命的大河"，完成灵魂的安妥和救赎呢？这使我想起厄普代克，他最佩服的是索尔·贝娄和纳博科夫，他说为什么贝娄是美国最伟

---

① 瓦尔特·本雅明：《发达资本主义时代的抒情诗人》，张旭东、魏文生译，生活·读书·新知三联书店，2007年，第170页。
② 刘晓刚：《那条割裂生命的河》第2卷，长江文艺出版社，2015年，第280页。

大的小说家,因为"他的句子就是比其他的小说家更重一些"①。我相信《那条河》里的句子,比许多类似题材的写作,要重很多。

原载《新文学评论》2022年第2期

---

① 陈以侃:《在别人的句子里》,上海人民出版社,2019年,第164页。

《藏家》：一只闯进当代小说庄园的秦岭猛虎

许海涛是跑家里最著名的小说家，也是小说家里最著名的跑家。他开辟出了一片属于自己的小说新领地，甚至可以说开辟出了当代小说的新领域。他的这类小说，之前或有人偶尔为之，但如此成规模、如此有韵味、如此有魅力、如此有特色和如此有嚼头，绝对是"前不见古人"。他如同他《皇后之玺》中那个捡到皇后玉玺的孔忠良一样，孑然无侣。

他是文学"陕军"里突然冒出来的一员编外悍将，是一只闯进当代小说庄园的秦岭猛虎！

在我们熟悉而板结的小说原野上，许海涛挟风带电，心有猛虎，细嗅蔷薇，出其不意地带来了新鲜的陌生化的以文物古董为主线为背景的世态人情小说——姑且称之为"文物小说"。其以自己的孔武和细腻，独辟出一片小说的崭新领地，实在令人对这个五陵塬上憨厚朴实、壮硕黝红的胖汉刮目相看。他是三秦大地上走乡串户出入百家的跑家、藏家，是以这种独特方式体验小说内核的罗宾汉，他将历史文物带入小说的世界，在小说的世界里展现文物包浆上寓含的风云变幻、人情世态及其冷暖寒热。他不是生硬地将历史和小说进行嵌合，而是用无比的精细和热情，抉发每一道历史纹路的肌理和先人痕迹的温度，表现出盐溶于水般的质朴、熨帖和浑然。

许海涛的成功，正应了那句格言——"写你手触的东西"。他的《跑家》和《残缺的成全》的热销风靡和多次加印，也缘于此。在纸质书籍销售萎靡不振的当下，他的每本书都有四五万册的销量，不能不说是个奇迹。许海涛的家在五陵塬下,也在周秦汉唐数以千计的陵墓坟冢之下,脚下的每一寸土地都承载着岁月的印记和历史的密码。五十年的浸染、痴迷、追求与打磨,他揣摩它们、了解它们、熟悉它们,因而能带我们——"来到这样一个文物昌明的枢纽。时间把错综的纹理呈现在风平浪静的水面,美与丑在这里漂浮,道德与罪恶在这里滋生。这单纯的世界,他的表现光怪陆离,存在于每一刹那,正是我们供养的现实。"[1]"文物小说"的题材特点固然难以排除传奇故事的猎取,但他的小说并不以此为重心。譬如,《皇后之玺》通过亲历者孔忠良的视角,讲述半个多世纪寻宝、藏宝引发的离奇故事,以此所牵带起的半个多世纪普通百姓的生活变迁和世道人心的更迭流转,以及人生的悲喜离合和命运的跌宕起伏,更令人屏息深思。《游熙古剑》中的"游熙"剑,为武安君——被称为"杀神"的白起佩剑,这把杀气阴重的古董,出土以来,神秘地给每个收藏者都带来了不虞之灾,即使白起的后人白总,也没能跳出这可怕的魔咒:白起"人屠"六亲不认,难道他的佩剑,也附着了这种令人惊悚的兽性与杀气?小说在神秘玄幻的氛围中,滴水不漏地涵载着历史和人性的反思。《斯特拉地瓦利小提琴》讲述了世界名琴——斯特拉地瓦利小提琴在"文革"时代的神奇遭遇,这把意大利琴师1723年制造的世所罕见的精品,在1967年的6月25日,被一个十几岁的痴迷小提琴的男孩,以四十元的价格,在西安饭庄附近的"东方寄卖所"购得珍藏。而后,这把琴陪伴着这个男孩,参加市里组织的国庆文艺会演,因为表演突出,这个男孩又带着这把小提琴参加了北京的元旦会演,并赢得了满堂喝彩。诡异的是,这把小提琴在这次进京演出中被人调包,成为这个小男孩大半生的心灵至痛。二十来年后,这把小提琴拍出二十五万美元的价格,流入美国,主人全家也被买主帮忙移民出国。而最新行情竟然是,这把小提琴价值一千五百九十万美元!这把小提琴,既是世所罕见的珍宝,也是检验人性的校音器,见证了浩劫时

---

[1] 李健吾:《咀华集·咀华二集》,复旦大学出版社,2005年,第136页。

代人性和良知的黯淡与泯灭。

　　福楼拜说，"杰作的秘密在于作者的性情与主旨一致"。许海涛是跑家，是藏家，藏品和文物已同他的生命融为一体，他讲起每件藏品和文物的前世今生，就如同讲述自己。他说："散落在民间的一件件古董，都镌刻着一个个故事。这些故事就是历史，就是乡愁。跑家走村入户收古董，藏家坚守根脉和乡愁。藏家的故事，总能让我们穿过历史的沧桑，透过一件件遗存的实物，领悟生命的真正意义和生活的本真。"他完美地实现了自己的期待甚至超越了自己的预设，《藏家》中十三个中短篇，在冷静之中悠然成熟，无不以生动的细节、饱满的人物、鲜活的语言，在宏阔的历史背景中，呈现出人性的明澈与幽暗，获得了味之不绝、品咂不尽的艺术蕴藉。其不仅仅是对散落在民间的文物古董的怜惜、呵护和珍爱，更是在见证、传播古老周秦汉唐文明的历史蕴藏和文化欣喜，借此擦拭历史蒙蔽在人性上的灰尘，唤醒我们心灵深处淡化的民族记忆，审视和衡量我们先祖们创造的文明的伟大处和不足处。

　　许海涛的小说令人称道和折服的，还有他那筋道饱满、韵味醇厚、生动鲜活的关中方言，以及由之所形成的极富张力的叙事方式。许海涛小说叙事中的陕西方言呈现，继柳青、陈忠实、贾平凹等人之后，达到了一个全新的境地。正如诗人董信义所言——"海涛的小说语言中刻意采取民间语言与古典汉语相结合的表现形式，把民间口语极致化，把古典汉语时尚化，使笔下的老物件有了古色和活色，把一个死的不能说话的物件变得通灵而有神性。用一句话概括，海涛小说语言简约、截脆、肃穆、悠远。再朴素地说，他的小说没有一句废话，半句虚言、妄词。这是非常难能可贵的，这也奠定了小说具有经典元素的前提。"确如此言，方言写作既给许海涛的小说带来巨大的艺术魅力，同时也因沉浸带来某种叙述和思考上的局限。我们知道，语言是存在的家，是思维的直接实现，也是思想的枷锁，尽管许海涛不乏现代精神和理性思考，但还是不由自主流露出对前现代文明的沉醉和对方言土语的赏玩，这势必会影响到小说的容量和深度。

此外，过度地追求唐宋传奇和聊斋志异的传奇性效果，也使得个别篇目多多少少具有炫异猎奇的迹象。不过，上述这些缺憾，如同月亮上的荫翳，无碍于《藏家》以及其他"文物小说"自带的难以遮蔽的光芒。

许海涛是热情的跑家，是孤独的小说家。唯其热情，所以倍加孤独；唯其孤独，所以倍加热情。他热情地寻找着珍视着秦汉大地上散落在民间的古董文物，孤独地执着地以卓尔不群的小说笔墨守护着、传达着先祖的荣耀与光华，已经彰显出一位优秀小说家的宝贵素质与灿烂气象，是一只无意闯进当代小说庄园的、令人不得不瞩目的秦岭虎！如果这只体型和容量巨大的蹲踞在周秦汉唐陵阙下的巨兽能继续昂首阔步，我相信，假以时日，这只秦岭虎会更加威猛——如辛弃疾所言——"气吞万里如虎"！

原载《博览群书》2021年第8期，原题为《闯进当代小说庄园的秦岭猛虎》

《骚动之秋》简论

《骚动之秋》获茅盾文学奖之初,我曾草草翻过,感觉平平。当时就诧异:这样平常乃至平庸的小说竟然摘取了中国长篇小说的最高奖项。前不久看了胡平先生的文章才豁然明白——《骚动之秋》获奖并不是从艺术水准出发,而是综合各种因素的结果。胡先生说:"四部作品中较弱的一部是《骚动之秋》,它的获奖使许多人感到惊讶,但必须考虑到,1989至1994年间,在长篇小说创作范围里,正面反映改革现实的作品不多,质量好的更少,而弘扬主旋律,鼓励贴近现实生活、体现时代精神的创作是评奖的一个指导原则……《骚动之秋》反映农村改革现实,属于最早出现的一批写改革的长篇小说。"①时势可以使《骚动之秋》忝列茅盾文学奖之列,但并不能提升其艺术水准,真正优秀的作品是依靠艺术魅力屹立在历史和文学的长河之中的。《骚动之秋》至今的无声无臭,已经充分表明了这一点。

一

《骚动之秋》叙写中国当代农村的重大变革,无疑可以纳入"改革文学"之列。从"改革文学"的发展脉络来看,《骚动之秋》上承蒋子龙

---

① 胡平:《我所经历的第四届茅盾文学奖评奖》,载《小说评论》1998年第1期。

等人的"改革文学",下接90年代中期的"现实主义冲击波",处于"改革文学"发展的低谷时期。党的十一届三中全会之后,改革开放成为时代的主潮,文学迅速对此做出回应,"改革文学"应运而生。自蒋子龙1979年发表短篇小说《乔厂长上任记》开"改革文学"之先河,反映各个行业的改革成为文学创作的热潮,风靡一时。短短两三年时间,先后有张洁的《沉重的翅膀》、李国文的《花园街五号》、张锲的《改革者》、苏叔阳的《故土》、柯云路的《新星》、王润滋的《鲁班的子孙》、张炜的《秋天的愤怒》等一大批从各个角度反映改革进程繁难与艰辛的作品。这些作品,贴近现实,关注问题,呼吁改革,塑造英雄,不但写改革的艰辛,同时也表现改革给人们带来的思想观念、伦理道德、文化心理的震荡和变化,在当时产生了巨大的影响。"改革文学"的这种写法,实际上同苏联勃列日涅夫时代流行的"大厂文学"非常相似,乔光朴和《当代英雄》《你到底要什么》《普容恰托夫经理》等小说塑造的中心人物,具有某种血缘上的遗传性。以乔光朴为代表的"开拓者家族"系列人物,有魄力,有能力,有品德,做人正派,办事公正,坚持正确的政治方向,但不瞎指挥,坚持科学管理,实际上和苏联文学中的英雄人物一样,都是技术专家治厂论者。他们所搞的改革,实际上只是用最少的消耗完成上级布置的生产任务。同时,这些作品也暴露出严重的问题。作家对改革的复杂性缺乏深刻的认识,对改革的理解停留在肤浅的表层,不能深层次地表现改革者的文化心理、经济意识、思维方式,只不过是一种"水过地皮湿"的生活现象的罗列。从结构上看,这些小说大多遵循"好与坏""对与错"的二元叙述模式,构思模式化,矛盾冲突简单化。在人物塑造上,作家满足于人物塑造的理想化,倾力表现一部分人的改革热情和铁腕行动,存在着严重的脸谱化弊病。

  从中国当代文学发展的轨迹来看,"改革文学"和之前的"伤痕文学""反思文学"在理路上有着很大的一致性,都是充当社会或民众的代言人,提出改革中尖锐的政治、伦理、经济冲突,急于通过文学来表达历史交替中的阵痛与欢欣,进而改变社会风气与社会现实。也正因为如此,"改革文学"和现实产生了巨大的共鸣。所不同的是,"改革文学"已相对有了较大自由,在宣传改革开放必然性的同时,也可以在一定的限度内批判社会的阴暗面和消极面。在1985年之后,我们可以看到,"改革文学"在题材的开拓和内容的挖掘上,力求避免之前的模式化、简单化和脸谱化,趋向于从生活化、历史化的角度去表现改革时期的人心世态、社会心理,交织着复杂多重的矛盾和冲突。然而,这类作品关注的中心,依然是重大的社会问题和生活冲突,始终不能落到社会生活与文学创作的中心——"人"以及人性的中心点上,不能将一般性的社会意义转化成文学性意义,几乎没有跳脱出同类题材的报告文学式的写作模式。小说毕竟是一种具有独立性、含混性和复杂性的艺术,它的主旨,正如黑格尔所言——"艺术的要务不在事迹的外在的经过和变化,这些东西作为事迹和故事并不足以道尽艺术作品的内容;艺术的要务在于它的伦理的心灵性的表现,以及通过这种表现过程而揭露出来的心情和性格的巨大波动。"[①] "改革文学"最缺乏的,就是"伦理的心灵性的表现,以及通过这种表现过程而揭露出来的心情和性格的巨大波动",以及基于其之上的思想上的穿透力、情感上的震撼力和艺术上的感染力。

到了1987年前后,经济的飞速发展以及社会体制改革的滞后,带来各种社会问题。面对这些复杂的社会现象,"改革文学"表现出无力把握的困境,在艺术上也捉襟见肘,整个创作陷入了低谷时期。《骚动之秋》即是这一时期诞生的一部艺术上很孱弱的作品(后面做具体分析)。直到90年代中期,"改革文学"经过长时间的蓄势酝酿,形成了"现实主义冲击波"。所谓"现实主义冲击波",是指刘醒龙、谈歌、关仁山、何申等人创作的一批反映改革进程中,国企以及乡镇集体企业极少数具有责任感和使命感的领导在艰难时势中和大家同舟共济、分享艰难的过程。这些作品

---

① 黑格尔:《美学》第1卷,朱光潜译,商务印书馆,1997年,第275页。

以极大的勇气真实地书写现实的严峻,揭露改革中的深层问题,但任何精神和道德上的变化,作者都从经济上去解释。同时,这些改革者的形象消弭了80年代"改革文学"中改革者和我们的距离感,"英雄"落地成了凡人,乔光朴这样有魄力、有激情、有理想的改革者已不复存在,"普遍表现出对理想主义的厌弃,对激情和浪漫生活的拒绝,而无可奈何地认同于日常生活中的现存秩序"①,为了维护小集体利益而绞尽脑汁。更为严重的是作家对当时的生活状态多持认同感,对种种歪风邪气和污浊现象只有现象的展示,而无深刻的解释,并表现出无奈的正义和苟且的妥协。历史理性、现实关怀以及人文精神的多重缺失,极大地损伤了"现实主义冲击波"的批判性和深刻性,"改革文学"至此非但未能浴火重生,反而很快又失魂落魄。

二

胡平先生认为,《骚动之秋》的获奖,是因为1989至1994年的长篇小说创作,"改革题材小说在套路上相比《骚动之秋》等作品还没有显著的突破,因此《骚动之秋》的获奖也还说得过去"②。同"改革文学"相比,《骚动之秋》既有明显的继承,也有显著的变化。在叙述模式上,《骚动之秋》虽然部分改写了改革家的塑造模式,但依然沿袭了"改革文学"简单的思维,没有跳出"改革文学"黑白分明、对错判然的构思模式,没有深度结构。作者只停留在改革的表面冲突上,缺少马克思所说的"对现实关系的深刻理解",更谈不上透视生活,作深入的历史性的思考。乡镇企业家岳鹏程和乔光朴那样的"开拓者"截然不同,作为改革开放后农村成长起来的第一代改革家,他有魄力,敢想敢干,内心深处希望

---

① 孙先科:《颂祷与自诉——新时期小说的叙述特征及文化意识》,上海文艺出版社,1997年,第182—183页。
② 胡平:《我所经历的第四届茅盾文学奖评奖》,载《小说评论》1998年第1期。

大桑园富裕起来，并且做到了。但其专制霸道、打人骂人，搞独立王国，因袭着浓厚的农民思想。他投机倒把、行贿受贿、偷税漏税，为抵达目的不择手段，用一套封建的东西去反对另一套封建的东西，如同电脑杀毒，用一种流氓软件去杀另一种流氓软件，而两者在本质上并无区别。极端自私的利己主义、以邻为壑的地方主义、化公为私的腐败行为在他的身上都可以看到。作者虽然肯定了其将大桑园由"大丧院"变为"大福院"的贡献，但本质上是将其作为批判性的人物来塑造的。小说的结尾，实际上已经预示了他不可避免的失败，情人"叛变"，妻子"起义"，儿子挑战，"他觉得自己简直成了天边雁、海上舟，于茫茫中显出孤零零一个身影！"①实际上，岳鹏程这样的人物在农村改革家中是非常普遍的，遗憾的是作者并没有挖掘岳鹏程这套改革做法的历史成因、现实原因，而只是轻飘飘地将其外部表现罗列出来，没有刺穿生活的表象，触及历史和现实的原因，作深刻的思考、挖掘和表现。

　　作者要肯定的一方，是岳鹏程的反对者——他的儿子岳嬴官。他和父亲一样，都致力于改变家乡的面貌，但在做法上和父亲那一套截然不同。用小说中蔡黑子的话说："人家岳鹏程和嬴官，在家父子兵，出门双虎将，是要在这大小桑园，来一场联村友谊创业大竞赛的。"（第84页）岳嬴官对父亲在乡、县、市建立各种关系网络的做法不屑一顾，与老爹的封建专制脱钩，也尊重老一辈革命者，坚持可持续发展的道路。小说的第三章，岳嬴官具体阐述了自己的发展思路：充分利用小桑园"山多土地多"的优势，山多，办水泥厂；地多，大力种植林果和经济作物，"从开山采矿到运输粉碎、烧制销售，从果树管理到果品收藏、深层加工，各自形成一个'一条龙'网络，山和土地就会变成摇钱树和小金矿"（第33页）。这种想法，正如岳鹏程质疑的，果树栽培收益周期长，买树苗和前期投资无法解决，而办水泥厂，资金无法筹措。这些问题如果不能解决，那么岳

---

① 刘玉民：《骚动之秋》，人民文学出版社，2011年，第337页。以下凡此小说中引文只在文中标注页码。

赢官不过是纸上谈兵;作者如果不能令人信服地解决这些问题,也会使得整个小说叙事缺乏可信力。果树栽培小说写得很简略,小说后半部分主要写了岳赢官集资办水泥厂的事情。岳鹏程釜底抽薪,抢走了银行贷款。岳赢官想依靠民间集资,大家信不过嘴上没毛、办事不牢的他。作者花了大量篇幅写岳赢官效法商鞅变法,用十万响花炮吸引人心、鼓足士气的做法。用作品中小玉的话说,水泥厂建起来就能赚大钱,就能带动很多村子,可集资就是集不起来,"人家就是不信服赢官这伙子人!赢官他们的意思是得干成一件事,把李龙山惊一惊、震一震,也让群众看一看他们这伙人到底说话算不算数!这跟商鞅变法,在城门口竖一根杆儿,悬赏让人扛是一个道理"(第341页)。十万响花炮是放了,小说的结尾为岳赢官的未来涂上了迷人的玫瑰色。可我们不禁要想,仅凭十万响花炮和对未来的美好许诺就能打消农民对集资的顾虑?这未免太理想化了。同时,岳赢官和父亲面对的,是同样的环境,尽管他不齿父亲的做法,可他那一套理想化的做法在当时也难以行通,岳赢官的这条路能走下去吗?岳赢官放个花炮政府都千阻百拦,集资政府不会干涉吗?岳赢官的本质,依然是"改革文学"那种大而无当的英雄主义激情底下的粗鄙本相。他公正诚实,一切为公,心无杂念,是个高度纯洁的人物。现实的情况和生活的逻辑恰恰遵循的是岳鹏程那一套做法,而不是岳赢官那种空想主义的发展理念。以集资为例,在现实中,80年代中国农村的各种名目繁多的集资、商会、基金会有多少是骗取老百姓的血汗钱,最后卷钱而逃?这并不是说作家要预言未来,而是作家要严格按照生活的逻辑去作合情合理的预言和想象。如果作家不按照生活的情理、人物内部的逻辑去行动,而是硬要按照自己的提纲去写,那么情节就会空洞虚假,人物就会苍白僵硬。水泥厂放炮吸引集资,过于理想化,沉浸在廉价的乐观主义想象中;岳赢官的形象,没有遵循生活的逻辑,也很难说是作者精心孕育出来的人物典型,而是臆想出来的先进人物或模范人物。在这个人物身上,我们看不到属于他自己的东西,作者也没有灌注自己对生活的思考。

如果将岳鹏程和岳嬴官在改革路线上的冲突视为小说展开的主线，那么二人对待岳锐、肖云嫂等老一辈革命者的态度，以及各自婚恋爱情上的冲突则是小说展开的辅线。主线没有写出改革的风云激动、内在变化，辅线也平平淡淡，水波不起。以岳锐和肖云嫂而言，作者极力肯定其作为，将其塑造成不染一丝杂尘的"高、大、全"式的坚定革命者，毫不利己专门利人的好干部，是典型的好人好事的写法，没有写出人物的复杂性，也缺少历史性的反思。如肖云嫂年轻时，认为战友的、同志的感情高过一切。面对追求者，为了革命的利益，她断然拒绝，"埋葬的是个人的爱情和幸福，升华的是一种高尚纯洁的对于战友、同志的深挚的友情"（第266页）。在她看来，这种革命的感情是"永恒"的；在弥留之际，她夸赞炫耀的是自己在村里执政三十二年获得的五十四面锦旗以及上台领奖的风光。她将获得上级的嘉奖视为人生的最高追求，而这三十二年，老百姓过的是怎样的日子，经过怎样的折腾和变故，她一丝也没有放在心上。这样的人物，完全是平面化的，依然没有跳出"文革"文学英雄人物的塑造模式。

除此之外，小说失败的地方还在于将改革冲突聚集在岳鹏程一家三代人中展开，缩小了小说反映的内容广度。岳嬴官性格的形成，缺乏足够的交代，因而其和父亲的决裂，也就缺乏叙述上的深度支持。不过这并不是最重要的，最为人诟病的是父子不但是事业上的"敌人"，而且是感情上的仇敌，这一对父子简直冲突到"牙齿"了。如此集中的冲突，充满了偶然性，或者编造的痕迹，没有火辣辣的生活感和真实感。如果仔细分析一下，我们就很容易看到"马脚"。小说前面写到，岳嬴官在很长一段时间里暗恋着秋玲，秋玲能感觉到，她对嬴官也有很深的感情，觉得他的"目光时常灼烧得她神思迷离"，"她喜欢这个小伙子，时常盼望见到他的身影"。（第151页）但岳嬴官从技工学校回到村里和当木器厂厂长的"几年"里，他们经常在一起，竟然没有碰撞出爱情的火花。而岳鹏程，是在秋玲进木器厂才开始注意到这个姑娘已经出脱得很漂亮。秋玲因为岳鹏程的注意进了木器厂,并当上了班长。但没有干多久,就被岳鹏程调到了接待处。(第124页)这和小说所写的她在木器厂和嬴官相处了"几年"明显矛盾。如果岳鹏程注意到自己的儿子对秋玲有感情,会不会打秋玲的主意,这是一个疑问。即使撇开这个致命的矛盾不谈,秋玲无疑对岳嬴官是有感情的,因此也就不可能如小说中那样简单地因为和岳鹏程有一夜之欢而置岳嬴官不理,至少内心会有很激烈的波澜。小说前面写道"秋玲从来没有为那个'天津之夜'怨恨和懊悔过"(第128页),后面又写道:"在秋玲的心目里,她的全部的情和爱突然间一齐转移了位置:原来她的心是真正属于这个被自己伤害过的决裂刚勇的小伙子的!哪怕为了小伙子的一句问候、一个目光去死,她也觉得荣耀和幸福!"(第274页)到了最后她离开李龙山的时候,仍然剪不断情思,向"这个她欲爱不能、欲恨无由的刚毅坚决的小伙子来告别"(第342页)。如果秋玲对岳嬴官有这样强烈的感情,那么在她和岳嬴官相处的日子里她应该早已表达,或者即使和岳鹏程有了"天津一夜",也应该努力试图从传统的道德观念中冲出来去寻找自己的幸福。在小说中我们看不到这样的东西,有的则是秋玲面对岳鹏程时的逆来顺受。而在小说结尾时,秋玲又狠下决心,和心爱的人远走高飞,这似乎又不是秋玲的性格。究其原因,则是秋玲这个人物,并不是作者怀胎自然分娩出来的,因而对她不够熟悉。其中还有一个重要的原因,那就是作者缺乏男女平等的现代意识,因而秋玲也被塑造成一个不断向命运妥协的可怜女性。不仅秋玲,岳鹏程的妻子亦是如此,面对丈夫的背叛,尽管也曾咬牙切齿、寻死觅活,但在最后还是家庭意识消融了平等意识,作者也为她找到了一套"巧妙"的说辞——"她恨他,恨他背着自己跟别的女人干丢人现眼的事儿。但她平心静气时肚里也明亮,岳鹏程跟那种为了另寻新欢、不惜把老婆孩子朝茅厕坑里丢、朝死里逼的男人还是不同,'良心和夫妻情义也没有丧尽'。"(第344页)因此,还是原谅了丈夫,回到他身边。这两个女性,生活在男性权力意志以及变态文化心理的重压之下,不但没有反抗,而且隐忍求曲,表现出温驯的顺从和妥协。作者对此却表现出某种认同和欣赏,亦不能不令人感到失望。

"改革文学"同改革开放一样,是在摸索和探讨中进行的,创作对象本身有复杂性和难以预测性,但文学承担的任务并不是去预见改革形势、判断正确与否,而是要去表现变革中的人情人性、文化心理、社会风俗的波动、冲突与变迁。《骚动之秋》没有深化和发展"改革文学"的模式,没有从文学的意义上对题材进行开掘和提炼。这也说明,作者在写改革的同时,并没有认真思考"改革文学"的经验及改革自身,因而也就不能发展和深化"改革文学",仍然停留在简单的对主旋律的图解、阐释和论证上。因而,整本小说传达的东西,没有鲜活的个人思考和个人经验,而"一个作家如果对这个世界没有鲜明的、确定的、新颖的看法,尤其是如果他认为这根本没有必要,他不可能写出真正的艺术作品"①。正因为《骚动之秋》对改革没有鲜明的、新颖的、个人化的看法,而是把生活的内容刨平磨光,变成平滑的概括化的东西,传达出会议文件式的内容,所以才令人有索然寡味之感。"改革文学"以至后来的"现实主义冲击波"最大的误区,就是过于关注题材的社会意义,忽略了生活的中心以及文学围绕的鹄的——人以及人性,"真正的艺术作品,永远摆在人性的天平上。这天平永远会说:'不足'。艺术家的生活经验与反映此经验的作品间具有某种关系,一如'威廉·麦斯特'(Wilhelm Meister)与歌德成熟间的关系。当作品的目标是要在解说文学的镀金纸上表现全部经验时,那种关系便是坏的。当作品不过是经验的片段,是钻石的一面,不受限制地缩影其内在光泽时,那种关系便是好的。第一种情况是对永恒的润饰与夸大。由于其内涵的经验,第二种乃是丰富的作品,虽然其经验的价值被人怀疑"②。而在《骚动之秋》以及类似的作品中,我们找不到加缪所说的东西,看不到人性的火光,看不到生活的回声,也看不到历史的质感。

---

① 托尔斯泰:《论创作》,戴启篁译,漓江出版社,1982年,第10页。
② 加缪:《荒诞的创作》,见崔道怡、朱伟等编《"冰山"理论:对话与潜对话》下册,第494页。

三

由于作者不是按照生活的逻辑来反映这一段生活，而是按照限定的东西或者提纲上规定的东西去展开叙述，因而人物被事件淹没，形象模糊，缺乏性格刻画和心理描写，情节生硬幼稚，不近情理，甚至有编造的痕迹。比如小玉，小说中写道："去年高考，七门功课总分六百一十，北京大学发来录取通知书。但她为了照顾病重的奶奶，给高考办公室和学校去信，主动取消了升学资格。肖云嫂后来知道了，发了一通脾气，抹了一阵眼泪。"（第91页）这显然是编造的情节。在80年代，考大学是无数青年人的梦想，很难理解一个正常人会轻易放弃。考上著名的北京大学，即使个人生活有困难，当地政府为了"名声"也会出面，照顾肖云嫂的生活，不会让小玉失去深造的机会；小玉的成绩这么好，父老乡亲以及肖云嫂应该早就知晓，即使肖云嫂自己病重，按常理也该早有妥当的安排，怎会有小玉背着奶奶要求取消深造的机会；再者，即使学生个人要求取消录取资格，按照当年的招生程序，招办也会找学生家长了解详情，怎会有小说中所说的小玉瞒哄奶奶呢？另外，我们知道，在20世纪的80年代，农村的外语教学是比较落后的，至少口语教学很落后，但初中没上过几天的秋玲不但能够用流利的英语向老外介绍河滨公园的八角亭，还能讲德语，连读过北京外国语学院、曾在国外实习过一段时间的翻译也惊叹秋玲的外语水平（第149页），这不是胡编乱造又是什么？岳鹏程这个人物虽然比较饱满，但也有许多地方不符合他的性格和身份。作者将许多不符合他生活逻辑的东西硬贴到他身上：他懂文学，谈《艳阳天》的现实意义；懂经济理论，说马克思将商品经济说成资本主义的土特产站不住脚，社会主义也需要商品经济，到了共产主义，取消商品经济也不灵。（第十六章）第五章写他们父子同心，谎称当市委书记的山东老乡请他们住到书记家里去，震住了林场的领导，生意化险为夷，完全是虚幻的革命浪漫传奇，或者面壁空构的传说故事，经不住一丁点推敲，甚至连生活的影子也没有。岳嬴官也是一样，大公无私、一心为民、纯洁善良、心无杂念，生活中有没有这样的人物都令人怀疑。他读《诸葛亮集》《孙子兵法》不难理解，小玉偷看了他的读书笔记，他就能马上援引宪法的具体条款要"予以惩罚"，实在有悖于一个农民的实际。

那些优秀的反映重大历史题材的作品，不但能将艺术的重心聚焦在人性的天平上，同时能够做到"风云吐于行间，珠玉生于字里"，《战争与和平》《静静的顿河》《日瓦戈医生》等可以视为最具代表性的典范。而《骚动之秋》这样的作品，和这些作品有着难以丈量的距离。看不到人，"风云"也无可观之处，语言也呆板粗糙，经不起品读。《骚动之秋》的语言，是会议文件式的语言，水门汀一样的风格。作者可能自己也觉察到了枯燥呆板，行文中间偶尔会生硬地镶嵌几个看似很具文学性的词语或一点描写，结果连那种枯燥呆板的风格也破坏了，变得不伦不类。同时，一些词语胡乱使用，不禁让我们怀疑作者的文字表达能力。如小说第一章写岳鹏程躺在车内休息，将座位调到最佳位置，"便闭上眼睛，半躺半倚进入到出神入化的境地"（第7页）。作者显然不明白"出神入化"的含义。"出神入化"是指某项艺术或者技艺进入很高的境界，睡觉是否能进入"出神入化"的境地只能存疑。小说在写到秋玲时，说她有"得天独厚的容貌风采"（第124页），也恐怕经不住推敲。"得天独厚"一般指地理或者自然条件优越，没有见过用于人的容貌上。嬴官见到秋玲后，"突如其来的情势，和显现面前的一片令人眼花缭乱的彤云倩影，猛然间把嬴官推入到一个牵魂动魄的迷宫"（第273页），往昔恋人看起来令人"眼花缭乱"很不妥当，何况眼前只有一个。小玉生气大哭，嬴官"好不容易逗得小玉抹干了香腮"（第327页），"香腮"一般指美女的脸颊，比较文雅，和这部分的风格极不协调。"初胜利的双眸里荡起了碧波……"（第294页），初胜利是男性，因为欣喜而有上述的表情，很难令人理解。

《骚动之秋》整部小说基本停留在表象层面，没有做到以精神性的力量去穿透生活现象，去触及人物的思想和魂灵，对人的境况和人的发展缺乏深刻的思考和表现，而迷恋与主旋律的合拍共鸣，停留在讲好人好事的水平，是典型的肤浅的现实主义和廉价的理想主义，并未有力地回应实际问题和现实矛盾。作品虽然题材重大，但没有表现出文学意义上的重大。就文学而言，题材并无大小之分，关键是深入题材的五脏六腑，挖掘出灵魂性的东西，而不仅仅是停留在"问题"或者表面的矛盾冲突上面。正如李建军所言："一个小说家，如果总是按照由'生活'提供的外在的'尺度'来写作，那他注定写不出可以超越自己时代局限的小说。他必须与生活保持距离，必须用怀疑的复杂眼光来观察生活，要尽力摆脱流行的价值观对自己的影响，这样，他才有可能获得对人性、现实的深刻的理解和把握。"[①]正因为《骚动之秋》热衷于表面的矛盾冲突的塑造或者是制造理想化的矛盾冲突，没有和生活"保持距离"，没有站在较高的视点去观察生活、消化生活，所以没有火辣辣的现实感和鞭辟入里的深刻性，结果成了流行歌曲或者换季的时装。即便获得了茅盾文学奖，也无法免于被遗弃的命运。

原载《新文学评论》2013年第1期

[①] 李建军：《新国民性批判的经典之作——论〈农民帝国〉及蒋子龙小说创作的路向转移》，见《文学的态度》，作家出版社，2011年，第135页。

悲观的诗学

——论格非的《春尽江南》

如果说"人面桃花"三部曲中的《人面桃花》和《山河入梦》是江南那个叫"花家舍"的地方的"前世"的话，那么《春尽江南》则是"花家舍"的"今生"。格非以"花家舍"的兴替更迭为镜像，来透视百年来中国现代化过程中的"常"与"变"，从而建立起个人化的20世纪中国的历史记忆。《人面桃花》洞悉革命的美丽和残忍，宁静而哀婉；《山河入梦》再现建设年代的社会主义乌托邦冲动，荒诞而真诚。历史，在格非优雅的文字中缓缓铺开，悲伤而不失诗意。到了《春尽江南》，终于要和现实短兵相接了。掩卷之后，我感觉小说笔笔见血，有种摧枯拉朽的忧郁和挥之不去的悲凉，并将作者在前两部作品散发的悲观的历史诗情推到了极致。格非用悲观的历史诗学，重建了我们对20世纪中国的历史记忆。同时，也为历史进程中的失败者筑起了纪念碑。正如格非自己所言："我写小说是非常偏重对'记忆'的开掘的。我历来主张——我在那个授奖词里也讲到，它是对遗忘的一种反抗。小说提供的历史恰恰是被正史所忽略的，作家敏感到的，一个更加丰富的背景当中的个人的历史，这是历史学家不会关注的。"[①]在反抗遗忘的过程中，格非冲破了僵死的历史叙述话

---

① 格非、于若冰：《关于〈人面桃花〉的访谈》，载《作家》2005年第8期。

语，建立起更为生动和丰赡的历史记忆。我们可以发现，三部曲的历史叙事，实际上就是失败者的历史记忆，是悲伤的抒情，是一种悲观甚至绝望的哲学。在《山河入梦》中，作者迷惑不解地在质问——"为什么别人脸上阳光灿烂，我的心里一片黑暗？"《春尽江南》则由小说的题目就可以看出来。"尽"可以说是小说的调子，或者我们可以用小说中那首题为《睡莲》的诗中的一句来概括小说的旋律——"喧嚣和厌倦，一浪高过一浪。"这也是我们这个历史时段精神的扼要概括。正如有评论家所说的："当他在'春'和'江南'之间硬生生地嵌入一个'尽'的时候，他的心情多半是寂寥、悲切，甚至是无法排遣、沉重如山的绝望。"①从小说题目，我们可以看出格非的敏感，对人性、对时代以及对社会的深深绝望，他所要做的，则是痛切地用小说的形式，进行时代的精神分析。记得有人说过，80年代的文化人现在不外乎两种生存状态，一种是得意，一种是悲观。格非无疑属于后者。就认识论上，格非是一位怀疑论者，在气质上，格非是一个典型的文化悲观论者。他的积极力量在于他将自我放置在现实的谷底，历史则犹如一幅顺时推向谷底又终将在通过自我之后推向新的高峰的卷轴。在这样的精神磨砺和精神拷问中，格非清醒地洞察了这个时代的一切。因而，他笔下的人物，实际上灌注了他痛切的思考和疑问。帕乌斯托夫斯基在论述福楼拜与作品中人物关系的时候说："在福楼拜身上高度地表现了那种文学理论家们称作作家人格化的特性，简言之，这是一种禀赋，作家以强烈的力量，使自身与人物合成一体，亲身极其痛苦地体验作品人物（按照作家意志）所遭遇的一切。"②格非既具有这种气质禀赋，同时又有着清醒的现实关怀。在这场中国社会巨大的变革转型中，格非焦灼地关注着阵痛创伤，以自己的人格和良知，留下一部丰富的当代知识分子的生活总志、一部当代人生存的清晰图景。而悲伤，则是这部总志的"魂灵"。

---

① 郭春林：《春有尽，诗无涯》，载《长篇小说选刊》2012年第2期。
② 帕乌斯托夫斯基：《金蔷薇》，李时、薛菲译，漓江出版社，1997年，第127页。

一

按照马克思·韦伯的经典论述,现代化就精神形态而言,是一个世俗化的过程,一个除魅的过程,一个价值多元的过程,一个工具理性代替价值理性的过程。早在半个多世纪前,沈从文就敏锐地感觉到了现代化过程带来的忧虑,他在《长河·题记》里说道:"表面上看来,事事物物自然都有了极大进步,试仔细注意注意,便见出在变化中那点堕落趋势。最明显的事,即农村社会所保有那点正直素朴人情美,几乎快要消失无余,代替而来的却是近二十年实际社会培养成功的一种唯实唯利庸俗人生观。敬鬼神畏天命的迷信固然已经被常识所摧毁,然而做人时的义利取舍是非辨别也随同泯没了。"①沈从文记录下了现代生活侵入中国之后带来的冲突、震荡和灾难,以及在物质和精神上给中国农民带来的巨大压迫。他写出了这种"变",也写出了千百年来湘西人生活中的"常"。借用夏志清的论述,"永恒和流变"是《长河》紧紧围绕的两个主题。②在天灾人祸面前,他们保持着健康、朴素的生活方式,葆有耿直、乐观的心态,表达出一种坚韧的生存力量。这种坚韧和苦难映照起来,愈见悲怆,因而更具有悲剧冲击力。湘西人所面对的时代的变幻的剧烈程度,自然无法和我们所处的时代相比。我们不仅面对着环境的极度破坏污染、人性的极度陨落,同时也面临着可怕的精神的连根拔起。因而,在格非的笔下,只有"流变",而没有"永恒",现实成了可怕的"恶之花"。在《春尽江南》中我们可以看到,不仅人们赖以生存的外部环境被破坏、被污染,"诗意的栖居"被放逐了,而且人性中的善良、同情、希望等美好的"诗意"也被完全搁置起来,生活完全信奉弱肉强食的丛林原则。原来被称为城市之肺的鹤浦已经完全被污染了,黑云蔽日,不见阳光,垃圾遍地,恶

---

① 沈从文:《沈从文全集》第10卷,北岳文艺出版社,2002年,第3页。
② 夏志清:《中国现代小说史》,香港中文大学出版社,2005年,第309页。

臭难闻。与此同时,端午看到的是村庄的消失:

　　……他的头痛得像要裂开似的,偶尔睁开蒙眬的醉眼,张望一下车窗外的山野风光,也无非是灰蒙蒙的天空,空旷的天地、浮满绿藻的池塘和一段段红色的围墙。围墙上预防艾滋病的宣传标语随时可见。红色砖墙的墙根下偶尔可以见到一堆一堆的垃圾。

　　奇怪的是,他几乎看不到一个村庄。

　　在春天的田野中,一闪而过的,是一两幢孤零零的房屋。如果不是路边肮脏的店铺,就是待拆除的村庄的残余——屋顶塌陷,山墙尖耸,橡子外露,默默地在雨中静伏着。他知道,乡村正在消失。据说,农民们不仅不反对拆迁,而且急不可待,翘首以盼。但不管怎么说,乡村正在大规模消失。

　　然而,春天的田畴总归不会真正荒芜。资本像飓风一样,刮遍了仲春的江南,给颓败穿上了繁华或时尚的外衣,尽管总是有点不太合身,有点虚张声势。你终归可以看到高等级的六车道马路,奢侈而夸张的绿化带;终归可以看到一辆接着一辆开过的豪华婚车——反光镜上绑着红气球,闪着双灯,奔向想象中的幸福;终归可以看到沿途巨大的房地产广告牌,以及它所担保的"梦幻人生"。①

　　一味追求GDP,生态环境遭受极度破坏。与此同时,经济利益和现实考虑,使得人性与道德极度滑坡,丛林法则成为主导社会的生存法则。金钱拜物教使得人们见利忘义,放弃了最基本的道德底线,食品安全也前所未有地令人不安,生活成了一件极度可怕的事情。小说极力表现了这种令人惧怕的存在焦虑——可口可乐会让人骨头"发酥",炸薯条"含有地沟油",爆米花"用工业糖精烘出来,且含有荧光增白剂",②"水不能

---

① 格非:《春尽江南》,上海文艺出版社,2011年,第296页。
② 同上,第270页。

喝,牛奶喝不得。豆芽里有亮白剂。鳝鱼里有避孕药。银耳是用硫黄熏出来的。猪肉里藏有B2受体激动剂。癌症的发病率已经超过百分之二十。相对于空气污染,抽烟还算安全。老田说,他每天都要服用一粒儿子从加拿大买来的深海鱼油,三粒复合维生素,还有女儿孝敬他的阿胶。"[1]现代生活既使人们享受了生活的舒适便捷,同时也带来了前所未有的生存难题。然而,这只是生活的外部形态,更令人难以忍受的,是现代生活中人的悲观、孤独和方向感的迷失。生活中美好的东西全被打碎了,生活的意义被抽空了。生活忙乱污秽,平庸得令人难以忍受,而孤独成了生命个体难以挥去的梦魇,也成为整个社会的一种整体性状态。正如《人面桃花》中的王观澄所言:"每个人的心都是一个小岛,被水围困,与世隔绝。"《春尽江南》中,我们一方面看到"唯实唯利庸俗人生观"带来的环境恶化、道德滑坡,另一方面看到人们生存的空虚、焦虑和孤独。李秀蓉将名字改为庞家玉,从文学青年变为律师,不仅仅是个人的兴趣职业的选择,同时也是唯实唯利的现实主义人生观取代了浪漫的理想主义。她对谭端午的爱情源于80年代的理想主义氛围,而他们的婚姻则在物质主义横行的90年代跌跌撞撞。同时,谭端午的那套东西也被妻子庞家玉完全摒弃,在唯实唯利的竞争生存中,她成了丈夫不折不扣的"导师"。她对丈夫说:"这个社会什么都需要,唯独不需要敏感。要想在这个社会中生存,你必须让自己的神经系统变得像钢筋一样粗。"[2]庞家玉从改名开始,就标志着她如同于连一样,要在弱肉强食的社会中拼打立足。她放弃了自己的文学兴趣,放弃了自己大学的专业船舶制造,做起了小本生意。在看到律师的行当收入可观时,她经过高人的指点和自己的不懈努力,考取了律师执照,与人合办了律师事务所,成了这个社会的成功者。她成了有钱人,买了地段很好的房子,购了车,儿子也以极差的成绩,转学到全市最好的鹤浦实验小学。在生活中,庞家玉是成功者,也成为她的家庭的主宰者。她

---

[1] 格非:《春尽江南》,上海文艺出版社,2011年,第31页。
[2] 同上,第58页。

想怎样训斥丈夫就怎样训斥丈夫，想怎样斥责儿子就怎样斥责儿子。她的成功学同时也成为家庭生活的法则。白天，她忙于工作，晚上，则将所有的精力用来折腾孩子。她逼孩子背《尚书》《礼记》，自己学奥数来教孩子，对儿子的自闭症视而不见，时常暴怒，摔碟子摔碗。她在儿子身上，一丝不苟地实践着自己的人生信条：一步也不能落下。她深谙这个社会的存在法则——残忍、无情、弱肉强食。为了达到自己的目的，她可以不择手段。儿子若若的成绩终于超过了她视为眼中钉的戴思琪，她欣喜若狂，有着报复得逞的欢颜。唐宁湾的房子被人霸占后，她动用一切社会关系，求助自己昔日的情人——警察唐燕升，甚至请来黑社会，终于要回了房子。同时，她空虚、孤独、无聊，参加各种培训班，玩弄时尚、跟风、婚外偷情。成功的另一面，是无法形容的百无聊赖和无边的空虚孤独。小说的最后，写到庞家玉在生命终结时顿悟，终于意识到了自己的悲剧性生存。她孜孜不息地拼搏奋斗，自以为融入了这个社会，但没有想到，她这么快地就被医院的化验单温柔地通知出局。她几乎原谅了所有人，不再希望孩子出人头地，不再后悔和丈夫相识。生命的即将结束，使她反思自己的人生。她觉得自己过去的生活不是一出喜剧，而是一出彻头彻尾的悲剧。

生活中的谭端午是一个彻底的失败者，用庞家玉的话说，他将一天天地这样烂掉，成为一个不折不扣的"废人"。他在地方志办公室上班，这是一个无所事事的养老单位，工资每月只有两千多元。在妻子面前，他没有说话的底气，也没有任何尊严。栖身单位带给他的最大好处，就是接受了同事冯延鹤的影响。冯延鹤痴迷《庄子》，凡讲话几乎都要谈到庄子。谭端午在他的影响下，阅读了《庄子》，并接受了冯延鹤阐发的逃避主义生活哲学——"无用者无忧，泛若不系之舟。你只有先成为一个无用的人，才能最终成为自己。"因而，他将自己置身于生活之外，只剩下一点声色之娱和读《新五代史》的唏嘘感叹。他仍然写诗，但从不给人看。然而，理想主义在他身上气若游丝。他在现实中无所适从、无所傍依，如同一朵浮萍一样,没有方向感。生活只剩下了屈辱的妥协和顺从。然而,他是满足的,甚至是庆幸的。正如小说中所写的:"在这个恶性竞争搞得每个人都灵魂出窍的时代里,端午当然有理由为自己置身于这个社会之外而感到自得。"[①]和绿珠的相遇,则在谭端午死水一般的生活中泛起了微澜,荡漾起了诗意。这个才貌惊人、性格乖僻的奇女子如同《红楼梦》中的妙玉一样,是污浊现实中的奇葩。她毫不留情地针砭时事,批评朋友,指责端午。在小说中,也许唯有她,才可以将逃避现实、只为自己考虑的谭端午拉回来。然而,最终还是没有拉回。绿珠对生活是绝望的,绝望中有抗争;谭端午对生活也是绝望的,但绝望中只有逃避。他孤独、迷茫、彷徨,没有力量去恨,也没有力量去爱,也从不试图冲出围困自己的铁栅栏。他和绿珠的相遇,终而成为一出怜香惜玉的邂逅和艳遇。他们一起沉入悲观主义的泥淖中,不作丝毫的挣扎,任凭自己愈陷愈深。

因而,我们可以说,悲观主义是笼罩《春尽江南》的阴霾。我们在小说中所看到的,是在这种悲观的幕布上上演的存在的悲剧。有学者认为,前期的格非"在哲学上是一个'存在主义者',对于'历史'和'现实',甚至作为它们的载体与存在方式的'记忆'和'叙事'的所谓'真实性',都抱有深深的怀疑,对人性和存在都抱着深深的绝望"[②]。在《春尽江南》中,我们可以清楚地看到,先锋时期形成的这种悲观主义诗学,依然深深地植入了"人面桃花"三部曲。当然,这不仅仅是承袭,迎面而来的,还有残酷现实带给作者的切肤感受。我们这里且不去探究这两者孰重孰轻的问题,总之,悲观主义诗学,成为格非切入现实、判断现实和表现现实的中心视点。不少作家认为,小说,就是给在黑暗中的人希望、勇气,哪怕这种希望和勇气如豆一般。湖面结冰,湖底的鱼儿不会全被冻死。即使悲观绝望地沉到底层,也应该有人性浩瀚的沉浮。时代的病

[①] 格非:《春尽江南》,上海文艺出版社,2011年,第47页。
[②] 张清华:《存在之镜与智慧之灯——中国当代小说叙事及美学研究》,福建教育出版社,2010年,第247页。

态和人的病态是我们无法否认的事实。"人的病态越是变得常规化,我们就越是应当尊崇那些罕见的、侥幸的、灵肉结合的威力,我们就越是应当更严格地保护这些有教养的人不受最恶劣的病房空气的侵扰。"可惜我们看不到这样的人,我们对社会、人生和自己恐惧、绝望,而"造成最大的灾祸的原因不是严重的恐惧而是对人的深刻厌恶和怜悯,这两种感情一旦合二为一就势不可免地立刻产出世上最大的灾难:即人的'最后意志',他的虚无意志,他的虚无主义"[①]。当然,我们并不需要作者指出一条道来,或者廉价地给出一丝希望。聪明的作家,也不会如此去做。真实地表达,是一种态度,也是一种哲学。但是,悲剧的诗学,光是震撼人心是不够的,作家还应该努力去照亮人心,应该如同陀思妥耶夫斯基那样,不仅"剥去了表面的洁白,拷问出底下的罪恶,还要拷问出罪恶底下真正的洁白",提供给读者另外一种人生。对此,沈从文认为:"我们得承认,一个好作品照例会使人觉得真美感觉以外,还有一种引人'向善'的力量。我说的向善,它的意义,不仅仅是属于社会道德一方面'做好人'为止。我指的是读者能从作品中接触了另外一种人生,从这种人生景象中有所启示,对人生或者生命能做更深一层的理解。"[②]斯塔尔夫人也说:"好的悲剧应该先把心撕碎,然后使他更加坚强。的确,真正伟大的性格,无论是处在怎样痛苦的环境,总是可以使观众产生赞赏之情,使他们有更大的力量面对厄运的。"[③]然而,格非并不随俗,他打开黑暗的闸门,不给我们任何希望,用这种无边的黑暗,压迫我们奋力抗争,打开黑暗的门窗。

[①] 尼采:《论道德的谱系》,周红译,生活·读书·新知三联书店,1992年,第98页。
[②] 沈从文:《小说作者和读者》,见《抽象的抒情》,复旦大学出版社,2005年,第18页。
[③] 斯塔尔夫人:《从社会制度与文学的关系论文学》,见伍蠡甫、胡经之主编《西方文艺理论名著选编》中卷,北京大学出版社,1986年,第28页。

二

在"人面桃花"三部曲中,格非前期形成的某些叙事话语不自觉地将论证植入叙事当中。解释历史或者事件何以会如此发生的形式,即对历史、人性、生活等的看法,成为作者一种固定的认知。这种东西,在作家的创作经验中,是隐形存在、不易察觉的。即使作家意识到,并有意地予以调整和变化,往往也是于事无补、不见效力的。我们知道,格非的前期创作,受到了西方现代主义小说的影响。而这类小说,有相当一部分是主题生成形象的结果。这里需要说明的是:"'主题先行'本身也许并不必然导致对文学来讲极为可怕的后果。带来麻烦的往往是'主题'本身。"①如果作家能够通过自己自由独立的思考、体验,挖掘到深刻的思想的独到的价值,形之于富于魅力的艺术构思和文字表达,必然会产生优秀乃至伟大的作品。文学史上,这样的例子屡见不鲜,如伏尔泰的《老实人》、狄德罗的《拉摩的侄儿》、戈尔丁的《蝇王》等。格非前期的作品,就有不少佳构。同时,这里面牵涉小说写作的一个关键问题,即作者如何将自己的"思想"经过修辞转化,内化为小说的"思想"。对此,韦勒克说:

> 思想在实际上是怎样进入文学的。只要这些思想还仅仅是一些原始的素材和资料,就算不上文学作品中的思想问题。只有当这些思想与文学作品的肌理真正交织在一起,成为其组织的"基本要素",质言之,只有当这些思想不再是通常意义和概念上的思想而成为象征甚至神话时,才会出现文学作品中的思想问题。②

如何经过修辞转化,将"思想与文学作品的肌理真正交织在一起",

---

① 李建军:《必要的反对》,山东文艺出版社,2005年,第260页。
② R.韦勒克、A.沃伦:《文学理论》,刘象愚等译,江苏教育出版社,2005年,第137—138页。

对于小说家来说，是尤为关键的，直接决定着小说作品的谐和、圆熟与饱满。对此，格非是非常清醒的，他说，"个人经验"是小说"最重要的东西"，但"个人经验"需要"重新陌生化。假如我们不加选择地试图呼唤、唤醒个人经验的话，你可能唤醒社会话语对你的引导"①。而关键，则在于具体的操作过程。与此同时，格非还面临着一个问题，那就是《春尽江南》相对于他擅长处理的历史题材而言，是比较陌生的。《春尽江南》与现实短兵相接，个人视角的或近或远，都会影响到小说表现的力度。只有选择一个恰当的立足点，或许才能够恰切地透视出当下生活本质性的东西。小说中，我们可以看到，作者将自己的思想，通过叙述者或者笔下的人物，和盘托出，不留余白。在小说的开始，就定下了悲观绝望的调子，整个小说，都是在这样一个调子中进行的。如在小说的开头，作者写到谭端午和妻子的婚后生活："再后来，就像我们大家所共同感受到的那样，时间已经停止提供任何有价值的东西。你在这个世界上活上一百年，还是一天，基本上没有了多大的区别。用端午略显夸张的诗歌语言来表述，等待死去，正在成为活下去的基本理由。"②类似这样的睿智的叙述，在小说中随处可遇。如小说的第29页："当时，端午已经清楚地意识到，秀蓉在改掉她名字的同时，也改变了整整一个时代。"读到这句话，我当时心里有过一震。不过，作者在小说中始终没有交代，秀蓉何以变成了家玉。这样一来，就等于作者将自己所要表达的一切，急切地、毫无保留地呈现给了读者。作者把读者当成了知心人，把自己知道的一切都毫无保留地告诉了读者。那么，作家能否这样做呢？福斯特认为："作家能不能将读者当作知心人，把人物的一切都告诉他呢？答案显然是：最好不要。因为太危险了。这个做法会导致读者劲头下降，导致智力和情绪出现停滞。更糟的是，会使读者产生儿戏感，像是应邀到后台作一次友好访

---

① 格非：《故事的去魅和复魅——传统故事、虚构小说与信息叙事》，载《名作欣赏》2012年第2期。
② 格非：《春尽江南》，上海文艺出版社，2011年，第5页。

问,看看各种人物是如何协同演出似的。"①在《春尽江南》中,读者一眼即可以望到后台,瞭望到主要人物谭端午和庞家玉的内心。作者热衷于将自己的思想和情绪通过叙述表达出来,急于对一切做出解释和判断,所有东西都是"实在的"(当然,还有宿命者,谭端午的哥哥),几乎没有留给读者多少空间。这是因为擅长历史叙事的格非在遭遇现实的时候,无法在"实"与"虚"之间寻找一个恰当的平衡点,因而总给人思想贴在脸上的感觉。对作家的急于解释,辛格提醒道:"事实是从来不会陈旧过时的,而看法却总是会陈旧过时。一个作家如果太热心于解释,分析心理,那么他刚一开始就已经不合时宜了。你不可想象荷马根据古代希腊的哲学,或者根据他那时代的心理学,解释他笔下英雄人物的行为。要是这样的话,就没有人爱读荷马了。幸运的是,荷马给我们的只是形象和事实,就是为了这个缘故,《伊利亚特》和《奥德赛》我们至今读来犹感新鲜。我想一切写作都是如此。"②正因为《春尽江南》急于解释,急于说出自己知道的东西,因而给人有"观念"大于"形象"的感觉。同时,这个问题也带来并导致生动典型细节的缺乏。在阅读《春尽江南》的时候,我们常常会被叙述人或者人物的睿智思想或者表达裹挟而下,在细节上不甚留意或者发现不了非常经典的细节,小说内容在读者的脑海里不能长久驻留,这就势必会影响小说的表现力。对此,纳博科夫说:"文学,真正的文学,并不能像某种也许对心脏或头脑——灵魂之胃有益的药剂那样让人一口囫囵吞下。文学应该给拿来掰成一小块一小块——然后你才会在手掌间闻到它可爱的味道,把它放在嘴里津津有味地细细咀嚼;——于是,也只有在这时,它稀有的香味才会让你真正有价值地品尝到,它那碎片也就会在你的头脑中重新组合起来,显露出一个统一体,而你对那种美已经付

---

① 爱·摩·福斯特:《小说面面观》,苏炳文译,花城出版社,1984年,第71—72页。
② 艾萨克·辛格:《我的创作方式》,见崔道怡、朱伟、王青风等编《"冰山"理论:对话与潜对话》上册,工人出版社,1987年,第112页。

出不少自己的精力。"①我觉得,在整体上,《春尽江南》不失为一部杰作,而在细节上,缺少那种"拿来掰成一小块一小块"的,能"放在嘴里津津有味地细细咀嚼"的东西。这或者跟格非的职业——教师有着莫大的关系。他总想把自己内心的东西毫不保留地呈现出来,因而读者看来也是一览无余,留不下持久深入的思考。当然,这只是我自己的浅陋猜度。按照格非先锋小说形成的修辞经验,他本应该处理得更为混沌和内敛一些,然而一旦进入现实,格非还是缺少历史叙述的游刃有余。

谭端午很容易使我们想起加缪的《局外人》中的莫尔索。我们似乎可以说,这两部小说都是表达生存的荒诞,主题先于形象。当然,这两部小说也有很大的不同。谭端午感到,"时间已经停止提供任何有价值的东西"。在莫尔索的世界里,生活的意义也被抽空了:"我想,又一个星期天过去了,妈妈已经埋了,我又要上班去了。总的说来一切如旧。"《局外人》是为了阐释加缪的存在主义哲学:世界是冰冷的,人是孤独的,人与人之间的冷漠和隔阂是难以消除的。作者相对冷静、不动声色的叙述,使得这样的主题层层包孕在小说的叙述和人物形象之中,也使得小说并不干枯和呆板。在这点上,《春尽江南》和《局外人》有很大的相似之处。然而有时候由于作者焦灼、迫切,急于做"啄食社会腐肉的秃鹫"②,常不能自已,急于让叙述或者人物过多地承载自己的思想。这样一来,作者那种悲剧化的人生体验或者小说诗学便不能经过审慎恰当的修辞转化,非常直白地表达出来。而这种东西,是作者本人的,或经过本人整顿的,非常理性化。人物未来的活动至少是一部分被规定好了,读者很难看到事先无法预见的情感和行为,这部分从描写和定义中消失了。如果接受了这种预定的本性,便会影响到小说的艺术效果。作者利用自己作家的全部权威,让我们把外部的感情当成人物的内部本质,不经意间将自己的意志和

---

① 弗·纳博科夫:《俄罗斯文学讲稿》,转引自钱满素编《美国当代小说家论》,中国社会科学出版社,1987年,第244页。
② 林一安:《加西亚·马尔克斯研究》,云南人民出版社,1993年,第174—175页。

感情渗透到人物身上和小说之中,如同一个法官一样从外部去考察一个人物。我们跟着作者跑到外面,从外部打量凝视着主人公。作者急不可耐地要读者去领会主人公的性格,并将入门的钥匙很豪爽地交给我们。这正如萨特在分析莫利亚克的《黑夜的终止》时所说的:"莫利亚克先生时常在他的小说中塞进一些定论性的评价,这证明他并没有像他理应所做到的那样去理解自己的人物。他在写作之前,就把人物的本质锤炼定了,并且下令他们以后应当是这样或者是那样。"①当然,这里并不是说谭端午的"本质"是作者锤炼的。而是说,在小说的叙述中,由于一些定论性的评价使得谭端午的形象没有我们期待的那样饱含生气。小说中另外一个主要人物绿珠多少也给人这样的感觉。应该说这个人物是作者心目中一个理想化的人物,在她出场的时候,作者并没有通过这样一个才貌双全的奇女子被侮辱与被损害来突出人物之美、时代之悲。她一张口,就给自己定了调子——"……她喜欢戈壁滩中悲凉的落日。她唯一的伴侣就是随身携带的悲哀。她说,自从她记事的时候起,悲哀就像一条小蛇,盘踞在她的身体里,温柔地贴着她的心,伴随着她一起长大。她觉得这个世界没意思透了。"②她生活中的一切活动似乎都没有冲破这样的调子,似乎从头到尾都在为这段话作诠释。她不随世俗,举止奇异,才貌惊人,在烂泥塘般的生存环境中,能够针砭时弊,指责谭端午那样懦弱的知识分子,散发出异样的光辉。同时,她也染上了污泥,说话粗鲁,动辄发怒。在小说中,作者也曾表现出她的温柔与细腻,但这两者,我们很难将之集中在一个能把《荒原》从头背到尾,不论是查良铮版、赵萝蕤版,还是裘小龙版,都能一字不落,出口不是《诗经》便是文学典故的女性身上。这个和《红楼梦》中妙玉很相似的女性,作者可能想把她塑造成一个"终陷淖泥中"的"金玉质",然而由于表达的急切却使得这个人物的形象很难统一。如果

---

① 萨特:《弗朗索瓦·莫利亚克先生与自由》,见李瑜青、凡人编《萨特文学论文集》,施康强等译,安徽文艺出版社,1998年,第11页。
② 格非:《春尽江南》,上海文艺出版社,2011年,第37页。

作者能将绿珠塑造成妙玉那样一个虽屡遭侮辱与损害却依然洁净孤傲、真纯天真的"世难容"的形象，可能会既具有悲剧的冲击力，也使得小说更为摇曳多姿。

对格非而言，《春尽江南》的特殊在于，作家不是在自己熟稔的想象中表达自己的历史诗学，而是要在现实生活的处理中，建造自己的美学大厦，表达自己的现实判断。现实留给格非的创造空间，没有了前两部作品的优游自如。相对而言，这对于格非是一个较为生疏的地域。《春尽江南》中的内容，对于我们而言，并不陌生，关键在于作者如何将这样一种大家都能感受到的"悲凉之雾"，融入作品的内容之中，表现出令我们熟悉的"陌生"来，并带给我们挥之不去、挹之不尽、味之无极的审美徘徊和意义世界。正是因为在这个问题的处理上，没有找到完美恰当的"点"，使得《春尽江南》缺少《人面桃花》和《山河入梦》的内敛沉静峰回路转，缺少那种持久的冲击力。

三

格非说，《春尽江南》是一部关于"失败者"的书。其实，无论《人面桃花》还是《山河入梦》，都可以看成"失败者"的书，或者"失败者"的历史。这些"失败者"，都是知识分子。所不同的是，前两部书中的"失败者"张季元、秀米、谭功达、姚佩佩等还有对理想的追求、对现实的反抗，《春尽江南》中的"失败者"则没有了任何抗争，心灵中也没有任何美好的图景，只剩下对现实的妥协或屈从，最多就是重复欧阳修《新五代史》中发出的感叹"以忧卒"。在这点上，谭端午和莫尔索有很大的不同。莫尔索意识到了自己存在的荒诞和无聊，他在反抗，甚至最终用自己的生命来反抗。而谭端午，无聊成了一种无为、无求、无欲的自由状态。实际上，这种无聊常常为反抗现实提供时间和空间。在早期欧洲的现代知识精英身上，无聊是一种普遍的精神状态，他们在舒适慵懒的生活中消磨时间，同时也在思索乃至反抗不合理的现实。因而本雅明说："无聊是梦中的鸟儿，孵育了经验之卵。"①而谭端午，成了一个妥协者和顺从者，只会悲春伤秋，发几句感叹。他是中国当代许多知识分子的化身。

大学毕业前夕，小有名声的诗人谭端午也参与了那场席卷全国的大事，"他每天只睡三四个小时，在任何时候都显得情绪亢进、眼睛血红、嗓音嘶哑。他以为自己正在创造历史，旋转乾坤，可事实证明，那不过是一次偶发的例行梦游而已"②。失败使得谭端午很快自我否定，甚至将这场自己全身心投入极为亢奋的历史事件当成"一次偶发的例行梦游而已"。他开始自我放逐，漫无目的地在大江南北漂游，最终回到了家乡的招隐寺，逃匿到虚幻之中。在阅读欧阳修的《新五代史》的叹息中，他表明自己是一个停止了思想的知识分子。他总是在现实和虚幻之中逃遁，他读，也喜欢虚幻飘逸的《庄子》。每天听一点海顿或莫扎特，是谭端午最低限度的声色之娱。唐宁湾的房子被人占了，这件事情颠覆了他四十年以来全部的生活经验。"他像水母一样软弱无力。同时，他也悲哀地感觉到，自己与这个社会疏离到了什么地步。"③他只是悲哀、叹息，现实完全击败了他，他在自怨自艾中逃脱了自己的道德责任和精神担当。在对未来绝望的表达中，他自己也被困住了。他只关心当下，关心自己。他像哈耶克所说的那样："当文明的进程发生了一个出人意料的转折时——即当我们发现自己没有像我们预料的那样持续前进，而是受到我们将其与往昔野蛮时代联想在一起的种种邪恶的威胁时，我们自然要怨天尤人而不自责。"④知识分子的悲剧是由时代造成的，这往往是知识分子推脱责任和担当的言辞。但实际上，他们连自己也拯救不了。怨天尤人而不自责，正是谭端午那批80年代的知识分子在理想主义幻灭之后的精神症候。因而，

---

① 拉塞尔·雅各比：《不完美的图像——反乌托邦时代的乌托邦思想》，姚建彬译，新星出版社，2007年，第37页。
② 格非：《春尽江南》，上海文艺出版社，2011年，第23页。
③ 同上，第9页。
④ 哈耶克：《通往奴役之路》，王明毅等译，中国社会科学出版社，1997年，第18页。

端午引以为知己的绿珠也责备他:"我最不喜欢你们五六十年代出生的这帮人。畏首畏尾,却又工于心计。脑子里一刻不停地转着的,都是肮脏的欲念,可偏偏要装出道貌岸然的样子。社会就是被你们这样的人给搞坏的。"[1]甚至指责他说:"你们这种人,永远会把自己摆在最安全的地位。"绿珠毫不留情的指责,公开揭露了这批知识分子的灵魂世界和精神处境,同时也表现出作者对这一代知识分子的深深绝望和批判。我们知道,知识分子如果充当救世主难免会带来灾难,但知识分子那双看清世界的亮眼被遮蔽起来,肩上的责任被卸掉以后,必然会引起道德的没落紊乱,而道德的没落紊乱,必然会加剧知识的混乱、堕退。知识分子的责任——"乃在求得各种正确知识,冒悲剧性的危险,不逃避,不诡随,把自己所认为正确,而为现实所需要的知识,影响到社会上去,在与社会的干涉中来考验自己,考验自己所求得知识的性能,以进一步发展、建立为我们国家、人类所需要的知识。"[2]然而我们这个时代,"冒悲剧性的危险,不逃避,不诡随"的知识分子寥若晨星,坚持担当的代价太大了。就这样,知识分子卸掉了历史赋予的重担,苟苟且且、如同水母一样地生活着。这和沈从文痛切的20世纪40年代的社会现状很相似:

> 一种可怕庸俗的实际主义正在这个社会各组织各阶层中间普遍流行,腐蚀我们多数人做人的良心做人的理想,且在同时还像正在把许多人有形无形市侩化,社会中优秀分子一部分所梦想所希望,也只是糊口,混日子了事,毫无一种较高尚的感情,更缺少用这感情去追求一个美丽而伟大的道德原则的勇气时,我们这个民族应当怎么办?[3]

今日,我们同样面临着"我们这个民族应当怎么办?"的严峻课题。

---

[1] 格非:《春尽江南》,上海文艺出版社,2011年,第66页。
[2] 徐复观:《中国知识分子的责任》,见《中国人的生命精神》,华东师范大学出版社,2004年,第137页。
[3] 沈从文:《云南看云》,见《沈从文全集》第10卷,北岳文艺出版社,2002年,第79页。

像徐复观所说的那样,"冒悲剧性的危险,不逃避,不诡随",固然要付出很大乃至生命的代价,但一个民族如果没有这样的人物或者缺少这样的人物,就会成为可怜的奴隶之邦或者生物之群。我们这个时代的知识分子,连自己也拯救不了,更遑论照亮别人。格非用严厉的类似于鲁迅的"一个也不宽恕"的笔墨,画出了这个时代知识分子的魂灵,挤出了他们锦衣玉食下的空虚无聊。同时也促使我们深思和拷问,我们时代的知识分子"怎么办"?

四

从《人面桃花》开始,格非的写作有了明显的转向。值得注意的是,先锋写作形成的小说修辞经验,比如神秘、超现实、隐喻、象征、疯癫、预言,以及悲观主义的历史诗学,虚无、绝望的存在主义哲学,并未随着作者有意识地向传统回归而全然摒弃。在"人面桃花"三部曲中,这种经验依然或隐或现地出现,打上了先锋写作寻求变新、力图转换的鲜明"胎记"。当作家企图用小说呼唤和重建历史意义的时候,这些修辞上的自觉如果得到恰切合榫的使用,往往会收到积极而极具价值的修辞效果。《人面桃花》和《山河入梦》充分地证明了这一点。然而,惯性的退拽使得"人面桃花"三部曲中仍然留下了玄虚神秘的内容。如《人面桃花》中发疯并离家出走的秀米父亲陆侃、神秘宝图、神奇的"忘忧釜"、突然出现的张季元等,使得小说笼罩着虚幻神秘的气氛,留有很大的空白。然而,这种悬念并不点透,使得读者在理解作品时充满障碍,有时候"不仅是作者在人物形象塑造上的欠缺,也是作者在必要的故事叙说上的欠缺"。作为历史的重新叙述,自然允许适当的历史想象,但毕竟和悬念小说有所区别。"一部严肃认真对待的历史背景小说的成功,靠的只能是作者的真知灼见,只能是作者对历史和历史人物的一次超时代的准确把脉和漂亮还原。悬念,是一种更适合用于体现聪敏灵巧的短小说中的写作技巧,很难将一个悬念罩住一部长篇更尤其是一部有历史跨度的长篇。且不说这样的悬念诱惑随着时间内容的加入会被大大削弱,对一个长篇小说来说,悬念这样的心机太小了,小得不适合。"①《山河入梦》中也有类似的玄秘虚幻。比如无处不在却无从看见的严密监控,姚佩佩躲避追捕跑了一个圆圈,又回到出发地,等等。不过在处理上,更为圆润一些。在遭遇现实的《春尽江南》中,我们同样也能够看到一些神奇特异的事情:谭端午同母异父的疯子兄弟王元庆能预言未来,抢占庞家玉房子的李春霞闻到了庞家玉身上的死亡气味,给绿珠写了几百首十四行诗的"姨夫老弟"令人费解的单恋,等等。这些都使得小说仍然有些许缥缈虚幻,如果处理不当,就会和现实产生悬隔,反而增加了新的迷雾。同时,小说在叙事上有很大的跳跃,从而使得情节比较突兀。比如若若学习成绩在庞家玉大骂班主任、撒手不管之后突然变成第一;宋惠莲前后的变化很突然,也有些漫画化;"姨夫老弟"前面感觉就是地痞流氓,后来居然给绿珠写了那么多的十四行诗,再者,他如何将绿珠从戈壁滩深处掳掠回来,也语焉不详,其中,绿珠有没有反抗等也无交代。以庞家玉染病之后的突然"觉悟"为例,按照小说前半部分的内容,庞家玉那样务实、要强、当真,不大可能突然超越。至少以她的这种性格,是很困难的。死亡固然是个很有力量的东西,但在某些执拗偏强的人身上,即使死亡也不能够使其改变性格。生活中不乏这样的例子。小说的结尾和开头也多少有些老套,以作者的才华,应该处理得更吸引人些。第一章"招隐寺之夜"写得也不够透彻。按情理而言,谭端午抛弃了将初夜给他的李秀蓉,离开时,她还发着高烧,他竟然掏走了她身上最后一分钱,这样的人,可谓无情无义、道德败坏了。两年之后,已经改名庞家玉的李秀蓉企图新生,又邂逅谭端午,她不但没有指责报复这个无情无义的陈世美,还毫不犹豫地迅速结束自己的婚姻,重新投入这个带给她很大创伤的诗人。这令人费解,至少不合生活的逻辑。

---

① 黄惟群:《神神乎乎的悬念和突变——格非的〈人面桃花〉解读》,载《小说评论》2006年第4期。

《春尽江南》里另一个很明显的现象，就是作者向以《红楼梦》为代表的优秀传统小说的回归。在《人面桃花》和《山河入梦》中，已经有非常明显的迹象。① 《春尽江南》的红楼韵味，在绿珠身上体现得尤为明显，作者甚至在叙述中直接点明了。端午和绿珠第一次相遇分手的时候，绿珠感叹："没有妙玉来请我们喝茶。"② 这不由得使我们联想到《红楼梦》第四十一回：贾母、刘姥姥和宝玉去妙玉的寺院。妙玉招呼好贾母，将宝钗和黛玉带进耳房去喝茶，宝玉也跟了进去。茶叶未变，茶具却变了。宝钗、黛玉用其他茶具，唯宝玉用自己平时吃茶时的绿玉斗。这里面，表现出妙玉对宝玉的优待和心曲。绿珠具有妙玉的气质，其遭际、才华、性格和妙玉也有相通之处。她们都不能忍受"俗气"，可以成为精神上的朋友，而不能成为生活上的伴侣，因而她们在现实生活中无法"容身"。绿珠和妙玉一样，"气质美如兰，才华馥比仙"，两人也具有几乎相同的生活轨迹。妙玉自小多病，在找了许多替身都不中用的情况下，只得自己遁入空门，在蟠香寺与邢岫烟做了十年邻居，到长安都中才十七岁，后进入大观园。妙玉蔑视权势，却又不得不依附权势，还要整天面对权势。同时，她还面临着大观园中王孙公子的侵扰。她自己也意识到了这种夹缝中生存的悲哀，再加之自己凄苦的身世，她形成了自己的悲观的人生态度。她认为，汉晋五代唐宋以来皆没有好诗，只有两句好——"纵有千年铁门槛，终须一个土馒头。"所以她自称"槛外之人"，又常赞叹文是庄子的好，故又称"畸人"。（《红楼梦》第六十三回）我们看看绿珠，她的身世几乎和妙玉一样。父亲死后，她在十七岁那年和母亲大吵一架，离家出走。在游历了大半个中国之后，到了敦煌。在一个叫"雷音寺"的戈壁古刹，她遇到了守仁。守仁他们连哄带骗，将绿珠带回鹤浦的"呼啸山庄"。不过绿珠虽和妙玉有相似之处，又有很大的不同。比如她

---

① 详见王俊敏：《回归传统：论〈人面桃花〉的红楼韵味》，载《现代语文》2007年第1期；谢刚：《〈山河入梦〉：乌托邦的辩证内蕴》，载《文艺争鸣》2008年第4期。
② 格非：《春尽江南》，上海文艺出版社，2011年，第40页。

泼辣、乖戾、暴躁,出口时杂污言秽语。污浊的生活使她染上了一些坏毛病、坏习气,但她本真、执拗,仍然保持着自己的金玉之质,成为时代泥潭中一朵绚烂的奇葩。绿珠既有妙玉的古典气质,同时又有着浓郁的时代悲剧的气息,应该说是当代文坛人物画廊里一个独特的创造。需要注意的是,在20世纪中国文学中,张恨水、张爱玲、林语堂、白先勇、欧阳山等都从《红楼梦》里汲取了自己需要的营养。但同时,它作为中国古典小说的高峰,又影响着作家的突破和创造。张恨水、张爱玲、林语堂、白先勇、欧阳山等人的创作,虽然吸取了其中的某些方面,创造出了自己的得意之作,但没有一部能够超越《红楼梦》,甚至出现了画虎不成反类犬的现象。这就提醒向《红楼梦》借鉴的作家,既要做到深入其中,又需要跳脱出来,这才谈得上继承性的创造。而这点,尤为困难。

格非敏感睿智,其小说构思严谨缜密,叙述优雅从容,语言绚烂华丽,在深刻的历史的洞见和强烈的现实关怀之中,散发出悲怆凄凉的历史感叹和现实焦虑。这些都使得格非的写作在当代文坛成为鲜明的"这一个",具有不可忽略的重要意义。《春尽江南》的可贵在于,它表明了在中国这场亘古未变的历史转型面前,作家的在场、清醒和痛楚。小说的字里行间,散发出令人窒息的悲哀,是那种麻木被刺穿的悲哀。格非太悲哀、太绝望了,他没有给我们留一丝希望,他将所有的悲哀都托了出来。然而,掩卷之后,我们不禁要沉思,除了如同泰山压顶的悲哀之外,我们还会想起什么。我们理解格非的悲观、绝望,是的,"现实似乎没有给我们多少希望。不跟时代作对,而又要自外于时代委实是艰难的,也是痛苦的。诗在这时无疑给了我们安慰。但诗只能拯救诗人和读诗者的灵魂,却不能'改变世界',但重要的是改变世界。端午当然可以以庄子的无用之用乃是大用为自己辩解、宽慰乃至持守,可是,面对这样的时代,我们更迫切需要更加雄壮的诗"[①]。其实,诗歌也无法拯救端午自己。格非不给

---

① 郭春林:《春有尽,诗无涯》,载《长篇小说选刊》2012年第2期。

拯救的希望，将全部的黑暗倾倒出来，逼迫我们去应对。无尽的黑暗里，涌动的是作者对生存的焦虑，对知识分子懦弱的鞭挞。从《人面桃花》到《春尽江南》，格非探讨着"花家舍"百年来桃源梦的陨落，借此镜像中国现代化或者乌托邦过程中的"常与变"。"常"混沌而空渺，"变"触目而惊心，二者之间有渐无顿的历史逻辑和生活变迁，以及冲撞与张力，在小说的叙事中并不成功和完美。"失败者"或者懦弱者谭端午的努力和挣扎，如同鲁迅《在酒楼上》那个苍蝇一样，绕了一圈又回到外祖母陆秀米的原地，百年的追求画上了一个令人觉得吊诡、黯然的历史圆圈。那么谁来承担这一切，我们又该从哪里出发呢？这是"人面桃花"三部曲带给我们的无尽思考。

原载《小说评论》2016年第6期，原题为《论"江南三部曲"中的"常"与"变"——从〈春尽江南〉谈起》

魔幻的鬼影和现实的掠影

——评余华的《第七天》

让鬼魂来担当小说的叙述者或主人公这种写法在小说史上并不鲜见，国外远有但丁的《神曲》、歌德的《浮士德》，近有鲁尔福的《佩德罗·巴拉莫》、马尔克斯的《百年孤独》等；中国古代则有魏晋志怪、唐宋传奇，当代则有美籍华裔作家伍慧明的《向我来》、莫言的《生死疲劳》等。对于信奉"未能事人，焉能事鬼""敬鬼神而远之""不敬鬼神敬祖先"等的现实功利而又缺乏宗教意识的中国人来讲，鬼神叙述并未僭越他们的审美期待和审美习惯，因为小说中的"彼岸"世界不过是现实纷扰的"此岸"世界的复制、挪移或倒影，并没有衍生出具有精神意义的崭新生活。因而对于中国小说家而言，让鬼魂担当小说的叙述者或者主人公，要走出传统观念的藩篱，无疑是极富挑战的写作冒险。

就中国当代小说而言，这种探索可以说是失败的。魔幻现实主义的幽灵在中国文坛徘徊的三十余年，产下的是葛川江最后一个渔佬，是鸡头寨的丙崽，是西藏隐秘岁月的"天葬"，是《生死疲劳》中驴、牛、猪、狗的折腾……20世纪80年代之后中国小说林林总总的魔幻，始终没有走出拉美魔幻现实主义的"魔掌"，中国的小说家如同五行山下的孙猴子，亦步亦趋，直不起腰来。从我们将目光从拉美拉回现实并投向传统开始，传统中或为精华或为糟粕的魔幻，一直没有停止发酵，但结果始终没走出这个民族的深层文化心理或集体无意识,即孔老夫子的诫语:"未知生,焉知死?"对现实的把握尚且无力,又何谈遥远的"彼岸"?以《生死疲劳》为例,阎罗世界的残酷阴戾契合了作者血腥残暴的美学诉求,形成了德国汉学家顾彬所言的18世纪的诡谲离奇的小说风格,不符合中国文化传统中的混乱驳杂的鬼神观念,也未切合中国人对鬼神世界的现实而功利的想象,更遑论基督教世界中经历磨难的"净界"和"天堂"。《生死疲劳》只不过用"旧瓶"装上莫言追求感觉放纵和语言狂欢的"新酒"。诺贝尔文学奖冠冕的不吝,毋庸置疑膨胀了中国小说家这种乖张的艺术追求。至于是否刺激了余华,我们未置可否,但余华无疑使用了莫言式的荒诞离奇的中国魔幻的写法。

不过,《第七天》在对鬼神以及"彼岸"世界的理解和表达上,既不是彻底的基督教世界的"彼岸"世界,也不是纯粹的中国传统鬼神观念里的"彼岸"世界。小说中既可以看到中国观念里"彼岸"世界的高低贵贱、贫富美丑,也可以看到基督世界里的众生平等和静穆祥和。中西鬼神观念的杂糅并陈,使得小说前矛后盾,扞格别扭。更匪夷所思的是,余华要用西方世界对基督教的虔诚和皈依,来为在生存生活线上挣扎的中国芸芸众生寻找出路,那就是放弃希望,放弃抗争,到第七天这个"圣日"休息。余华在题记中引出了《旧约·创世纪》关于第七日的一段文字:

  到第七日,

  神造物的工已经完毕,

  就在第七日歇了他一切的工,

  安息了。

这段话也是小说名为"第七天"的缘由。我们知道,犹太教规定"第七天"为"圣日",上帝在六天内创造宇宙万物,第七天应该休息,所以这天叫"安息日"。宗教改革以前,基督教承袭犹太教关于守安息日的规定,以星期六为安息日,后来根据基督在星期日复活的故事,改为在星期日守安息,圣安息日指决不可变更的约定或盟约。如果"第七天"即圣安息日指决不可变更的约定或盟约,那么余华的"第七天"又蕴含怎样的寓意?我们作一个大致的概括,发现基督教宣扬的中心理念是人们尽管在世俗生活中处于不同的阶层,有高低贵贱之分,但在上帝面前众生是平等的。这使得笃信基督教的西方世界有了强大的精神支援,这种精神背景也使得西方文学尤其是俄罗斯小说与中国小说截然不同。因而普希金才可以站在恺撒的对立面,平静而高傲地对不可一世的沙皇说:陛下,如果我在彼得堡,肯定会支持乃至参与十二月党人反对您的行动。正是因为"彼岸"世界的平等,才使得那些有宗教意识和宗教背景的作家能够坚强地反对专制,维护生命个体的尊严、荣誉和理想。这是历史悠久、注重实用理性的中国所不具备的。余华在小说的开头部分对此也有所表现,已经死去的"我"看到了殡仪馆的三六九等之分:

> 我坐在塑料椅子里,这位身穿蓝色衣服的在贵宾候烧区域和普通候烧区域之间的通道上来回踱步,仿佛深陷在沉思里,他脚步的节奏像是敲门的节奏。……
>
> 塑料椅子这边的候烧者在低声交谈,贵宾区域那边的六个候烧者也在交谈。贵宾区域那边的声音十分响亮,仿佛是舞台上的歌唱者,我们这边的交谈只是舞台下乐池里的伴奏。①

至于贵宾区和普通区,那不过是"此岸"世界的世俗性划分,在已经成为鬼魂的等待火化者之间,如果看到这种区别,无疑属于中国传统的鬼神观念;如果看不到这种差别,可谓西方的"彼岸"世界了。小说前半部分呈现给我们的是中国传统的鬼神观念,实用而理性,一切同"此岸"的现实并无区别——候烧者对等待市长用进口的炉子焚烧气愤不已,对那些面朝大海、云雾缭绕的海景豪墓羡慕不止。小说的结尾,"彼岸"却是西方世界的图景:

> ……那里树叶会向你招手,石头会向你微笑,河水会向你问

---

① 余华:《第七天》,新星出版社,2013年,第9页。

候。那里没有贫贱也没有富贵，没有悲伤也没有疼痛，没有仇也没有恨……那里人人死而平等。①

整部小说呈现给我们的，是东西方鬼神亡灵观念的冲突以及杂糅。虽然小说的结尾大力渲染"彼岸"世界的平等、关爱，但让我们觉得这与开头部分中国化的"彼岸"世界掣肘反向。作者稀里糊涂地将二者放在一起一锅煮了，结果成了一锅非中非西、不中不洋的大杂烩。西方宗教意识的挪移，缺乏历史和现实的依据，这种舶来的洋货悬浮在作者理念和意识中，并不能将精神之根扎入中国的大地。记得余华在《音乐影响了我的写作》中一直强调西方音乐中的宗教因素对自己创作的影响，但由此小说可见，这种影响非但不够彻底，而且与中国本土的鬼神观念杂交盘错，紊乱而无章，这恐怕作者也未必洞察知晓。

在这种非中非西的伪宗教意识的笼罩和结构下，余华将当前中国社会的症候蜻蜓点水似的连缀在一起，以成为鬼魂的杨光的人世生活为主线，串起一串串鬼魂的"此岸"生活，其中有感人肺腑的父子深情，有忠贞不渝的炽热爱情，有疲惫不堪的白领生活，有蜗居地下的鼠族生活……一切都绾结在杨光这个纽结上，生活容量巨大：墓地问题、房价问题、鼠族问题、地下器官移植问题、环境污染问题等，当下生活中的问题几乎都在这部薄薄的小长篇中有所反映。不过这一切如同一只敏捷的燕子轻轻划过水面，有容量而无深度，有悲悯而无思索，没有将涉及题材的社会性意义转变为文学性意义，没有揭示出社会表象之后的深刻矛盾和本质性的东西，甚至没有超过滚动的网页或猎奇的报纸。虽然语言和表达比《兄弟》干净和流畅了许多，但仍无法挽救这部作品的致命失败：思想的匮乏和深度的缺失。作者喋喋不休地讲述自己的稀奇见闻，如同街头巷尾好事多语的妇女那样重复早已充斥人们大脑的新闻消息，不禁使人有"白头宫女在，闲坐说玄宗"的感慨。作者除了让人们感知生活的艰难和不幸以引起

---

① 余华：《第七天》，新星出版社，2013年，第225页。

同情之外，不但没有传达出更多有意义的东西，反而逃避现实，指出了一条幼稚的唯有一死可以抵达幸福"彼岸"的解脱之道，暴露出其思考的极度浅薄和思想的极度乏力。按照作者在作品中披露的思想，普通人或者小人物只有死亡或者逃逸才是沧桑的"正道"，那么我们不禁要问，这个世界是仅为权贵者而造吗？这并不是廉价地要求作家为众生指出一条反抗绝望或者超度苦难的大道，但如果作家的思索不能超越平面的网页信息或者报刊猎奇，那么这种创作的意义又有多大？小说写作，始终无法回避历史观、世界观和价值观这些门槛，这就是列夫·托尔斯泰所说的"生活的态度"——"任何一部文学作品中，对读者来说最为重要、最为珍贵、最有说服力的东西，便是作者自己对生活所取的态度，以及作品中所有写这一态度的地方。文学作品的价值不在于有首尾贯通的构思，不在于人物的刻画等，而在于贯穿全书始终的作者本人对生活的态度是清楚而明确的。"这种"生活的态度"，宣示着小说家对历史的"常"与"变"的惆怅、痛苦、喜悦或者兴奋。如果小说没有作者自己"生活的态度"，那么也就仅剩一堆丰富的材料了。

除此之外，《第七天》的细节也经不住仔细的推敲和生活的打量。即使是魔幻现实主义的细节，也并非空穴来风、胡乱编造，如《百年孤独》中随人而至的蝴蝶和卷走俏姑娘的被单，都有活生生的现实基础。《第七天》中的不少细节，缺乏扎实的生活基础，有面壁虚构之嫌。如杨光的养父年轻时单身养育杨光，种种遭遇岂如小说叙述的那样简单！鼠妹和男友即使全部失业，恐怕也不会如小说叙述的那样，丧失尊严地去乞讨。鼠妹因为男友送她的手机是山寨版，竟选择轻生，在情理上也难以讲通。鼠妹男友卖肾的细节，似乎也是作者的凭空想象，难以使人信服……这些都缺乏生活逻辑的支撑，惊人而难以服人。在小说中，作者毫无顾忌地将现实中无法生存的人们赶入"彼岸"世界，这并没有超越一个接一个死人的《活着》的写作思维。我们始终觉得，活着比死去更艰难，我们固然怕死无葬身之地，更惧怕活无立足之处。

余华是一位极富叙事才华的作家，他和当代不少小说家一样，深陷生活、文化资源同质化的泥淖。我们不乏浮光掠影、在生活水面上翩翩起舞的聪明叙述者，却缺乏那种老实的、笨拙的、能将精神之锚扎入时代五脏六腑、能够吐纳时代的极富深度的作家。浮躁腐烂的现实需要作家不留情面地刺穿，同时也需要作家经过反刍、咀嚼和消化之后，灌注他们的精神、思想和想象。杰出的小说应当像一坛好酒那样通过蒸馏、窖藏，而不是像可乐或鸡尾酒那样迫不及待地勾兑而完成。现实早已超越了我们小说家既往的知识积累、文化沉淀以及文学想象，但即使小说家很难做出总体性的认识，最起码也应表明自己的生活态度、精神指向。余华极力用基督教的观念去把握中国的现世生活乃至为芸芸众生指出"突围"之路，橘生淮南则为枳，不合时宜、"不合地宜"尚且不说，也显现出作家精神的贫困和思想的懒惰。记得2011年译林版的鲁尔福的《佩德罗·巴拉莫》的宣传语里，有余华这样一段话："在这部一百多页的作品里，似乎在每一个小节之后都可以将叙述继续下去，使它成为一部一千页的书，成为一部无尽的书，可是谁也无法继续《佩德罗·巴拉莫》的叙述，就是胡安·鲁尔福也同样无法继续。"遗憾的是，余华最终还是把持不住，画虎成猫，为《佩德罗·巴拉莫》进行了"续貂"。至于结果，他也早已道明。

原载《中国图书评论》2013年第9期

从"城乡中国"到"城镇中国"

——新世纪城乡书写的叙事伦理与美学经验

20世纪末至21世纪以来,中国城镇化①步伐急剧加快,农村人口大量向城镇流动。同时众多城市向周边农村扩张,"城乡中国"②向"城镇中国"迅速转型。"人口城市化"导致农村"空心化",具体表现为土地荒芜、劳动力缺乏、空巢老人以及留守妇女儿童等一系列社会问题;"土地

---

① "城镇化"和"城市化"源自同一词"Urbanization"。一般将"Urban"译为"都市"并不确切,因为"Urban"是"Rural"(农村)的反义词。笼统地说,各种聚落类型除农村居民点以外,还有镇(Town)和城市(City)之分,城市细分还有一般的城市(City)和大都市(Metropolis)、特大都市或大都市带(Megalopolis)等区别。镇和镇以上的各级居民点都属于"Urbanplace",宜统称为城镇居民点。而都市的"都"在我国从古到今泛指大城市,专指国家行政首府。显然,"都市"不能概括各类"Urban"型的居民点。"Urbanization"是人口从农村向各种类型的城镇居民点转移的过程,虽然在某一阶段可能主要表现为向大城市集中,但绝不是单纯向都市集中。因此,将"Urbanization"称为"都市化"比习惯上称作"城市化"更不确切,称"城镇化"更为准确和严密,也更符合中国实际。(叶连松主编:《中国特色城镇化》,河北人民出版社,2003年,第6页)

② 不少论者将20世纪90年代城镇化前的中国称为"乡土中国",此论并不恰当。原因有二:一是50年代的城乡二元对立,堵死了"乡土中国"并未完全堵塞的流动空间,阶级情、革命情严重冲淡了乡土社会以血缘和熟人为基础、以伦理为本位的社会结构和人情关系;二是经过新中国革命运动和阶级斗争以及90年代后市场经济的冲击,中国的社会结构和人际关系,已与费孝通40年代所言的"乡土中国"截然不同,而50年代造成的城乡分离仍在延续。因此,用"城乡中国"更为符合历史和现实。

城市化"导致城市发展"一律化",在带来规模效益的同时,也带来规模风险,诸如拆迁冲突、住房紧张、诚信危机、环境污染等问题突出。这种转型带来的城乡互动和城乡关系的变化亘古未有,涉及痛切的历史经验和复杂的现实生活,牵动政治、经济、文化与教育等方方面面,几乎囊括了当下中国的所有问题,自然也成为21世纪以来众目所瞩的文学命题。尤凤伟的《泥鳅》(2002),周大新的《湖光山色》(2006),贾平凹的《高兴》(2007)、《带灯》(2013)和《极花》(2016),李佩甫的《城的灯》(2009)与《生命册》(2012),刘庆邦的《到城里去》(2010),关仁山的《麦河》(2010)和《日头》(2014),格非的《春尽江南》(2011),余华的《第七天》(2013),方方的《涂自强的个人悲伤》(2013),林白的《北去来辞》(2013),孙惠芬的《歇马山庄》(2013),范小青的《我的名字叫王村》(2014),王安忆的《匿名》(2016),石一枫的《世间已无陈金芳》(2016),任晓雯的《好人宋没用》(2017)等作品,都几乎共时性地与现实生活接轨,表现或涉及城镇化给中国城乡带来的巨大冲击以及历史转型期的世态人心。这些作品或叙述"乡下人"在城市打拼挣扎的痛苦与无奈、在城市立足后的迷惘与彷徨;或叙述城市扩张后农村发生的"山乡巨变";或塑造从城市返回乡村,带领村民脱贫致富的时代新人;或在城乡相互镜像的映照中,展示中国城市和乡村的奇异景观。少数作品能够超越城乡二元对立的限制,以一种更为复杂的眼光思考现代化进程中的城乡关系,以及乡土传统向现代转换过程中的情感冲突与价值选择,让我们感受到进城者与返乡者的生存困难、身份焦虑与精神困惑。但总体上看,这些作品多以思想意识代替审美创造、以伦理态度代替价值选择,人物脸谱化、叙事类型化、情节模式化;未能充分站在"个人"的立场,对"个人"复杂的生活处境和微妙的心理世界进行精准的把握和深刻的呈现;城与乡遮住了"个人",没有完成"城乡中国"精神结构与命运变迁的历史重构和美学重建。

一

　　城乡书写存在的问题，一方面与其在中国的复杂性密切相关。在中国，城乡问题是一个问题的两个方面，可以发现，现实的诸多问题都是历史问题、既往政策以及某种逻辑的深层延伸。因而，当代中国城市与乡村的关系不是断裂性的而是持续性的，当下中国绵延了之前的城乡差别，不过一些差别扩大，另一些差别缩小罢了。而城乡中国特殊的经济社会结构——城市化低、城乡差距大的特征并没有多大改观。如果我们的文学书写不能触及这种持续性的深层延伸的东西，叙事自然悬浮在历史和现实之上，难以触及复杂的本质性的问题。另一方面，也与作家对中国城乡结构的理解能力和思考深度有关。城与乡属于不同的地理空间和文化空间，生活方式和价值取向大不相同。但自大面积城镇化以来，中国并没有实现滕尼斯所谓的乡村的"礼俗社会"到城市的"法理社会"的转变，在一体化的社会语境中，城市没有整合出完整有序的现代文明、城市文化和市民社会。相反，城与乡呈现出了复杂的交融：既有隔离和对立，也有交往和转型，城与乡"你中有我，我中有你"。每个城市存在的"城中村"，以及城市扩张后出现的"村中城"都比比皆是，"是城似乡""是乡似城"到处皆有。费孝通先生当年刻画的"乡土中国"，"不但在观念与人际关系方面依旧覆盖着今日的城乡中国，而且直观地看，很多大都会城市的空间特征其实还'相当的农村'"[①]。

　　在当下的一些城乡书写者眼中，乡村田园生活是健康自然的生活方式，写作者对其总有某种难以割舍的隐秘眷恋；而喧嚣纷扰的城市生活则是摧毁美好人性的罪恶渊薮，成为一种令人震惊的现代生活经验。如《泥鳅》中的农村青年群体，进城后遭遇各种侮辱、欺诈和摧残，最终几无例

---

① 周其仁：《城乡中国》（修订版），中信出版社，2017年，第11页。

外地走向自我毁灭；《高兴》中的刘高兴，进城时踌躇满志、无比乐观，最后绝望地带着自己同伴的尸体回到了故乡；《到城里去》中的杨成方，由于妻子宋家银的逼迫，在走投无路的情况下留在城里捡破烂，甚至被警察当成小偷拘留……在这些作品中，城市被预设为可怕的毁灭之地和一切灾难的罪魁祸首，无辜的"乡下人"因为憎恨乡村、厌恶贫穷或其他理由，面对"罪恶"城市的诱惑，前赴后继地进城，进城后几乎无一例外地遭遇悲惨——变坏、失败或走上不归之路。实际上，中国城市的问题，乡村也有，城市未必能使"乡下人"变坏，真正意义上的现代城市文明更是如此。从农民进城一定会变坏的书写，我们可以看到作者潜意识里对现代都市文明的敌意；中国乡村的问题，城市也有，城里人或者返乡者回到农村未必一定会变好，将乡村视为田园牧歌、人间乐土，不过是一种理想化的想象和诗意化的呈现罢了。此外，还有一种在城乡之间游移的"中和"叙事，同样的人物在不同的环境中表现出不同的价值倾向。"乡下人"在城市时，城市充满诱惑和罪恶，乡土则充满温情，令其眷恋；一旦回到乡村，乡村就是穷山恶水，令人厌恶，城市则成为现代和文明的象征，令其无限向往。这种价值观念上钟摆式的摇晃，固然有农耕文化所积淀的"排斥乡土—依恋乡土"的矛盾的心理情感结构左右的原因，更重要的是，上述城乡书写不能用现代理念、现代文明和现代精神破解当前乡村生活的困局，照亮凋敝灰暗的乡土生活，不能充分站在个体的"人"的立场，而将"乡下人"变坏完全归结为环境的逼迫和影响，忽略了个体的"人"的主体性，使得我们只能看到"众数"而看不到"个人"。

　　此外，还有一种在认知上"短路"的简单化叙事，认为乡村和城市之间存在因果关系，即乡村的凋敝是因为城市的掠夺。这在《极花》中表现得颇为典型。《极花》力图通过被拐卖女孩胡蝶的遭遇，揭示城镇化进程中"底层乡村男性的婚姻困境"。农村姑娘胡蝶向往城市生活来到城市，却在外出打工时被拐卖。经历被卖为人妇、被强暴、生子等一系列事件后,胡蝶的心态和行为都发生了变化,由最初的愤怒、反抗、挣扎变为顺从、隐忍,逐渐适应了当地的环境和生活。被解救回到城市后,她在迷惘与无助中,最终回到了拐卖她、折磨她的村子。就文本内容来看,胡蝶似乎没有忘记对城市的憧憬,也没有忘记村民们对自己的伤害,但令人疑惑的是,作者让她被救回城市后又选择回到农村。她回到被拐卖的村子,是因为城市冷漠,还是因为农村姑娘回到农村理所当然或者就是宿命?作者显然倾向后者,并对拐卖胡蝶的村子的男性极为怜悯和同情——"如果他不买媳妇,就永远没有媳妇,如果这个村子永远不买媳妇,这个村子就消亡了。"这种逻辑明显站不住脚。农村姑娘进城打工,底层乡村男性的婚姻因之陷入了困境,但这绝不是纵容罪恶的理由。在《后记》中,作者将城市和乡村简单地对立起来,对村中的光棍不吝"怜悯",对带走年轻人的城市有一种固执的偏见,认为"城市夺去了农村的财富,夺去了农村的劳力,也夺去了农村的女人"[①]。果真如此吗?作者在小说中也感慨乡村世界并非田园牧歌般美好,可见也不能完全归罪于城市。实际上,重要的不是城市带走了农村的年轻人,而是为什么农村没能留住那些年轻人。中国乡村的败落,用所谓的"城市肥大,农村凋敝"远远无法概括。这种简单化的城乡关系认知,使得主观意图与客观效果发生了严重背离,也壅塞了作者思考真正问题的可能,小说讨论的问题遂成为"伪问题"。

同进城者书写相较,从城市回到农村的返乡者叙事很少受到作家关注,《湖光山色》和《麦河》是为数不多的返乡者书写中较有影响的两部。《湖光山色》中的楚暖暖是作者过度理想化的返乡"女神"。楚暖暖从北京返乡后,敢闯敢干,通过开发楚王庄的老城墙,以旅游带领全村走上致富之路,丈夫也当上了村主任。而当她在外面同旅游公司洽谈业务时,丈夫却已被金钱、欲望和权力扭曲为作威作福的基层村干部。小说关

[①] 贾平凹:《〈极花〉后记》,载《人民文学》2016年第1期。

注农村和农民渴望致富的强烈需求，也试图反思农村变革的困境与利弊，但因故事老套、情节虚假和人物粗糙，以及对乡村复杂的权力关系平面化的书写而流于皮相。《麦河》思考的是中国乡村的真问题，并塑造了曹双羊这一新型农民形象。曹双羊起初是为财富闯荡天下的传统农民，因为土地崇拜，回乡成为担当创造大业的现代农民，并在城镇化和现代化的转型中，思索农村何去何从的难题。在曹双羊身上我们可以看到，土地与现代化并不矛盾，土地流转、现代资本等应该介入农村的现代化进程，以此克服家庭联产承包责任制和城镇化带来的土地荒芜、零散经营、收益低下等问题。尽管曹双羊的形象比较理想化，其夸张的乡土崇拜也令人生疑，但其身上所聚焦的土地崇拜与现代化之间的矛盾和张力，在返乡书写中无疑具有里程碑式的意义。

总体看来，我们的城乡书写不乏悲悯情怀和人文精神，从中可以看到城市与乡村被夸大的异质性对立，可以看到"乡下人"进城之后无所归依的漂泊感、回不到乡村的疼痛感、在城乡之间无法立足的失落感以及返乡之后的无力感。但我们很少能够看到不依据生活表象简单地进行书写，不依据预设的城乡认知进行真假判断和道德裁定，而站在"人"的立场，站在现代精神的视阈，以城镇化作为现实幕布和历史背景，在历史与现实、传统与现代的复杂交织和冲突纠葛中呈现"中国形象"的深刻和厚重之作。我们所能看到的，多是被城乡转型这块大背景与大幕布遮住的，面貌模糊、心理简单与性情相似的人物群像。

二

无论是中国特色的城镇化，还是我们念兹在兹的现代性，都是社会学的概念，而不是文学上的概念。对于城乡书写而言，真正困难的是站在文学的视角去理解、表现城乡转型的历史和现实。也就是说，我们要以文学的形式在场，见证中国城镇化的历史过程和复杂现实，同时扩展、丰富、深化我们对这一巨大转型的体验和认知。我们知道,"小说是进行中的生活的生动体现——它是生活的一种富有想象力的演出,而作为演出,它是我们自我生活的一种扩展"①。但当下的城乡书写很难让我们心生赞叹,也很难触及我们的"心事",我们那种难以言喻的处境无法被表现出来。有些作品非但不能扩大我们的认知、拓展我们的经验,甚至不及普通读者的思想认知,更遑论撄动人心。读者想从城乡书写中读到其了解的但未能充分认识的东西,而绝大多数作品充其量是将历史和现实的"表象"原封不动地呈现出来,将时代共识作为自己的思想资源,如《高兴》《城的灯》《第七天》《到城里去》《涂自强的个人悲伤》等都存在这样的问题。在《到城里去》中,作者借主人公之口,直接道出了作者对城市的认识。宋家银去了北京一趟,深刻地认识到自己以及同类的尴尬处境——"那就是,城市是城里人的。你去城里打工,不管你受多少苦,出多大力,也不管你在城里干多少年,城市也不承认你,不接纳你。除非你当了官,调到城里去了,或者上了大学,分配到城里去了,在城里有了户口,有了工作,有了房子,再有了老婆孩子,你才真正算是一个城里人了。宋家银很明白,当城里人,她这一辈子是别想了。"②对于绝大多数进城务工者而言,他们很清楚自己的身份处境,除了挣点钱之外,很少有成为城里人的想法。这样一种直白无遮的宣告,有碍人物形象的深化,也限制了人物形象的拓展空间。辛格曾提醒急于"暴露"自己思想的作家道:"事实是从来不会陈旧过时的,而看法却总是会陈旧过时。一个作家如果太热心于解释,分析心理,那么他刚一开始就已经不合时宜了。你不可想象荷马根据古代希腊的哲学,或者根据他那时代的心理学,解释他笔下英雄人物的行为。要是这样的话,就没有人爱读荷马了!幸运的是,荷马给我们

---

① 克林斯·布鲁克斯、罗伯特·潘·沃伦编著:《小说鉴赏》(双语修订第3版),主万等译,世界图书出版公司,2015年,第2页。
② 张颐武主编、徐勇编:《全球华语小说大系·乡土与底层卷》,新世界出版社,2012年,第44页。

的只是形象和事实,就是为了这个缘故,《伊利亚特》和《奥德赛》我们至今读来犹感新鲜。我想一切写作都是如此。"①辛格所言的热衷于分析与解释,是我们城乡书写的普遍问题——"记着'时代',忘了'艺术'。"沈从文谈到新文学失败的原因时说,一些作家"记着'时代',忘了'艺术'。作者既想作品坐收商品利益,又欲作品产生经典意义,并顾并存,当然不易。同时情感虚伪,识见粗疏,文字已平庸无奇,故事又毫不经心注意安排。间或自作聪明解脱,便与一种流行的谐趣风气相牵相混"②。沈从文的话未免过于刻薄,但如果用这段话来形容我们当下的城乡叙事,庶几近之。我们毫不怀疑城乡书写者的真诚,但"记着'时代',忘了'艺术'"却是不争的现实。城乡问题的重大性,使得我们的作家将小说当作传播思想的讲坛,也不排除有些小说家潜意识里将自己看作思想领袖,因而急于解释、忙着发表见解,他们的小说与其说是小说,毋宁说是新闻报道。比如可谓"新闻串烧"的《第七天》、可谓"升级游戏"的《炸裂志》,都是如此,表现出城乡书写的典型症候:太过贴近现实,缺乏必要而合理的虚构。真正的虚构,一方面在明确的时空里创造出"比现实世界狭窄得多的小世界",另一方面,"虚构世界添加了新的人物、特性与事件到这一真实的宇宙(作为虚构世界的背景),因此又可被视为比我们经历的世界要广大得多的天地"③,从而实现对生活的重新发现,抵达现实和存在的中心。

  小说的中心,用帕慕克的话说,"是一个关于生活的深沉观点或洞见,一个深藏不露的神秘节点,无论它是真实的还是想象的。小说家写作是为了探查这个所在,发现其各种隐含的意义,我们知道小说读者也怀

---

① 艾萨克·辛格:《我的创作方式》,见崔道怡、朱伟、王青风等编《"冰山"理论:对话与潜对话》上册,工人出版社,1987年,第112页。
② 沈从文:《作家间需要一种新运动》,见《抽象的抒情》,复旦大学出版社,2004年,第44页。
③ 安贝托·艾柯:《悠游小说林》,黄寤兰译,广西师范大学出版社,2017年,第131页。

着同样的精神"①。对城乡书写而言,中心的洞见决定了小说的品质,当然,其必须诉诸逼真的细节、浑圆的整体形态和复杂的人物性格。我们知道,"许多小说家从一开始感知到中心只是一个主题,一个以故事形式传达的观念,并且他们知道,随着小说的推进,他们将发现并揭示其中无法回避又含混不清的中心的更深刻意义"②。故事和中心之间的距离显示了小说的精彩和深度。比如《白鲸》和《老人与海》,我们在其中持续感觉到中心的存在,在不断地修正和追问中,不断靠近中心的距离。因而,帕慕克认为,"如果我们必须相信写作过程中存在一种神秘因素,我们应该更为合理地认为,这个神秘因素就是中心,是它接管了整个小说"。具体而言,"小说的中心像一种光,光源尽管模糊难定,但却可以照亮整座森林——每一棵树、每一条小径、我们经过的开阔地、我们前往的林中空地、多刺的灌木丛以及最幽暗、最难穿越的次生林。只有感到中心的存在,我们才能前行"③。对作家来说,"写作一部小说是要创造一个我们在生活里或在世界里无法找到的中心,并且将之隐藏在景观之中——和我们的读者玩一种虚构的对弈游戏"④。不过,"小说中心的力量最终不在于它是什么,而在于我们作为读者对它的追寻"⑤。"如果中心过于明显,光线过于强烈,小说的意义将直接被揭示出来,阅读行为就成了单调的重复"⑥。我们的城乡书写即如此,普遍缺乏"洞见",意义缺乏中间物,"被直接揭示出来",阅读成了单调的被动的接受过程。福斯特指出:"作家能不能将读者当作知心人,把人物的一切都告诉他呢?答案显然是:最好不要。因为太危险了。这个做法会导致读者劲头下降,导致智

---

① 奥尔罕·帕慕克:《天真的和感伤的小说家》,彭发胜译,上海人民出版社,2012年,第141页。
② 同上,第143页。
③ 同上,第146页。
④ 同上,第158页。
⑤ 同上,第162页。
⑥ 同上,第147页。

力和情绪出现停滞。更糟的是,会使读者产生儿戏感,像是应邀到后台作一次友好访问,看看各种人物是如何协同演出似的。"①我们的城乡书写未必"将读者当作知心人"了,更多的是作者似乎也不相信自己笔下的人物,急着出来说话。读者作为讲坛下的听众,对这种缺乏思想和洞见的讲述也不大相信,因而也就没有了阅读文本的兴趣。这正如法国"新小说"代表人物萨洛特在《怀疑的时代》中否定传统小说以塑造丰满的人物形象为中心时所言:"从各种迹象看来,不仅是小说家已不再相信自己虚构的人物,甚至连读者也不相信了。本来,在作者和读者的信心支持下,小说人物宽阔的肩膀在担起故事结构的重负后,还能挺然直立,毫不摇动。现在,失去了两方面的信心支持,人物已经摇摇欲坠,土崩瓦解了。"②我们的城乡书写并非法国的"新小说",但就小说的艺术性和人物的可信度而言,却与之很相似,即失去了作者和读者"两方面的信心支持"。

而或多或少有作者自己思想的城乡书写,由于对思想如何进入作品缺乏思考,"思想"进入不了"作品",无法同内容融为有机整体,呈现出游离状态。《匿名》就比较典型。《匿名》打破时空界限,在时间的跳跃和空间的转换中叙述故事,体现出作者突破自我的新的艺术追求。小说以误打误撞的绑架事件开始,通过普通市民命运的突转,链接起偏远乡村的旮旯小镇和上海的繁华市井,以荒诞化的叙事隐喻"匿名"的日常生活和个体存在。被绑架者从被劫持上车开始,失去了时间概念——"他这才发现时间的重要性,没有时间,人就好像陷入深渊,无依无靠。"③被恐慌攫住的他进入了"存在与虚无",回到了"原始状态",时间、空间、物质紧密度、自然史、文明史等艰深晦涩的哲学、物理学等问题,盘旋或游荡在这位退休的被绑架的小职员的思维和大脑之中。他不避枯燥地思索这

---

① 爱·摩·福斯特:《小说面面观》,苏炳文译,花城出版社,1984年,第71—72页。
② 纳塔丽·萨洛特:《怀疑的时代》,见崔道怡、朱伟、王青风等编《"冰山"理论:对话与潜对话》下册,工人出版社,1987年,第554页。
③ 王安忆:《匿名》,人民文学出版社,2016年,第21页。

些问题,或在这些问题的界限内思考虚无与存在等终极性问题,成为流落在神奇的几乎不存在的荒村的"哲学家"。权且不论这种哲学思辨的正确与否,从人物塑造来看,这个退休的打工的小职员,是否能承载这些复杂深奥的问题,令人生疑;就小说叙事来看,这种哲理思辨不但没有同小说融为一体,反而有堆砌知识、制造深度的嫌疑。哲学问题当然可以在小说里讨论,像《卡拉马佐夫兄弟》中"宗教大法官"一节,作为同心圆之圆心,即最为著名的例子。关键的是,这些议论和思考能不能与人物融为一体,黏合到小说之中,形成小说的肌理?《匿名》显然没有做到。因而,小说看起来似乎有强烈的思辨色彩,具有哲理深度,实际上仅是韦勒克所谓的"素材"和"资料",与小说内容没有多大关系,不但遮蔽了作者企图双向反思城乡荒诞现实的出发点,也使得主题庞杂,人物形象模糊,叙事冗长而不堪卒读。

思想进入作品是一个非常复杂而又至为关键的问题。韦勒克指出:"只要这些思想还仅仅是一些原始的素材和资料,就算不上文学作品中的思想问题。只有当这些思想与文学作品的肌理真正交织在一起,成为其组织的'基本要素',质言之,只有当这些思想不再是通常意义和概念上的思想而成为象征甚至神话时,才会出现文学作品中的思想问题。"他列举了思想进入作品的类型:一类是乔治·桑和乔治·艾略特等讨论社会的、道德的或哲学问题的思想小说;更高一个层次的是麦尔维尔的《白鲸》式的作品,"在这部作品中整个情节传达了某种神秘的意义";另一类代表是陀思妥耶夫斯基的《卡拉马佐夫兄弟》,"思想的戏剧性内具体的人物和事件表演了出来"。他进一步指出,文学作品并不因为"有思想"而有价值,"在恰当的语境里似乎可以提高作品的艺术价值",但如果思想没有被作品吸收,就会成为作家的羁绊。在《浮士德》《卡拉马佐夫兄弟》《魔山》等经典作品身上,我们都可以"感到艺术上的成就与思想重负之间的不协调"①。《匿名》等城乡书写所讨论的问题,类似于乔治·桑和乔治·艾略特讨论社会的、道德的或哲学问题的思想小说,但表现的思想和主题鲜有个人化和独特化的思考,非但未能楔入作品,拓展我们的认知和经验,反而成为赘疣,从而使得这一类作品体现出这样的叙事特征:思想大于形象、理性压倒感性、主题淹没人物。

三

　　新世纪城乡书写另一个严重的问题是作家的生活经验与所表现的时代发生断裂和错位,艺术经验严重滞后或匮乏不足。20世纪五六十年代出生的作家书写曾经经历的农村生活时普遍游刃有余,一旦涉及现在的农村生活和城市生活,只能观念化地"想象"。如李佩甫的《生命册》,写乡村生活颇有艺术魅力,一写到城市,作家在城市化严重滞后的生活体验期和艺术积累期所形成的城市印象和城市观念便左支右绌,无法同步于新世纪日新月异的城市化进程,带给读者别扭的、虚假的城市生活情境。比如小说中写到公司上市、证券交易等,作者完全不熟悉,因而显得生硬牵强;写骆驼等人在北京的地下室制造黄色小说、收购药厂等,与现实差之甚远,缺乏可信度。《湖光山色》写新农村,作者显然缺少了解,臆想的成分很大。我们不禁要问,在暖暖之前,楚王庄就没人注意到老城墙可以开发?开发后的破烂的老城墙能带来如此大的收益吗?暖暖凭借一己之力是否能够完成奇迹般的创业?这些问题都缺乏坚实可靠的叙述和合理自洽的逻辑,从而使得整个小说成了一部暖暖带领村民通过旅游致富的社会主义新农村主旋律叙事,距离真正的农村现实何啻万里!《麦河》对农村相对熟悉,但曹双羊到国外办延伸企业的情节,以及用家乡的黑土装了一个枕头,无论是回城里的家还是出国都要带上,明显缺乏可信度。《匿名》前

---

① R.韦勒克、A.沃伦:《文学理论》,刘象愚等译,江苏教育出版社,2005年,第137—138页。

半部分写上海的弄堂街巷与人情世故，文笔精致，景象鲜活，这是因为作者对此非常熟悉，作者的生活历练都在这儿。下半部分写到乡村则叙述简短，用典古旧，故事生涩。人物形象也呆板僵硬，比如哑子这个人物过于离奇，同现实的距离实在过于遥远，可见作者的乡村生活经验明显不足，只能靠"神奇"的想象来填补。

还有一些作家的城乡书写，生活经验与文本内容发生了明显的错置。如方方的《涂自强的个人悲伤》，生活经验的时代错置严重地撕裂了文本的统一性。比如小说的前半部，作者写到涂自强成为村里的第一个大学生后，村里人无不羡慕涂家出了"人才"，四邻六亲都前来道贺，母亲不让他下地干活，说"我们涂家不可以屈了人才"，村长也夸他"好出息"，"往后进了城，还是要记得乡亲哦"[1]。上学离家时，"村里老少差不多全赶来为他送行。路口的银杏树下，稀落地站着他们。鸡狗猪还有小孩子亦都倾巢而出，在大人的腰以下，一派胡窜乱跑"[2]。涂自强去学校报到的途中打工，所有人都因为他是大学生而另眼相看，予以优待，如在镇上当小工、在襄樊城洗车、在小村庄帮人挖塘，都是如此。挖塘时，"村里人人尽知他将去武汉上大学，各家都要接他上门，说是让自家屋里沾点才气。涂自强吃得饱喝得足，且百般被人尊敬，自我感觉好得几欲膨胀"。塘快挖完时，"村长竟受好几（个）大妈托付，想给涂自强提亲"[3]。涂自强身上大学生的光环如此吸引人，不禁让人想起恢复高考不久，大学生被视为"天之骄子"的时代。而小说中所表现的涂自强的大学生活时期，网络和手机几乎已经普及。涂自强毕业时，大学生工作已不好找，用人单位很挑剔，动不动就要求研究生学历。这最晚也是新世纪开始三五年后的生活情景。1999年高校大扩招之后，即使偏僻的山区农村，也通过媒体、网络、手机了解到大学生毕业后所面临的严峻就业压力，对孩子上大学不

---

[1] 方方：《涂自强的个人悲伤》，人民文学出版社，2015年，第253页。
[2] 同上，第255页。
[3] 同上，第267页。

再有过多的期待。因此，涂自强考上大学后受到人们的尊敬和优待也就显得非常老套和虚假了。又如，小说开头写到涂自强的学费是村里涂姓人家凑起来的，钱很零碎，没有大钞；后面写到涂自强当家教，辅导的学生考上大学后，家长奖励他一千元，"涂自强从未一次拿过这么多钱"①。从小说后半部分的内容看，涂自强上大学是在新世纪开始以后，他的学费恐怕远远超过这个数目，开学又是自己报的名，除了面额小、钱零碎之外，说从没一次拿过一千元，就讲不过去了。方方用20世纪八九十年代的生活经验描述新世纪的生活，经验的错置大大削弱了叙事的可靠性和人物的可信度。

  美国心理学家罗洛·梅说："艺术家或诗人的幻想是主观的一极（人）和客观的一极（等待存在的世界）的中间的决定因素。直到诗人的抗争产生了一种回应的意义之后，它才能成为存在。诗词或绘画的伟大并不在于它描绘了观察到或体验到的这种事物，而是它描绘了被它和这种现实的交会所提示出来的艺术家或诗人的幻想。"②新世纪城乡书写无疑发现了城镇化带来的问题，但缺乏进入这些问题的核心的"交会"和"战栗"。以《骆驼祥子》这部现代文学史上最早书写"农民工进城"的经典之作为例，老舍不是仅仅熟悉人力车夫的生活，"而是一直进入到他们的内心，穿透他们历史命运的纵深；也不是冷静地再现他们的生活，或者停留在对于被压迫与被损害者的一般哀怜同情上，而是与描写的对象燃烧在一起，融合成一体"③。因而，祥子这个"仿佛是在地狱里也能做个好鬼似的"淳朴正直的农村青年堕落为所谓的"坏嘎嘎"的城市无赖的性格转变和心理过程，才被震撼人心地刻画了出来。这种震撼"不是一般意义上的艺术吸引或者思想触动，而是穿透心灵的震撼，通向现实的反

---

① 方方：《涂自强的个人悲伤》，人民文学出版社，2015年，第286页。
② 罗洛·梅：《创造的勇气》，杨韶刚译，中国人民大学出版社，2008年，第67页。
③ 樊骏：《老舍——一位来自社会底层的作家》，见《中国现代文学论集》下册，人民文学出版社，2006年，第606页。

思"①。而我们的城乡书写不乏感动,也不乏怜悯,但无法"穿透心灵的震撼",形成艺术上的感染力,将自己的感情传达给读者。《好人宋没用》(2017)就是这样一个例子。

《好人宋没用》站在个体生命的立场,"对笔下的人物,有身心相照的感触与同情,在不动声色的克制之下,有入骨的伤痛与苍凉"②,但宋没用除命运悲苦、顽强坚韧外,"好人"之"好"及"内心风景"远远没有呈现出来,面貌模糊而无深度。"大时代"变迁浮光掠影,"小人物"命运蜻蜓点水,整部小说成了宋没用悲惨人生经历贯穿起来的历史事件,暴露出作者驾驭长时段叙事的能力不足,掉入了作者自己警惕的叙事陷阱——"被书写的某某历史和地方里的人,却是面目模糊的。他们被动地接受苦难,在历史的旋涡里盲目打转。"③其他人物也平板雷同,近乎一面,除佘太太和杨仁道外,均是精于算计、锱铢必较的市侩形象。就情节而言,小说前大半设置急促,叙事节奏掌握尚好;后小半琐碎拖沓,形神俱散。作者过于关注故事,太贴近生活实际,作密密实实的苦难展览,让人不暇喘息,近乎上海版的《活着》,而又无《活着》的深度。究其原因,一方面,小说涉及的生活作者大半未曾经历,生活与艺术累积不够,人物对话和情节难合情理。比如小说中的人物对话,宋没用的父亲、宋没用的母亲、榔头、范猴子、杨赵氏、毛头等,出口几乎都是不离男女生殖器的脏话。在作者看来,说脏话似乎是底层人物的身份标识,实际可能未必如此。宋没用被巧娘子骗走店面一节,也很难令人置信。老虎灶是宋没用的命根子,她毕竟也做过一段时间老板娘,对外人不可能没有提防之心。巧娘子以"警察局要收拾共产党家属了",就吓得宋没用轻易地将店面和房子拱手让给她,未免太简单和容易了吧。另一方面,作者用"好

---

① 樊骏:《论〈骆驼祥子〉的悲剧性》,见《中国现代文学论集》下册,人民文学出版社,2006年,第588页。
② 夏琪:《我愿把人类的内心当成写作第一推动力——访青年作家任晓雯》,载《中华读书报》2017年9月20日。
③ 任晓雯:《好人宋没用》,北京十月文艺出版社,2017年,第515页。

人""没用"来定调,潜意识的心理预设,削弱了宋没用形象的塑造,再加之心理刻画的深度远远不够,使宋没用理念化的影子浓重,性格上矛盾之处亦多。比如小说前面写宋没用胆子很大,捡垃圾时"曾掘到半个骷髅头","洗了洗,当头盔玩";后面写到棚户区雨天积水,小孩子都踩水玩,宋没用却不敢玩,因为"母亲告诉过她,蚊蝇跳蚤,都是脏水烂泥变出来的"[1]。胆大和胆小得匪夷所思,也不符合小孩子的心理特点。作者在小说的"后记"里附注道:"本书所有历史细节都已经过本人考证"[2],似乎真实性毋庸置疑。然而小说不是纪实文学,也无须去证实或证伪,不过,它们都追求人物的内在统一性和故事的逻辑连贯性。《好人宋没用》显然处理得并不成功。《好人宋没用》的问题,实际上也是"70后"的城乡书写者存在的普遍现象——当写作对象超过了自己的生活经验时,只能靠想象来弥补经验上的不足,从而形成某种概念化和模式化的叙事。

由于生活经验的问题和想象力的制约,绝大多数城乡书写者在自己的书房里想当然地想象城镇化转型带来的问题,对各种历史关联、社会关系、时代心理的把握,对社会各阶层的心理特征和处世态度的理解悬于空中,被动地、机械地向现实举起镜子,能映射出时代生活的斑斓迷乱,却无法感受到现实的复杂性和丰富性;不能深入真实生活的纷繁宇宙,不能深入人性的复杂神殿,捕捉不到隐藏的脉搏的神秘跳动,自然也无法窥视隐秘的生命颤动和存在的本质实在;缺乏心灵的冲突和交会,缺少精神的抚慰和开拓,不能将活的精神吹进复杂的现实,只剩下社会学的认识功能和伦理功能,导致了读者甚至包括作者自己的怀疑。这也是黄灯的《大地上的亲人——一个农村儿媳眼中的乡村图景》、梁鸿的《中国在梁庄》、熊培云的《一个村庄里的中国》、王磊光的《在风中呼喊——一个博士生的返乡笔记》、范雨素的《我是范雨素》等非虚构类纪实作品产生广泛影

---

[1] 任晓雯:《好人宋没用》,北京十月文艺出版社,2017年,第18—19页。
[2] 同上,第519页。

响的重要原因,并不是说这些非虚构文学在艺术上取得了多大的成绩,而是同城乡叙事的浅表化和浮泛化相比,这些基于个人经验的作品,更具真实性和可信度。

四

作品的形式是内容的深层萌发和创造性把握,正如詹姆逊所言,"作品形式依赖于素材自身某种更深刻的逻辑"[①]。在巴赫金看来,"不理解新的观察形式,也就无法正确理解借助这一形式在生活中所初次看到和发现的东西。如果能正确地理解艺术形式,那它不该是为已经找到的现成内容做包装,而是应能帮助人们首次发现和看到特定的内容"[②]。也就是说,艺术形式是内容不可分割的统一体,是内容的审美实现,是"一种富有价值的积极性的表现,这种积极性渗透到内容之中并实现着内容",只有真正把握了艺术的新形式,才有可能深入揭示新的内容。新世纪的城乡书写,由于生活经验的时代错置和日常经验的严重同质化,大多数作品无法完成艺术形式的创新,对人物、情节、结构、叙述、场景、细节等小说元素也缺乏足够的重视。城乡之间的流动迁徙、文化冲突、身份尴尬、农村的土地荒芜、传统价值解体、家庭伦理失范等具有普遍性的生活现象和社会问题,耗尽了文本的文学性和审美性,作品成为类型化的现实镜像或社会学记录,无法在纷乱复杂的城乡现实与轻盈的小说艺术形式之间达到平衡。如《湖光山色》《涂自强的个人悲伤》《第七天》《炸裂志》等,故事的情节、逻辑与结局几乎一眼可以望到尽头,成为一种缺乏独特性、个人性和创造性的类型化写作。即使《世间已无陈金芳》这样的较为优秀

---

① 弗雷德里克·詹姆逊:《语言的牢笼》,钱佼汝、李自修译,百花洲文艺出版社,1995年,第162—163页。
② M.巴赫金:《陀思妥耶夫斯基诗学问题》,见钱中文主编《巴赫金全集》第5卷,白春仁、顾亚铃译,河北教育出版社,2009年,第58页。

之作，后半部分叙事也模式化，落入了城乡叙事的俗套。

少数力图对城乡问题进行创造性表现的作品，形式同内容之间缺乏积极的关联，没有转换为"表现积极的审美主体那种有价值内涵"的"艺术上有意义的形式本身"，只是一种"认识形式"，而非"艺术形式"。[①]如关仁山的《麦河》中的善庆姑娘变鹦鹉、百岁神鹰两次蜕变获得新生、虎子能预言未来等情节，使作品具有浓郁的魔幻主义色彩，但在表现上比较生硬，未能与作品有机融合，给人以为魔幻而魔幻的感觉。《城的门》则尝试一种新的叙事结构，通过"城市故事"和"乡村记忆"叙述的交替变换，整体性地表现"城乡中国"。"城市故事"前后倒也连贯，有可读性。而"乡村记忆"以人物的回忆独立成篇，前后没有多大关联，因而使得小说的结构散乱，缺乏整体性。《好人宋没用》"试图回到明清小说的语言传统里，寻找一种口语式的古典意味"[②]。作者有意将苏北方言、沪语与文言语汇杂糅为一体，追求简练雅致的古典韵味，叙述多用短句，干净洗练，部分实现了作者的语言追求——在小说的写景状物里，我们可以看到这种古典意味语言的魅力和作者白描的功力。刻画人物时，作者喜欢用"兀自蹇窭""张翕""昏眊"等语，这些固然文雅，却不具体，反而有炫耀之嫌。叙述时，忽而文雅，忽而质朴，风格极不协调。"未几""夏杪""少时""逾数月""少刻""旋而""翌日"等笼统的时间表述虽然别致，但缺乏清晰的时间意识，反而造成叙述的模糊不清。此外，这种刻意追求的叙述的文雅和人物对话出口不离男女生殖器的低俗，形成了整个文本混乱芜杂的语言世界。上述这些作品在艺术形式上的探索，未臻于"能完成内容的创造性形式"，从而影响了文本的艺术魅力。

新世纪城乡书写也有所谓的"创造性形式"，大致可以分为两类，

[①] M.巴赫金：《文学作品的内容、材料与形式问题》，见钱中文主编《巴赫金全集》第1卷，晓河、贾泽林、张杰等译，河北教育出版社，2009年，第366—367页。
[②] 任晓雯：《好人宋没用》，北京十月文艺出版社，2017年，第519页。

一类是"日常主义叙事",一类是"极端主义叙事",两者都表现出艺术创造力的严重不足。"日常主义叙事"着力于日常生活的叙写,与现实生活建立同构性时突出生活的琐碎细节和表层现象,以现实的琐碎化、复杂性、模糊性和暧昧性等搪塞对现实的理解。其大致又可以分为两种:一种是以《高兴》《带灯》等为代表的"琐碎主义叙事",以细节的堆砌构筑起文本世界,叙事如同流水账,啰唆琐碎。另一种是《城的灯》《湖光山色》《第七天》等的"表象主义叙事"。这些作品所呈现的世界纷乱复杂、盘根错节,似乎是真实的生活景观,实际不过触及生活的表层,并未深入"城乡中国"的腹地。这两种叙事的共同特点是细节的琐碎化、情节的日常化和价值的模糊化。我们知道,"任何严肃的艺术都是理解现实和解释现实的方式,这也是艺术存在的根由之一"。小说当然无法完全排除日常生活的叙写,但同时它又极力排斥挣脱完完全全的日常生活叙事——没有一部充满生命力的小说,不是站在人性和永恒的看台上观望和审视人类的生活。正如余虹所言:"现实是一团乱麻,艺术是揭示其内在秩序的方式而不是进一步扭麻花的游戏;现实是一团浑水,艺术是将其澄明的方式而不是进一步搅浑水的把戏;现实有多种意义,艺术要捕捉那揭示真相的意义而不是真假不分照单全收。因此,现实主义的核心是对现实的理解和解释,尽管这种理解和解释暗藏在对特定现实的虚构和描述中。"[①]城乡书写的任务,不是仅仅捕捉生活的表象,而是在日常生活世相的芜杂中,认真审视和精心挑选有本质意义的细节和情节,通过富有创造力的想象与富有意味的艺术形式,深入生活旋涡的中心,呈现本质性的现实情境。

"极端主义叙事"将现实简化为某种逻辑的偏执演绎,通过极端化书写,简单地将历史和现实呈现为某种现象的重复和叠加,或将清晰的历史和现实表现为某种复杂的故作高深的现象或理念。前者可以称为"极简主

---

① 余虹:《〈三峡好人〉有那么好吗?》,见《文学知识学——余虹文存》,北京大学出版社,2009年,第376—377页。

义叙事",后者可以称为"极繁主义叙事"。"极简主义叙事"如阎连科实践其"神实主义"理论的《炸裂志》,将乡村城市化的过程简化为"男盗女娼"以及"男盗"与"女娼"(孔明亮带领男性爬火车偷煤、朱颖带领女性卖淫)争斗的升级游戏,不仅未能切入历史和现实,反而遮蔽了现实的复杂性和丰富性。《篡改的命》也是如此。作者极端化地强调汪长尺的苦难与悲惨,戏剧化地讲述人物的悲剧命运,飞速急转的情节起伏,带给人为悲剧而悲剧的感觉。《好人宋没用》等的叙事也有极端化的倾向。这种叙事上的极端主义和认知上的极简主义,在对历史与现实的强力介入中,丧失了思想力和审美性。"极繁主义叙事"最典型的是王安忆的《匿名》,小说延续了作者之前热衷于阐述时空关系、构建自己微型宇宙的癖好,存在与时间、文明与野蛮、生命起源与身份认同、语言文字与思维之间的关系等一系列重要而与城乡书写关系不大的问题,都被硬性嵌入小说叙事。作者本人的知识背景、学力储备也难以支撑如此宏大而深奥的问题。这些看来复杂高深的哲学思辨,不但没有多少新意,反而成为文本的巨大负累,遮蔽了作者对城乡问题的真正思考。

新世纪城乡书写之所以缺乏真正意义上的富有创造性的审美形式,一方面是由于作家没有真正熟悉、透彻了解表现的对象,没有把握到表现对象的完整性、本质性和新鲜性,因而无法为之熔铸一个"减一分则太瘦,增一分则太肥"的恰切的有机的形式。正如朗松所指出的,"我们面临的危险是以想象代替观察,当我们只是有所感的时候却以为我们有所知"[1]。另一方面,也与我们的文学批评有关,我们的批评过于关注事件的呈现、叙述的态度以及作品的社会学意义等,不大重视审美形式,无意中也鼓励了城乡书写中重内容而轻形式的倾向。

---

[1] 居斯塔夫·朗松:《朗松文论选》,徐继曾译,百花文艺出版社,2009年,第9页。

结　语

　　20世纪80年代中国城乡封闭的社会结构露出缝隙之后，我们的城乡书写即开始同构性地表现这一历史变化，从中可以感受到"城乡中国"向"城镇中国"转变过程中的迷惘与焦虑、阵痛与裂变。但迄今为止，绝大多数城乡书写在物质、欲望、权力等维度探讨城乡空间的异同并展开想象，并没有创造出自由灵动的诗意充沛的审美世界，我们仍然缺乏切入城乡关系内部、呈现城乡复杂历史纠葛与现实缠绕的经典性文本，甚至尚未超越高晓声、路遥等人城乡书写所形成的文学经验。一方面，这和中国城乡转型的历史复杂性有关，经历革命运动和市场经济的双重冲击之后，中国乡土社会的道德伦理和精神资源已经涤荡殆尽，而80年代以来城乡关系的局部松动并未带来农民身份和阶层改变流动的可能，更关键的是，具有现代性质的市民阶层、城市精神和契约意识也尚未形成，因而"城镇中国"形成了与乡村跟城市两不搭界的精神虚空和价值虚无。这就需要我们的城乡书写能够超越时代所造成的限制，凝结既具有时代特征同时又具有人类普遍性的精神坐标的努力。正如福克纳所指出的："作家的天职在于使人的心灵变得高尚，使他的勇气、荣誉感、希望、自尊心、同情心、怜悯心和自我牺牲精神——这些情操正是昔日人类的光荣——复活起来，帮助他挺立起来。"[①]这应该是新世纪城乡书写的使命和任务。而从目前的现实来看，我们不缺故事、不缺感受、不缺悲悯，但缺乏提供精神价值的能力，作家的主体精神普遍难以彰显，将精神化合为形象的能力普遍不足，缺少精神的抚慰和照亮。另一方面，我们作家的艺术表现力和创造力普遍孱弱，从日常生活领域进入想象生活并开拓出新的境界和新的意义的能力普遍不足，无法创造出具有真实性、统一性和整体性的文学幻象，将读者卷入活生生的城乡变化，共享自己的生活体验与情感经验。因此，城

---

① 威廉·福克纳：《接受诺贝尔奖金时的演讲》，见《美国作家论文学》，刘保端等译，生活·读书·新知三联书店，1984年，第368页。

乡书写表现出虚假的繁荣，在中国城镇化和现代化还没有真正完成之前，城乡书写很长时间内依然是当代文学最为重要的文学命题和叙事难题。我们只有透彻了解中国城镇化的历史和现实，洞悉现代性的真正内涵，克服作家主体的艺术局限、精神虚空和价值虚无，站在人本主义的立场，以城镇化为幕布和背景，才有可能真正表现出"城乡中国"转变为"城镇中国"过程中的"中国形象"与浓郁诗情。

原载《文学评论》2018年第5期

奇外有奇更无奇

——余华《文城》的叙事艺术及其问题

余华的新长篇《文城》出版以后,在文坛引起不小的波澜——在焦虑浮躁、疾如旋踵的写作环境中,作者言其沉积八年、镌脾琢肾,让人不无期待。《文城》与余华既往的作品一样,叙事明快流畅,细节繁复恣肆,同时也显露出求变的努力和追求——作者有意无意地"回流"早期的先锋写作,将悬念、传奇、异怪等先锋元素融入烟雨江南的想象性抒写之中,力图创造出一部诡谲怪诞而又宏阔浩大的"南方传奇"。

一

《文城》不同于余华此前的《第七天》《兄弟》《许三观卖血记》《活着》,人物神秘,故事离奇,情节惊险,早期的先锋元素和传奇色彩如同遥远的回声,贯穿文本始终,形成了一个具有陌生化效果的余华式的"后先锋"文本。然而稍加寻绎就会发现,其主要的情节结构,并非作者的精心孕育和独自创造,而是有着明显的借鉴甚至模仿的痕迹。故事开始,行踪神秘的小美和阿强如同天外来客,走进林祥福的宅院;小美突然生病,阿强托林祥福照顾妹妹,林祥福答应了,他对妹妹耳语一番晦涩难懂的言语之后神秘离去;小美很快神奇痊愈,姿色秀丽的她让主家林祥福心旌摇荡，难以把持；冬夜突降雨雹，硕大的雨雹白如蚕茧，村子墙倒屋塌，村民和牲口横死而去，因为惧怕，小美在这令人恐惧的夜晚爬到了林祥福的炕上，两人有了夫妻之实；林祥福沉浸在美妙无比的幸福之中，小美却突然离去；林祥福一片痴情，苦苦守候，在将要绝望之时，小美却突然出现——因为怀有林祥福的孩子，她又神秘归来；生下女儿三天之后，她又借故离开，从此人间蒸发；痴情倔强的林祥福，背着女儿，渡过黄河，跨过长江，一路向南，开始了堂吉诃德式的寻找"文城"的神奇迷幻之旅。

  这已到了小说的第十二节，熟悉福克纳的人，会觉得这个故事似曾相识，不由自主会联想到《八月之光》中的女主人公莉娜·格罗夫——这位"怀着身孕，决心赤手空拳地去寻找她的情夫"①的姑娘。林祥福似乎就是中国版的莉娜·格罗夫。林祥福预感到小美还会离去时的一番斩钉截铁的誓言，"如果你再次不辞而别，我一定会去找你。我会抱着孩子去找你，就是走遍天涯海角，也要找到你"②，似乎也印证了这种感性的印象。小美生完孩子三日后不辞而别，林祥福如同莉娜一样，踏上了寻亲之路，不断"行进在路上"，寻找阿强和小美告诉他的并不存在的"文城"。我们不妨先来看看《八月之光》中的莉娜——她是一个天真单纯的乡下姑娘，十二岁时，父母双双在一个夏天亡去。她跟着哥哥一起长大，在小镇上为哥哥看养孩子。她简单淳朴，完全由于健康本能的驱使和对异性的好奇，被卢卡斯·伯奇诱骗而怀孕。眼看肚子里的孩子一天比一天大，而伯奇却人间蒸发。莉娜毅然上路，从亚拉巴马出发，挺着大肚子前往伯奇告诉她的杰弗生镇，寻找腹中胎儿的父亲——伯奇在杰弗生的刨木厂干活。一路上她备尝艰辛，路人也为她的处境担心。但"她的面孔像石

---

① 蓝仁哲：《〈八月之光〉的光谱（代译序）》，见福克纳《八月之光》，蓝仁哲译，上海文艺出版社，2004年，第4页。
② 余华：《文城》，北京十月文艺出版社，2021年，第44页。以下凡此小说中引文只在文中标注页码。

头般沉静,但不那么冷硬,固执中带着柔和,一种内心澄明的安详与平静,一种不带理智的超脱"①,她"讲话心平气和,却又固执己见:'我想小孩出世的时候一家人应当守在一起,尤其是生第一个。我相信上帝会想到这一点,会让我们团聚的。'"②但到杰弗生镇之后,她并没有找到伯奇。孩子出生后,伯奇突然出现在她跟前,但几分钟之后,伯奇又撒谎溜走了。她"心甘情愿地有意放他走",只是叹息了一句:"现在我又只好动身了。"③莉娜在生完孩子后,故意放走了突然出现的负心人。林祥福跟莉娜一样,十九岁时,亲人全部亡去。小美也同伯奇一样,忽然出现在林祥福的生活之中,又跟伯奇一样,突然消失。林祥福跟莉娜一样,也几乎是故意放走了小美。我们不排除东西方作家的文学思维具有某种神秘的趋同性,但如此之多的"雷同",最大的可能是:福克纳的文学经验有意无意地影响了余华,参与了林祥福形象的塑造。从人物所承载的意义上,我们也能够看到清晰的"拿来主义"——"莉娜与其说是福克纳塑造的一个人物,不如说是他有意运用的一个非人格化的意味隽永的象征。她从容自在地行进在路上的形象贯穿小说始终,不仅为整个小说构建了一个框架,更暗示了一个以乡村为背景的淳朴人生,那幅'老在行进却没有移动'的'古瓮上的绘画'般的悠然景象,是她坦荡无忧的人生之路的绝妙写照,体现了亘古不变的自然人生。她俨然是大地母亲的化身,负荷身孕的体态象征着大地潜在的蓬勃生机;她以强大的生命力和超然的人格与小说中其他悲剧人物形成强烈的对照,并给他们以人生的启迪。她身上闪现的自然淳朴、宽厚仁爱、坚韧不拔、乐观自在的精神,令人想起福克纳在接受诺贝尔文学奖的演说中所赞美的人类'心灵深处的亘古至今的真情实感、爱情、荣誉、同情、自豪、怜悯之心和牺牲精神'。"④林祥福的性

---

① 福克纳:《八月之光》,蓝仁哲译,上海文艺出版社,2004年,第12页。
② 同上,第14页。
③ 同上,第309页。
④ 李文俊:《福克纳评论集》,张子清译,中国社会科学出版社,1980年,第254页。

格及其所承载的精神内涵,似乎也笼罩在莉娜形象的阴影之中,并没有开拓出新颖而独特的东西。莉娜"内心的澄明与安静""不带理智的超越",是因为她笃信——"上帝准会让好事儿圆满实现的",这种宗教信仰上的支撑,给了她寻找的精神动力。而林祥福的不断行进,固然有对小美的痴情和给孩子找到母亲的执着,以及某种古老理念的隐约驱动,但与莉娜的寻找相比,精神和逻辑上的动力截然不同,也显得明显不足。

小说后半部分的结构和寓意,会让我们不由自主联想到福克纳的另一部长篇《我弥留之际》。福克纳将一个寓言般的主题嵌进《我弥留之际》:开头是将死的艾迪,看着木匠给自己制作棺材,她留下遗嘱——将她的尸体运回娘家的墓地安葬。于是,她的家人们运送着她的灵柩,历尽千辛万苦向杰弗生的墓地行进,一路上遭遇马匹累死,洪水断桥,尸体的臭味和盘旋其上的苍蝇让路人退避三舍,她的丈夫和孩子们表面上履行承诺,实际上却各怀鬼胎。这样的送葬与中世纪时送灵魂去赎罪不无相似之处。《文城》后半部分则有一个大致与《我弥留之际》类似的情节结构。林祥福是木匠,开头给雨雹砸死的家仆田东贵打造棺材,后来他渡黄河、越长江,寻找妻子,生前未能见面,最终灵柩与长眠于西山的妻子相遇;他的家仆田氏四兄弟,将载有林祥福灵柩的棺木,从江南溪镇运往林祥福遥远的黄河北岸的故乡,他们艰难的遭遇与《我弥留之际》也很相似——道路崎岖,遭遇土匪,弟兄四人扛着棺材板车蹚过水沟……《我弥留之际》是美国南方精神死亡的历险记,也是一出堂吉诃德式的各怀鬼胎的滑稽闹剧,在某种意义上,"它是关于人类忍受能力(human endurance)的一个原始的寓言,是整个人类经验的一幅悲喜剧式的图景"[①];《文城》是林祥福这个忠义痴情的北方汉子在江南的传奇历险,也是北方精神在烟雨南方的奇幻穿梭和道德布施。

《我弥留之际》的女主人艾迪与外人无法建立正常的人际关系,即

---

① 李文俊:《"他们在苦熬"(代序)》,见威廉·福克纳《我弥留之际》,李文俊译,上海译文出版社,1995年,第3页。

使婚姻、子女以及婚外恋也没能将她从虚无主义中拯救出来，获得自我价值和人生意义。弥留之际她留下遗嘱，要求将她的遗体送回娘家的墓地安葬——这是她生前设计的对家人的"报复"，小说的情节由此而展开，人物的遭遇也由于履行对她的承诺而引起。希腊神话中，阿伽门农在特洛伊战争之后，经历十一年的流落才回到家中，结果被不忠的妻子和其情夫所杀，《我弥留之际》潜藏着这样一个与之对应的神话结构。履行承诺，恪守诚信，尽心尽孝——这是中西传统文化共通的价值亮点。在《文城》中，余华可能运用了神话原型批评家弗莱所谓的"移位变形"（Displacement）的方法，"按人间的方向来移动神话的位置""按理想化的方向规定内容的固定程式"，①将《我弥留之际》中与阿伽门农对应的神话原型变形为中国式的"南方传奇"，改变了《我弥留之际》的神话对应结构和人类命运寓言，使之更符合中国的道德观念和价值规范，并以神异惊人的灾害书写和血腥残暴的土匪杀戮的渲染，彰显出古老中国仁义忠诚道德精神的可贵。不同的是，《我弥留之际》表现的是艾迪家人在灾难环境下的自私、丑恶、可笑与疯狂，福克纳"惯于把小说中的现实指向历史的传说和古老的神话，建立一种非凡的联系，使读者得到一种超越时空的感受"②。而《文城》则是向中国传统道德中的仁义礼信等致敬，是对林祥福、田氏兄弟、顾益民等人身上的重情、忠诚和道义等进行褒扬。

林祥福死去后，神秘奇异的"南方传奇"本已结束，作者却来一个续貂式的《文城 补》，使得整部作品显得头重脚轻。《文城 补》交代小美和阿强的婚姻生活，强力将已经结束的"南方传奇"拉回现实，如同已经飘入云端的无法掌控的风筝，拉回地面的努力使其线断鸢飞，结果造成文本意图的强烈冲突，效果也如同包饺子一样，之前没有严丝合缝，再捏一遍，下锅必然皮绽馅露。这里并非将《文城》当作《八月之光》与

---

① 弗莱：《批评的解剖》，陈慧等译，百花文艺出版社，2006年，第193页。
② 蓝仁哲：《"谁"弥留之际》，见福克纳《我弥留之际》，蓝仁哲译，译林出版社，2015年，第3—4页。

《我弥留之际》的"副本"。我们知道,"艺术作品是自由的想象构思而成的整体","没有一部作品可以完全归结为外国影响,或视为只对外国产生影响的一个辐射中心"。但是,从"别处获得的原材料",包括小说的情节结构,必须"同化于一个新的结构之中"①,必须创造性地完成"再生",获得一种圆融浑然的有机的生命力。而《文城》似乎是《八月之光》与《我弥留之际》的糅合变形,有着明显的经过移位变形的对应结构,但明显没有消化掉这两部名著,使之化为自己的"血肉",完成属于自己的新的"创造"。

二

《文城》是一部神秘玄幻的"南方传奇"。除了开头林祥福与小美的相遇结合迷离奇幻之外,奇异性的情节和细节搭建起了一个并不稳固的传奇大厦。林祥福在江南的寻找,一直笼罩在迷离的奇异之中。他带着女儿在溪镇附近遭遇龙卷风,乱石飞舞,树木拔地而起,船只被刮到陆地,屋顶被卷到河里,船家跳船逃命,他也跟女儿一度失散。到达溪镇后,溪镇又遭遇了长达十八天的雪灾。溪镇的老百姓在城隍阁祭拜,乞求停降暴雪,"很多跪在空地上祭拜苍天的人冻僵死去了"(第340页),小美和阿强也在此次暴雪中死去。祭拜苍天而不顾惜生命,死去这么多人似乎也不大合乎情理,中国的祭拜仪式固然不乏虔诚者,但这样的殉身祭拜还是未免夸张得失真。小说后半部分写到的土匪酷刑,如"摇电话""拉风箱""压杠子""划鲫鱼""坐快活椅""耕田",以及土匪杀人场景的肆意铺排,猎残炫奇,大多与小说内容并无密切的关系。

我们知道,神话或传奇虽是虚构,但其故事情节,也得合乎逻辑,甚至得用靠近现实主义的方法,使作品获得抽象的文学品位和强烈的艺术幻

---

① 雷内·韦勒克:《比较文学的危机》,见张隆溪编《比较文学译文集》,北京大学出版社,1982年,第24页。

觉。换言之，这类小说必须处理好"真"与"幻"、"平"与"奇"的关系，传奇性非但不能脱离现实性，而且应该寓于现实，与现实统一起来，符合生活的情理和逻辑。这也即金圣叹在评点《水浒传》时提出的传奇性小说必须遵循的律条——"天外飞来"与"当面拾得"、"怪峰飞来"与"眼前景色"的有机统一。传奇性存在于"耳目之内，日用起居"，存在于普通的、平常的生活之中。而"失真之病，起于好奇。知奇之为奇，而不知无奇之所以为奇"[①]。《文城》就是这样，以谲诡幻怪为传奇，且情节荒唐怪异，不合日常生活的情理与逻辑。

　　阿强和小美的家乡在遥远的溪镇（即不存在的"文城"），"出门就遇河，抬脚得用船"，"渡过长江以后还要走六百多里路，那里是江南水乡"（第11页）。林祥福的家在距离溪镇千里之遥的黄河北边，"那里的土地上种植着大片的高粱、玉米和麦子"（第6页）。距离如此遥远，方言的差异应该很大，甚至可能完全无法交流沟通。林祥福、阿强和小美一直固定在生养自己的故土上，小说中没有交代他们是否会讲通行的官话，但小说中写到，阿强、小美到达林祥福家的当晚，三人围坐在煤油灯前，交流沟通无碍，这是否可能呢？即使在普通话得以大力推广的今天，千里之隔的两地上的人们，如果不懂并借助现在的官话——普通话，也是很难交流的。这种差异作者应该考虑到。小美病倒的第二天，阿强说无法带她上路，询问林祥福是否可以收留他的妹妹，待他在京城找到姨夫后再来接她，林祥福点头答应，也过于简单，不太符合常理。林祥福并不清楚小美兄妹的来历，单凭他们兄妹的一番说辞，就能信任他们吗？他们是不是盗贼，染没有染官司，是不是清白等，这些都应该是林祥福的疑虑。我们看到的一些公案传奇和武侠小说，一般都会写到主家对陌生来人投靠落脚的顾虑，《文城》对此却语焉不详，并以这样一段叙述给整个文本设置了一个武侠小说般的悬疑——"这位哥哥走到炕前，再次用林祥福无法听懂的

[①] 叶朗：《中国小说美学》，北京大学出版社，1982年，第101—103页。

飞快话语与妹妹说了几句话，然后背起包袱，撩起长衫跨出院子的门槛，从小路走上了大路，在日出的光芒里向北而去。"（第12—13页）这位哥哥刚走，小美随即康复，如她突如其来的病倒以及天外来客般的出现一样，给人扑朔迷离的印象。

  细节上的不合情理之处，小说中也比比皆是。林祥福五岁时，父亲突然倒地挣扎："父亲在地上挣扎的样子让他咯咯笑个不停，直到母亲奔跑过来跪在地上发出连串惊叫声，他才止住笑声……"（第6页）林祥福此时已近五岁，也非智障儿童，面对痛苦挣扎的父亲，他竟然大笑不止，不大符合一个正常儿童的反应和表现。小说中林祥福与小美一起生活了至少半年之久，竟然没有问过小美的生辰日月和属相八字，因此引起了媒婆的惊诧。按照林祥福的家庭出身以及母亲给予他的教育，这似乎也不大正常。小说前面写到，林祥福的父亲死后，留给儿子四百多亩田地和六间房的宅院，还有一百多册的线装书。母亲饱读诗书，一边织布一边指点他的学业，他"从三字经学到了汉书史记"。在母亲病重期间，他仍"把小桌子和小凳子搬到母亲躺着的炕前，备好笔墨纸砚打开书籍，继续接受母亲的指点"（第7页）。按常理和当时的历史实际，他的母亲应该给他讲过传统婚姻中至为重要的三聘六礼，他也不可能不对三聘六礼有所耳闻。母亲去世前为林祥福的婚事张罗，到附近为儿子相亲，挑挑拣拣十来次，也没有相中满意的姑娘，除了对女方的相貌有所挑剔之外，应该也有生辰八字的考虑。即使就此不论，但凡普通人，一起生活半年甚至更久，也应该问到生辰和属相的。同样还有，一起生活半年之久，小美对村子周围应该有所了解，尤其是庙宇，这是中国农耕社会公共活动的重要平台，也是农村女性寄托精神的一个重要场所，但小说中小美已跟林祥福共同生活了半年以上，竟然还问林祥福附近有没有庙宇，她想去烧香，求菩萨保佑哥哥。林祥福新婚当天去买酒，也不大正常：婚礼这么重要的事情，应该提前就已备好；退一步讲，即使新婚当天，新郎亲自去买酒，但酩酊大醉而归，也不大合常理。小说写到顾益民的三个儿子在大儿子的"培养"下，贪色好嫖,都成了跳杆高手,可谓神奇。但其最小的儿子年仅七岁,就好色成瘾,并能哼着小曲助跑四五米,撑竿跳过小河去嫖妓,就是一味逞奇的荒诞不经了。奇外有奇更无奇。细节的崇尚奇险,搜罗怪异,使得整个小说失去了合理性和真实性。

小说的后半部分一个重要的情节是小美的被休,这也是破绽甚多,不合情理。小美的婆家溪镇距离娘家西里村并不遥远,坐船不过两个时辰,连船家都知道她是织补沈家的媳妇,娘家在西里村,可以说这是一个农耕时代典型的中国熟人社会。当小美的弟弟丢了卖猪的一串铜钱找到小美时,小说写道:

> 她进入沈家八年,没有一文私房钱。小美呆呆听着弟弟翻来覆去的哭诉,觉得他是那么的陌生,她联想到了万亩荡西里村的父母兄弟,觉得他们和眼前这个弟弟一样陌生,他们八年没有音讯,她只是在婚礼那天,看见他们双手插在袖管里鱼贯而入,又双手插在袖管里鱼贯而出。(第257页)

小美嫁到沈家八年,"没有一文私房钱",令人惊奇;但八年间没有回过娘家一次,想不起父母兄弟的面容,就匪夷所思了!在传统中国社会,不管亲家如何鄙视对方,一些表面的礼节往来一般还是有的,小美的婆家和娘家坐船也不过两个时辰,婆家如此失礼,难道不怕街坊邻居指脊背?《红楼梦》里即使嫁到皇宫的元妃,皇帝还让她过些年回家省亲一次呢!接下来的情节发展也不大合理,小美因为接济丢钱的娘家弟弟(数量也不大,不过是铺面两天收入的一部分)而被婆婆下了休书,原因是犯了婆婆恪守的"妇有七去"中的"盗窃"。这"七去"中还有一条更为重要的,"无子"也是要"去"的,这应该是小美的婆婆一类中国妇女最为看重的"妇道"。小美和阿强同床共枕两年没有生育,婆婆没有因此而驱逐小美,却因小美接济了娘家弟弟一笔数量没有多少的日常收入而驱逐儿媳,不但不近人情,也不合情理。小美的婆婆性格古怪,但也并非冷酷无情的一毛不拔的铁公鸡,小美新婚翌日,她不就将自己的银簪子插进儿媳的发髻了吗！仅仅因为一点小钱驱逐儿媳，而不因为没有生育而责怪儿媳，岂不怪哉？

此外，还有一些人物的对话，除了不合情理之外，也写得相当蹩脚。如林祥福渡过黄河时，因为毛驴无法渡河，只得卖掉，他对毛驴说：

> 你跟了我五年，五年来耕田、拉磨、乘人、挽车、驮货，你样样在行。从今以后，你要跟着别人了，这往后的日子你好自为之。（第52页）

这个"好自为之"，让人哭笑不得。

第三十三节，陈耀武被绑票第十一天后，土匪送来了帖子，一夜未眠的李美莲拔下扎在门上的尖刀，回到屋子，小说写道：

> 陈永良看着李美莲手里拿着的纸张和尖刀，悄声问："帖子来啦？"
>
> 李美莲点点头说："来了。"（第100页）

这两句纯属冗余，完全没有必要。陈永良看着纸张和刀，自然明白是什么，即使拙劣的影视作品，遇此情景，也会通过人物神态和面部表情去表现这对夫妻的惊恐和不安吧。

第四十八节旅长的副官李元成看上了林百家，林祥福告知女儿林百家已跟顾益民的儿子顾同年订婚，李元成对林百家说：

> 记住我，李元成，将来你在报纸上看到有个大英雄李元成，必定是我，你若是落难了，就拿着报纸来找我。

这一番话莫名其妙，大英雄报纸是否一定登载不说，拿着登载大英雄的报纸，就能免于危难吗？下来是林百家的反应——"副官说出来的是林百家从未听到过的那种话，她不由笑了笑。"李元成和其舅舅即旅长等一帮人来，耀武扬威，林百家的父亲林祥福"战战兢兢地看着旅长"，林百家却"笑了笑"，实在不太对劲。

《文城　补》第十四节写阿强到小美家，小美的父亲称呼阿强为"女婿大人"，哥哥弟弟称呼阿强为"姐夫大人""妹夫大人"，也不合乎情理。阿强不是读书人，也没有做官，他只不过从事织补，生意也大不到什么地方去，在传统中国社会"士农工商"的格局中，商人的地位并未高到以"大人"称之的地位。岳父一家人称自己的女婿为大人，很难说得过去。

三

  细节是小说最基本的生命单位，"生动的细节—抓住人们的想象力，就能产生一种特别鲜明的色调，即一篇小说给人们的'感受'，而这种'感受'，这种氛围，就是表明小说含义深邃隽永的一种要素"[①]。逼真、细腻、生动的与主体结构有机融合的细节，不但有利于人物的塑造，主题的凸显，同时也增强了小说的生动性和真实感，使得作品产生难以抗拒的艺术魅力。《文城》不乏生动饱满的细节，但也有不少与主题内容无关的细节堆砌，更严重的是，不少看来精致的细节缺乏常识，甚至出现知识性的错误，对文本造成了致命的损伤。《文城》多处写到月亮，其中一些写得也不坏，但个别问题却很大。如小说第八节写到小美再次离开的前夜，晚饭后给林祥福交代平日食用，有这样一段：

  小美没再吱声，林祥福的鼾声一阵一阵响了起来。这是二月最后一个夜晚，月光从窗口照射进来，洒在炕前的地上，从窗口进来的还有丝丝微风，带来残雪湿润的气息。（第26页）

  按常识，我们知道，农历月底最后一天整夜是看不见月亮的。倘按阳历，倒有可能，不过中国采用阳历纪年是在辛亥革命后的次年即1912年，而故事此时的背景是晚清——阿强的姨夫曾在恭亲王的府上做过事，"阿强相信他那有权有势的姨夫能够为他在京城谋得一份差事"（第11页），"小美对阿强说，京城是很大，恭亲王府还是容易找到的，府里也会有人

[①] 克林斯·布鲁克斯、罗伯特·潘·沃伦编著：《小说鉴赏》（双语修订第3版），主万等译，世界图书出版公司，2015年，第51页。

知道姨夫大人"（第290页），并以此理由诓骗林祥福——等到京城谋得差事后，来接生病不能同行的小美。退一步讲，阿强不知道辛亥革命已经爆发，不知道辛亥革命次年已经采用公元纪年，而捆绑在土地上的林祥福和未离开江南乡下的小美却以公元纪年，不也匪夷所思吗？实际上，这是故事的叙述者缺乏常识。同样的还有林祥福女儿林百家的年龄。林百家十二岁时跟顾益民十五岁的儿子顾同年订婚，不久，溪镇附近沈店的北洋军跟国民革命军交火。我们知道，国民革命军同北洋军交火应该在北伐战争时期，发生在1926年到1927年。此时林百家十二岁，那么她应该出生在1914年到1915年。而小说前面交代，小美跟林祥福相遇，清朝还没有灭亡，她跟阿强还谋划着通过恭亲王府上的姨夫在京城找一份差事，半年后，弃林祥福而去的小美因为怀有林祥福的孩子，又重新归来，时间最多也不过清朝灭亡的1911年或者1912年，那么，林百家订婚时应该是十六岁或者十五岁，这时间才能合榫。这是作者的疏忽呢，还是缺乏历史常识？

《文城 补》第十七节写阿强带着小美跑到上海，两人体验了一下现代都市的先进和文明。小美接触了电灯，在静安寺看了电车，在大世界游乐场看到了哈哈镜。初看起来，这似乎没有什么问题，但稍微了解上海历史的人就会发现，这明显是时空错乱：1908年，上海首次试行有轨电车，而大世界游乐场，1917年的法国国庆节，才在上海法租界盛大开幕。小说故事发生时间，与有轨电车出现的时间比较接近，但绝对不可能去大世界游乐场看哈哈镜，因为那时候大世界游乐场还没有诞生。如果有轨电车和大世界游乐场同时出现，与小说的时间与情节完全冲突，因为当时小美和阿强还幻想着去找在恭王府做事的姨夫谋差事——清朝灭亡六七年，阿强和小美不可能不知道。假设小美和阿强是大世界游乐场开幕时的第一批游客，那么小美后来和林祥福所生的女儿林百家在北伐战争时，也明显小于十二岁。

我们知道，小说是虚构的叙事文体，即使虚构地指向现实的传奇，人物的性情、面目、言语、行为也有其不得度越的生理的物理的以及历史的限制,一旦不服膺这一个法度,小说的现实关涉功能就会完全溃败。《文城》细节存在的问题和硬伤,如同一只白蚁,蛀毁了整个文本的真实性和可信度,使得整个故事如同沙上之屋,摇摇欲坠。略萨说:"如果我们给已经写出的小说(它只有讲明的素材)一种引申为圆桶,即小说整体的形式,那么选定这一物体的特有外表就构成了一个小说家的独特性,即他自己的世界。"这种"小说整体的形式"即"圆桶"应该趋于"完美"——"整个故事不省略任何一个细节,一个人物的表情和动作,有助于理解人物的物体和空间、处境、思想、推测、文化、道德、政治、地理和社会的坐标,如果没有这些东西,就会出现某种失衡,就会难以理解书中的故事。"[①]当然,没有任何一部小说完美无缺,但如果"某种失衡"程度严重的话,无疑会导致文本世界出现裂缝甚至坍塌。在《文城》中,我们可以明显地看到余华这种趋于"完美"的愿望和努力,但他的知识学养和早已固化的知识结构造成的限制,不但没有突破,而且带来适得其反的效果。

结　　语

从人物形象来说,《文城》中林祥福、小美、陈永良、顾益民、田大等形象迥异于余华之前的小说人物,具有神秘性和传奇性;就精神蕴含而言,林祥福的痴情执着与坚韧不拔,小美的哀婉凄惨与忍辱负重,陈永良、顾益民、田大等的仁义诚信与立己达人,林祥福与田大及其兄弟之间感人的主仆关系,林祥福与陈永良因做木工而缔结的动人友谊,都可谓我们传统道德价值中最温馨、最美好的部分,不乏感人之处。也可以看出,作者是带着真诚的感动和凭吊的温情来塑造人物,来追挽传统道德与伦理中的这些精粹的。

[①] 巴尔加斯·略萨:《谎言中的真实》,赵德明译,云南人民出版社,1997年,第287页。

然而，从叙事的角度来看，整部作品却是失败的。《文城》的故事虽不乏感动，但陈旧老套，人物性格缺乏深度；叙事简洁流畅，但关键转捩之处疑窦丛生，逻辑上经不起推敲；景物描写细腻生动，但多处与情节无关，显得冗赘多余；小说前半部分情节进展缓慢，到第100页才出现清晰的历史背景，后半部分情节炫奇逞暴，基本上是土匪绑票与筹钱赎人，融汇了先锋时代余华的"迷宫"与"残酷"；结构松散甚至脱节，头重脚轻，似乎杂糅了福克纳的《八月之光》和《在我弥留之际》的情节结构，是一个福克纳"南方传奇"的中国版。我们毫不怀疑作者感情的真挚，但这一南方传奇演绎得实在缥缈玄幻。如果我们将《文城》当作严肃文学来读，不能不说太俗；当作通俗文学来读，又不能不说有点雅。可以说，这是一部游走在严肃文学与通俗文学之间的纰漏甚多的"南方传奇"。

原载《粤港澳大湾区文学评论》2021年第5期

《剑桥中国文学史》"1841—1949"部分错疏举隅

孙康宜和宇文所安主编的《剑桥中国文学史》中文版[①]问世以来,在学术界引起广泛关注和强烈反响。赞誉者掎裳联袂,商兑者亦不乏其人,就其贡献和遗憾均有肯定和检讨。遗憾的是都集中在古代文学部分,近现代部分(《剑桥史》将1841—1949年划为现代)几无涉及。限于也止于本人所学,仅就《剑桥史》"1841—1949"部分存在的错误、纰漏以及问题胪列并作讨论。

一、史实上的错误和疏漏

无论著何种史,史实的准确可谓基础。错误成堆、纰漏百出,首先会给读者传递错误的知识,贻害于人;其次,往往使观点、推断等受到很大的影响,牵涉到所著史书的质量;再次,这也是学术态度的问题。就《剑桥史》"1841—1949"部分而言,错误和疏漏确实不少,主要举例如下(反复出现或相近的问题归为一条,楷体字为原文,宋体字为笔者愚见):

(一)1841年仲夏,学者、诗人龚自珍暴卒于江苏当阳书院。(第465页)

[①] 孙康宜、宇文所安主编:《剑桥中国文学史》,生活·读书·新知三联书店,2013年。以下该书简称《剑桥史》,本文只讨论下卷,引文凡出自本卷,只在相应位置标注页码。

龚自珍卒于1841年9月26日，农历八月十二，时维仲秋，而不是"仲夏"。卒地是江苏丹阳云阳书院（亦称"丹阳书院"）①，而不是当阳书院，当阳书院在湖北，亦名玉阳书院。

（二）梁启超（1873—1929），二十世纪之初文学革命的领军人物，曾经形容自己一度被龚自珍的诗作震撼，初读若"受电然"；然而，再读则"厌其浅薄"。……龚自珍或许预料到梁启超日后对他的批判，辩称自己的诗歌简单易读，甚至在思如泉涌、不可抑制之时，依然保持这一特点。（第466页）

梁启超在《清代学术概论》中说："自珍性跌宕，不检细行，颇似法之卢骚；喜为要眇之思，其文辞俶诡连犿，当时之人弗善也。……晚清思想之解放，自珍确与有功焉。光绪间所谓新学家者，大率人人皆经过崇拜龚氏之一时期。初读《定庵文集》，若受电然，稍进乃厌其浅薄。然今文学派之开拓，实自龚氏。"②梁启超此处主要论"今文学派"，而非龚定庵之诗作。至于"龚自珍或许预料到梁启超日后对他的批判"的后见之明，纯属臆测。后文提到龚自珍的《赋忧患》一诗，又误之为"文"。（第486页）在征引龚自珍的"九州生气恃风雷"的时候，又误写为"九州风气恃风雷"。（第618页）

（三）在第一次鸦片战争前夕，他已经作诗宣扬末世论调："秋心如海复如潮，惟有秋魂不可招。"（第467页）

"秋心如海复如潮，惟有秋魂不可招"出自龚自珍《秋心三首·其一》，这三首诗作于道光六年（1826），谓之"第一次鸦片战争前夕"亦无不可，但谓其"宣扬末世论调"却不妥当。此年三月，龚自珍第五次参加会试，名落孙山。次年龚好友谢阶树、陈沆、程同文等相继离世，其心情之坏，甚于三年前写《夜坐》时。《秋心三首》伤己悼友，凄凉落寞，既有痛苦与执着，亦有希望和幻灭。云其"宣扬末世论调"，未必也。再

---

① 郭延礼：《龚自珍年谱》，齐鲁书社，1987年，第221页。
② 梁启超、章太炎、朱自清：《三大师谈国学》，上海三联书店，2007年，第82—83页。

则,原句为"但有秋魂不可招",而非"惟有秋魂不可招"。①

(四)1877年,黄遵宪的一次重要职务变动对他后来的诗学观念造成了直接影响。他不再从传统仕途中谋求升迁,而是接受了一个外交官职位的礼聘。在此后的二十余年时间,他遍游美洲、欧洲和亚洲多国。

他提出,"诗之外有事""诗之中有人",这恰恰阐释了他为自己的主要诗集取名《人境庐诗草》(1911)之个中缘由。(第471页)

据黄遵宪年谱,"八月,先生中式顺天乡试第一百四十一名举人。旋入赀为知府,以五品衔拣选知县用"②。同年十二月,列入派往日本使馆的成员名单中,为参赞官。其做外交官,走的是传统的仕途,而且是"入赀",即纳钱财获得功名,而非"礼聘"。此外,黄遵宪海外使节时期为1877—1894年,非"二十余年"。

"诗外有事,诗中有人"是黄遵宪1902年《致梁启超书》中提出的诗学理想,非"诗之外有事""诗之中有人"。《人境庐诗草》至1902年始定稿,终未刊印。1905年黄遵宪逝世,其侄伯叔将《人境庐诗草》稿本并印费交与黄的知交梁启超代为付印。梁于1911年付印于日本,凡十一卷,分装四册,共收诗六百四十一首,为黄的最后手定本。③《剑桥史》所叙,让人误以为黄遵宪自己在1911年印行了《人境庐诗草》。

(五)"桐城三祖"戴名世(1653—1713)、方苞(1668—1749)、刘大櫆(1697—1780),都是安徽桐城人,自幼即被目为神童。(第472页)

"桐城三祖"为方苞、刘大櫆、姚鼐,学界已为惯常。方苞以"义

---

① 参见郭延礼:《龚自珍年谱》,齐鲁书社,1987年,第114页;龚自珍著、孙钦善选注:《龚自珍诗文选》,人民文学出版社,1991年,第95—96页。
② 吴天任编著:《清黄公度先生遵宪年谱》,商务印书馆,1985年,第25页。
③ 吴天任:《黄公度先生传稿》,香港中文大学出版社,1972年,第497页。

法说"、刘大櫆以"神气说"、姚鼐以阳刚阴柔与神理气味格律声色说,共同奠定了桐城派散文的理论基础。三祖之说,盖源于方东树《昭昧詹言》:"愚尝论方刘姚三家,各得才学识之一,望溪之学,海峰之才,惜翁之识,使能合之,则直与韩欧并辔矣。"① 另,对戴名世是否为桐城派创始人,学界一直存在争论。窃以为,戴名世与方苞同为桐城籍,两人有密切往来,文学、学术观念相近,戴对方也有深刻影响。但不可忽略的有两点:第一,戴名世死后,桐城派方形成;第二,戴名世有强烈的反清意识,与桐城派对比鲜明。②

(六)然而实际原因应该是,这部著作(《海上花列传》)在过去从未被视为狭邪小说。(第480页)

《海上花列传》被归为狭邪小说,是从鲁迅的《中国小说史略》开始的。其二十六章"清之狭邪小说"有专论。

(七)晚清侠义公案小说发端于俞万春(1794—1849)的《荡寇志》(1853)。(第482页)

在《荡寇志》(1853)之前,尚有《儿女英雄传》。《儿女英雄传》初名《金玉缘》,又名《日下新书》,后改名《正眼法藏五十三参》。后经东海吾了翁重订,题曰《儿女英雄传评话》,共四十回,成书于道光二十九年(1849年)。

(八)1906年,启蒙戏剧社成立,著名作家吴趼人的历史小说被改编为京剧脚本。(第495页)

中国近代第一个话剧社为春柳社,1906年底由在日本学习的李叔同(息霜)、曾孝谷组建,先后加入者有欧阳予倩、吴我尊、陆镜若等人。启蒙戏剧社查无其名,或《剑桥史》另有所据。

(九)其中四种最为出名:《新小说》(1902—1906),《绣像小说》(1903—1906),《小说月报》(1906—1908)和

---

① 转引自朱东润:《中国文学批评史大纲》,上海古籍出版社,2001年,第344页。
② 参见曾光光:《戴名世与桐城派关系辨析》,载《安徽史学》2008年第5期。

《小说林》（1907—1908）。（第497页）

上文说的是晚清四种最出名的小说杂志。晚清最著名的四种小说杂志，学术界一般认为是《新小说》《绣像小说》《月月小说》和《小说林》。《小说月报》晚出，也非最著名者。另，《小说月报》的创刊和停刊日期均错误。《小说月报》1910年7月创刊，上海小说月报社（创刊时是上海商务印书馆出版）印行，1931年12月停刊，共出版二十二卷。

（十）他最负盛名的作品《二十年目睹之怪现状》，自1903年在梁启超的《新小说》上甫一连载，立即受到读者欢迎。连载至1910年全书完成，共计一百零八回，是当时最受瞩目与称道的小说。（第500页）

《二十年目睹之怪现状》并非在《新小说》杂志连载完。其1903年至1906年连载于《新小说》杂志，刊至四十五回，《新小说》杂志停刊。后广智书局出版单行本，分八册，至1910年出齐，共一百零八回。

（十一）刘鹗的《老残游记》（1906）是晚清最为著名的小说之一。（第501页）

《老残游记》的连载出版比较复杂，并非1906年完成。其1903年始刊于《绣像小说》，至十三回中断。后重刊于《天津日日新闻》，并续至二十回，1907年该报又发表其二集九回。1906年，其初集单行本出版。1935年，其二集六回本印行。

（十二）曾朴的《孽海花》（1907）取材于赛金花（小说中称为傅彩云）。（第502页）

《孽海花》的成书比较复杂，非1907年完成。小说的前六回由金松岑完成，1903年在《江苏》杂志第八期刊出前两回。后金松岑"以小说非余所喜"，请曾朴续写。曾朴在前六回的基础上续写，于1905年完成并出版前二十回，1907年又在《小说林》杂志发表二十一至二十五回。迟至1927年，曾朴又完成了后十回。1931年，三十回本由真善美书店出版。1959年，中华书局出版三十五回本。《剑桥史》既然要标明时间，就要对成书过程予以介绍，否则会误导读者。

（十三）民国初年，文坛突然出现一股以骈文写作小说的热潮。

《玉梨魂》的极度流行不仅是因为上述爱情故事复杂的主旨。小说用优美的骈体文写就，让爱情以既熟悉又陌生的面貌打动读者。（第511页）

如《玉梨魂》《断鸿零雁记》也以辞藻华丽的骈文写成。或许只有通过古典叙述模式，这名孤独的僧人方得以传达他的深切悲伤，确认自我存在的真实意义。古文因其紧凑质朴，寓意深远，显然是漫无方向的一代文人传达情绪的合适媒介。（第512页）

骈文实际上是民国初年的官方文体。1915年，孙中山发起讨伐袁世凯的二次革命时，其宣言就是用优雅的古文写成的。（第515页）

民国初年出现了旧派言情小说热，其写到婚恋悲情，都是"骈四俪六，刻翠雕红"，但叙述也用散文，很难说其是骈文写成，而是骈散结合的文体，在旧体诗文中融入新东西，让读者感到既熟悉又新奇。《剑桥史》中一会说其是骈文，一会说其是古文，令人不知所云。骈文因其字句皆成对偶而得名，以四字六字与四字六字相对为基本句法者，又称四六文。古文常指除赋、骈文等有韵之文外的古代散文，不讲究押韵、对偶，句法灵活，长短不一。至于说骈文是民国初年的官方文体，更是无稽之言。民国初年的官方文体是文言文，即一般意义上的古文。《剑桥史》将骈文和古文混为一谈，全书多处滥用。

（十四）桐城派呼吁信、达、雅，促进了"古文体"，中和了繁琐复杂的"时文"，因此为新写作方式的兴起开辟了道路。（第516页）

信、达、雅是严复提出的翻译标准。严复虽为桐城派，但信、达、雅是否成为桐城派的共识颇值得怀疑。另，严复《天演论》之后的译作摒弃了意译而以直译为主,刻意模仿先秦文体,愈来愈艰涩难懂,说其"中和了繁琐复杂的'时文',因此为新写作方式的兴起开辟了道路"并不符合史实。

(十五)研究者常常把五四运动视作中国迈向现代化途中的一大转折点。这一场在全国范围内兴起的文化政治运动,始于1919年5月4日,针对第一次世界大战后退让畏缩的国际政策,呼吁自力更生。(第462页)

爱国抗议活动迅速席卷所有主要城市,并发展为一场全国性的运动,强烈呼吁社会政治改革和文化革新。文学一向被视为思想改革的关键因素,文学革命于是成为此次运动的主要目标。(第517页)

关于五四运动的传统叙述,一般始于1915年。当时,康奈尔大学的一群中国学生,就文学改革中语言活力的问题展开了一系列辩论。在辩论的高潮阶段,当时主修哲学专业的胡适抛出了"文学革命"的观点。(第518页)

众所周知,广义的五四新文化运动包括三个层面的内容(即"大五四"),即1915年开始的思想革命,1917年开始的文学革命,1919年开始的五四学生爱国运动(也谓之"小五四")。学界很少有人将1919年发生的五四学生爱国运动作为五四运动的起点,《剑桥史》一会说是1919年,一会说是1915年,颇为混乱。其甚至认为,学生爱国抗议活动引发了"社会政治改革和文化革新","文学革命于是成为此次运动的主要目标",这与史实不符。"社会政治改革和文化革新"和"文学革命"早在学生爱国运动之前就开始了。

1915年夏,胡适与任鸿隽、陈衡哲、赵元任等在康奈尔大学就白话文与文言文展开争论,彼时胡适为康奈尔大学文学院学生。同年9月,胡适进入哥伦比亚大学哲学系学习。《剑桥史》所述让人误以为胡适1915年在康奈尔大学时已主修哲学。

(十六)1916年,在写给陈独秀(1879—1942)的信件中,胡适提到建立新文学的基本步骤需从八事入手：一曰不用典，二曰不用套语，三曰不讲对仗，四曰不避俗字俗语，五曰须讲求文法结构，六曰不作无病之呻吟，七曰不摹仿古人，语语须有个我在，八曰须言之有物。（第519页）

胡适在1916年8月19日致朱经农的信中完整提出了"八事"主张。同年8月21日，胡适将"八事"的内容重抄寄给陈独秀，言"年来思虑观察所得。以为今日欲言文学革命"。陈将信函直接刊载在当年10月1日的《新青年》2卷2号通信栏目上。《剑桥史》所引"八事"，即出此处，但不完整，第三条应为"不讲对仗（文当废骈，诗当废律）"，第四条应为"不避俗字俗语（不妨以白话做诗词）"。胡适说，前五条"为形式的方面"，后三条"为精神（内容）的方面"。胡在致陈独秀信一月后，写成《文学改良刍议》，一份刊于《留美学生季报》，一份刊于《新青年》。《文学改良刍议》中言："吾以为今日而言文学改良，须从八事入手。八事者何？一曰，须言之有物。二曰，不摹仿古人。三曰，须讲求文法。四曰，不作无病之呻吟。五曰，务去滥调套语。六曰，不用典。七曰，不讲对仗。八曰，不避俗字俗语。"我们可以看到："从'欲言文学革命'的八事，到文学改良的八事，对排列顺序做了较大的更改。从形式和精神两方面分而列之，变成现今留给文学史的有些散乱而看似无逻辑的'八事'，且把'精神上之革命'的内容和陈独秀提出异议的内容全部提前。"[①]胡适的《文学改良刍议》在致陈独秀信的基础上作了重大调整和删改，在《新青年》上发表之后产生了广泛而深刻的影响。引内容差异甚大、尚未修改且反响不大的致陈独秀信函，并不妥当，且也无人以胡适致陈独秀信函中所提的"八事"作为文学革命的立论基础。

（十七）　激进知识分子陈独秀接续胡适之说，在1919年2月号的《新青年》中提出了文学革命的三个原则：推倒雕琢的阿谀

---

① 庄莹：《〈文学改良刍议〉"八事"考》，载《山花》2010年第18期。

的贵族文学,建设平易的抒情的百姓文学;推倒陈腐的铺张的古典文学,建设新鲜的立诚的写实文学;推倒迂晦的艰涩的山林文学,建设明了的通俗的社会文学。(第519页)

陈独秀的《文学革命论》一文刊载在《新青年》1917年2月的2卷6号上,而非1919年。他提出建设平易的抒情的"国民文学",而非"百姓文学"。

(十八)与此同时,胡适发表了《建设的文学革命论》一文,宣扬以"国语的文学,文学的国语"为宗旨。在此文中,他明确提出了文学革命的两个目标,即语言俗语化和文学俗语化。1921年,教育部确立白话文为初级教育的官方语言,文学革命实现了它的第一个目标。(第519页)

胡适《建设的文学革命论》主张言、文一致的国语,即以白话文作为国语文学的载体,替代以往言、文脱节的历史状况。《剑桥史》所谓的"即语言俗语化和文学俗语化"不知何谓也。1920年1月,北京政府教育部正式以公文下令国民学校的国文科改为国语科,并废止原来的文言教科书,而非《剑桥史》中所说的1921年。

(十九)1921年,以梅光迪(1890—1945)、吴宓(1894—1978)、胡先骕(1894—1968)为首的南京学者创办了《学衡》杂志。……他们的杂志旨在"昌明国粹、融化新知""以中正之眼光,行批评之职事"。这些观点不过是晚清盛行的"中学为体西学为用"口号的复苏。(第522页)

《学衡》杂志正式出版于1922年1月,而非1921年(第612页也写成1921年)。这倒在其次,《剑桥史》对其评价更是简单臆断。其认为学衡派的"昌明国粹、融化新知",以及"以中正之眼光,行批评之职事","不过是晚清盛行的'中学为体西学为用'口号的复苏",这何其简单也。"中学为体"主张以中国纲常名教作为决定国家社会命运的根基,"西学为用"主张采用西方国家的近代科技,效仿其在军事、工业、教育、法律、税赋等方面的做法。学衡派作为文化守成主义者,并不拒绝吸纳西方在道德、伦理、文学方面的成就。他们主张依靠伦理道德凝聚中国,是新文化运动主张的启蒙理性的反拨,对新文化运动偏激的某些方面进行了中肯的批评,是一种相对稳健的文化选择。这和主张"中学为体、西学为用"的洋务派的历史语境和内在本质完全不同。紧接着,《剑桥史》又说学衡派成员"身为启蒙知识分子",前后矛盾,令人不知所云。

(二十)批评家们指出,鲁迅或许受到了果戈理同题小说及其他国外作品的启发。同样重要的是,鲁迅笔下的狂人也有中国本土的文化血缘,他的形象可以追溯至屈原的《离骚》、庄子笔下的孤僻隐士,以及六朝时期放荡不羁的名士狂人。(第524页)

无论鲁迅在国民性这一问题中如何雄辩滔滔,他仍对一个人生领域态度暧昧,即解放中的爱情和情色。当然,他并非没有意识到传统社会中对于性的压制所造成的后果,他本人就是一桩传统包办婚姻的牺牲品。(第524—525页)

鲁迅在《我怎么做起小说来?》中公开承认自己与果戈理在艺术上的关联,并非批评家的发现。至于说狂人的形象"可以追溯至屈原的《离骚》、庄子笔下的孤僻隐士,以及六朝时期放荡不羁的名士狂人"也是风马牛不相及。

"无论鲁迅在国民性这一问题中如何雄辩滔滔,他仍对一个人生领域态度暧昧,即解放中的爱情和情色"这句,颇有揭鲁迅短之意,但也是纯属臆断。鲁迅的传统婚姻和新式爱情并不意味着他对爱情和情色"态度暧昧",他的《我之节烈观》《娜拉走后怎样》《我们怎样做父亲》《男人的进化》等杂文,小说《伤逝》,以及书信、日记都清楚地阐述了自己对爱情和情色的看法。

(二十一)《死水》的前两节写道:
也许铜的要绿成翡翠,
铁罐上锈出几瓣桃花;

> 再让油腻织一层罗绮,
>
> 霉菌给他蒸出云霞。

对于熟知古诗格律的读者而言,闻一多的九言诗行造成了音节上的灵活和结构上的变化。(第533页)

最后一句原文是"霉菌给他蒸出些云霞",少了一个字,就成了八个字,不工整了。即使"熟知古诗格律的读者",恐怕也难以体悟到这首诗所实践的"新格律诗"主张。闻一多在《诗的格律》中提出"诗的实力不独包括音乐的美(音节),绘画的美(辞藻),并且还有建筑的美(节的匀称和句的均齐)",这几句成功地实现了音节美、绘画美和建筑美的"三美"主张,非"音节上的灵活和结构上的变化"所能涵盖。

(二十二)较之其他鸳蝴派小说作者,向恺然和李寿民受到革命思想批评家更为猛烈的批评。(第542页)

在此节所论的"鸳鸯蝴蝶派"中(第537—542页),几乎包括了清末民初的所有通俗小说。"鸳鸯蝴蝶派"是一个充满争议的文学流派,一般认为,"鸳鸯蝴蝶派"指的是清末民初专写才子佳人题材的文学派别,因常用"卅六鸳鸯同命鸟、一双蝴蝶可怜虫"而得名。其主要作家有包天笑、徐枕亚、周瘦鹃、李涵秋、李定夷等。一些学者为避免"鸳鸯蝴蝶派"扩大化,将张恨水等人的社会言情小说归入通俗文学来论述。至于向恺然和李寿民的武侠小说,学界几乎无人将其纳入"鸳鸯蝴蝶"一派,此点深值商榷。另外,《剑桥史》不用大家耳熟能详的向恺然和李寿民的笔名平江不肖生和还珠楼主,也极为不妥。这两位武侠小说家以笔名发表作品,读者接受和熟知的也是笔名,《剑桥史》从头到尾未提两人笔名平江不肖生和还珠楼主,令读者如坠云雾。

(二十三)茅盾(1896—1981)于1921年加入共产党,写下了《大转变何时来呢》(1925)一文,批评社会现状已经到了奄奄一息、濒临灭亡的地步。(第543页)

茅盾的《"大转变时期"何时来呢?》发表于1923年12月31日《文

学》周报第103期,而非1925年。

（二十四）戏剧方面,年轻剧作家曹禺（1910—1996）的作品《雷雨》（1933）1934年在山东济南上演,引发轰动。接下来的两年中,此剧在上海、南京甚至东京频繁演出。（第556页）

关于《雷雨》的演出,学术界通常认为,中国留日学生1935年4月27—29日以中华话剧同好会的名义在东京神田一桥讲堂举行的公演为首演。当时,日本两位关注中国文坛的青年学者武田泰淳和竹内好读过剧本后深为感动,便去找到中国留日学生杜宣。他们在讨论中一致认为《雷雨》"是戏剧创作上的巨大收获",决定把它搬上舞台。于是,1935年4月27日、28日、29日,《雷雨》以中华话剧同好会的名义,在东京神田一桥讲堂首次与世人见面,导演为吴天、刘汝醴和杜宣。[1]1993年,刘克蔚先生经过"多方寻觅史料和反复考证",又提出"《雷雨》首演不是1935年4月在日本东京,而是1934年12月2日在浙江省上虞县的春晖中学"[2]。时至今日,尚无《雷雨》在山东济南上演引发轰动,接下来两年在上海、南京和东京频繁上演的说法。恰恰相反,《雷雨》是在日本东京演出引起了巨大轰动,墙外开花墙内红,进而才在中国引起巨大反响的。

（二十五）1926年,年轻的台湾人刘呐鸥（1900—1940）来到上海,进入震旦大学学习法语。……这些年轻的现代派作家将自己的风格称为新感觉派。（第576页）

刘呐鸥1905年出生于台湾台南县,而非1900年。新感觉派也并非这些现代派作家的自我命名,而是出自楼适夷的《施蛰存的新感觉主义——读了〈在巴黎大戏院〉与〈魔道〉之后》（1931年10月《文艺新闻》第33期）一文,但施蛰存始终不承认这一命名。

（二十六）京派作家和海派一样是一个松散的文学团体,涵

---

[1] 田本相:《曹禺传》,北京十月文艺出版社,1988年,第160页。
[2] 刘克蔚:《〈雷雨〉国内首演钩沉》,见田本相、董建主编《中国话剧研究》第7辑,文化艺术出版社,1993年,第120页。

括了不同风格的作家如巴金、卞之琳、老舍、林语堂、凌叔华、沈从文、周作人、萧乾（1910—1999）和林庚。（第580页）

京派虽是松散的文学团体，但有大致的文学观念：在态度倾向上，他们的作品注重与人生的紧密联系，关注平民世界，反对作品的商业化，远离左翼文学和政治斗争；在艺术上，主张个人化和个性化的创作，追求情感的内敛、理性的节制与平静肃穆的艺术境界。巴金和老舍的创作，就作品内容和艺术风格而言，同京派并无多大联系。学术界也从未有巴金和老舍属于京派的提法。至于老舍的"京味小说"，同京派也是完全不同的两个概念。

（二十七）同时，鲁迅和胞弟周作人合作翻译、出版了多部东欧小说，以图唤醒中国大众。（第523页）

鲁迅和周作人出版了两部《域外小说集》，悄然宣告了一种严肃而忠实的外国文学的硬译方式。1909年3月和7月，这两本书在两兄弟求学的东京仅各印了一千五百册。在东京和上海两地共售出区区二十余册。……它对翻译的力量郑重其事，将其作为一种减轻他国被压迫人民的不公和苦难的方式。（第593页）

以上两段论述，前矛后盾。前面说鲁迅和周作人合作翻译、出版了"多部"小说，后面文说是"两部"。《域外小说集》售出的册数，也与事实不符。鲁迅在《域外小说集·序言》中说："半年过去了，先在就近的东京寄售处结了账。计第一册卖去了二十一本，第二册是二十本，以后可再也没有人买了。……于上海，是至今还没有详细知道。听说也不过卖出了二十册上下，以后再没有人买了。"按鲁迅提供的数字，在东京和上海最少售出了六十册，而非《剑桥史》所说的"在东京和上海两地共售出区区二十余册"。"它对翻译的力量郑重其事，将其作为一种减轻他国被压迫人民的不公和苦难的方式"也颇扞格。

（二十八）共产党有着自己的文学根据地延安，最为著名的是1942年毛泽东在文艺座谈会上宣讲他的文艺政策。同时，几乎所有信仰各异的作家都加入了中华全国文艺界抗敌协会,这是一个老舍任主席的无党派爱国组织。抗敌协会推动反日作品的创作,组织战地访问团,并提倡报告文学等文类。1945年日本投降之后,战前活跃在上海的著名作家,仍然返回上海。抗敌协会更名为中华全国文艺界协会,仍然代表着全国的无党派作家。1949年共产党接管上海之后,它便不复存在了。(第607页)

"文协"成立于1938年3月,很难说同1942年毛泽东在延安文艺座谈会上的讲话"同时"。老舍任中华全国文艺界抗敌协会的总务主任,而非主席。言"抗敌协会更名为中华全国文艺界协会,仍然代表着全国的无党派作家",很难成立。因为更名之前,"文协"成员中既有共产党员,有国民党员,也有民主党派和无党派人士。更名之后,也有共产党员作家。另外,中华全国文艺界协会的不复存在,同1949年共产党接管上海也无因果关系。

(二十九)1927年6月2日王国维自沉于北京颐和园。他留有遗书:"五十之年,只欠一死。经此事变,义无再辱。"(第615页)

王国维遗书上是"经此世变"而非"经此事变"。再则,王国维选择1927年6月2日自杀,因为这一天为旧历端午节,效仿屈原也。这点须指出,否则就无法显现出王国维选择的自杀日期中的文化隐含。

(三十)陈三立(1859—1937)是清末民初宋诗派的领衔人物之一,被誉为现代中国最后一位才华横溢的诗人。1937年反抗日本入侵之际,陈三立忧愤绝食而死。陈早年对维新充满热情,但在认清民国现实之后,他宁可成为"神州袖手人"。然而这一位旧派诗人为了他宁愿袖手旁观的新中国而身亡。(第616页)

陈三立1853年九月二十一日(公历10月23日)出生于江西义宁,而非1859年[①]。"被誉为现代中国最后一位才华横溢的诗人"不知出自何处。陈衍《石遗室诗话续编》以为:"五十年来,惟吾友陈散原称雄海内",称

---

① 马卫中、董俊钰:《陈三立年谱》,苏州大学出版社,2010年,第6页。

"现代中国最后一位才华横溢的诗人"未必妥当。所引"神州袖手人",出自陈三立1895年所作《高观亭春望》:"脚底花明江汉春,楼船去尽水鳞鳞。凭栏一片风云气,来作神州袖手人。"其时尚未到民国。再说,"来作神州袖手人"完全是愤激之辞,他若是只顾自己的自了汉,岂会因日寇侵略而绝食而亡。另,不知"新中国"何指,此句亦不通。

(三十一)根据1946年2月南京政府军事法庭的数据,三百四十万的中国百姓被杀害,远东国际军事法庭的数据是二十万。(第620页)

上文说的是南京大屠杀。经1946年2月南京军事法庭查证:日军在南京集体大屠杀二十八案,死者十九万人,零散屠杀八百五十八案,死者十五万人,合计三十四万。由于对战犯的审讯是在八年后进行的,再加之许多事实法庭难以短时间查实,如成千上万的人被枪杀后又被浇上汽油焚烧,尸骸被抛入长江,许多活埋的秘密地点尚未被发现,因此到底有多少南京居民被屠杀,难以统计,三十四万只是粗略的统计。《剑桥史》所说的"三百四十万",不知是笔误,还是另有所据。

(三十二)根据1939年的自传文章《天才梦》,她三岁就能背诵唐诗,七岁写第一篇小说,八岁开始创作第一部长篇小说。(第643页)

张爱玲在《天才梦》中说:"八岁那年,我尝试过一篇类似乌托邦的小说,题名快乐村。"张并未说这是长篇,而且说后来兴趣转移,写小说的练习簿成了绘画本。按照《剑桥史》的叙述,张俨如神童,八岁就开始创作第一部长篇小说,这部小说似乎也最终完成了。这种"嘉言耸听",误导读者。

(三十三)1955年张爱玲离开上海,移居香港,1952年远走美国。(第645页)

张爱玲是1952年离开上海移居到香港,1955年远走美国的。

(三十四)以延安作为中心的文艺活动,遍及山西、河北、察哈尔、热河、辽宁等省的乡村地区。他们统称为"三边":晋(山西东北部),察(察哈尔西南部),冀(热河南部和河北大部分)。……新诗和传统歌谣多发表在《大众文艺》《新诗歌》《诗建设》《诗战线》等杂志上,主要撰稿人被合称为"晋察冀诗派"。(第649页)

现代"三边"通常是指抗日战争时期陕甘宁边区的行政区分,为原安边、定边、靖边三县的合称,《剑桥史》这样的命名不知道是因为地理知识上的缺乏,将陕甘宁的"三边"和晋察冀混淆,还是故意为之。但无论如何,这样的命名并不妥当,会对读者产生误导。

(三十五)这首(指《王贵与李香香》)近一千行的叙事诗采用的是陕西北部的歌谣形式"信天游":以两行为单位,第一行的意象通常是一个明喻或者隐喻,第二行揭示比喻的喻旨。(第649页)

对信天游所用的艺术手法,此介绍是完全错误的。信天游两行一节,节与节之间可以自由换韵,音节大体一致,末行押韵,节奏感强。作为抒情的民歌体,其以善于运用比兴手法而著名。比兴是中国文学中独有的修辞方式,"先言他物以引起所咏之辞也"。前一句中的"比",先言相关的事物以引起联想,引起"兴"味,形成美好的氛围,后一句落到叙述和歌咏的主体。这同明喻或者暗喻完全属于不同的修辞方法。

(三十六)他(吕赫若)的第一篇短篇小说《牛车》写于1935年,次年在日本发表。(第653页)

吕赫若的短篇小说《牛车》1935年1月发表在日本的《文学评论》上,而非1936年。

(三十七)1945—1946年,吴浊流完成了以日文写作的长篇小说《亚细亚的孤儿》。(第655页)

《亚细亚的孤儿》完成于1943—1945年,而非1945—1946年。

另外,《剑桥史》还存在许多编校错误,如萧三成了"肖三"(第621

页)、吴祖光成了"吴组光"(第623页),等等。限于篇幅,不赘。

二、贸然的学术判断

文学史的写作,同一般研究有所不同。其要做出学术判断,必须对文学思潮、文学现象、作家作品有全面深刻的了解和把握,力求做到客观公允。一家之言的研究成果也可吸纳,但也得有充要的论证和坚实的可信度。如果贸然将自己的没有经过"小心的求证"的学术猜想嵌入其中,故作惊人之论,以求所谓新颖独创,往往会适得其反。《剑桥史》就严重存在上述问题,兹举其中一些例子如下:

(一)这部小说着重刻画了侠女何玉凤因父亲被军中副将所害,发誓为父亲之死报仇。在实施复仇计划的过程中,她无意间救下了年青书生、孝子安骥。仇人的突然死亡打断了她的复仇大计,她最终接受了与安骥的婚姻安排。小说阐述了两种世俗的生活理想,即儿女和英雄,以及二者合二为一的可能性。(第484页)

这是在介绍《儿女英雄传》的梗概。这个介绍虽然没错,但有偏颇。何玉凤仇人已死,欲出家,终被劝动,同意嫁给安骥。安骥有妻张金凤,亦曾被玉凤所救,两人睦如姊妹,后各有身孕,故此书初名《金玉缘》。《剑桥史》自始至终不提张金凤,不当。

(二)他在著作《大同书》中描绘了晚清乌托邦的未来蓝图:这是一个包罗万象的社会,繁盛、强大、进步。另一位仰慕者梁启超从龚自珍处继承了"少年"意象,并在《少年中国说》一文中着意宣传。鲁迅似乎被诗人对"狂士"和"狂言"的偏爱所吸引,并将自己小说处女作的主角塑造为"狂人"。最后,现代中国诗人和政治家乐于塑造的"崇高形象"也来自龚自珍打破传统的诗歌。毛泽东在1958年推动人民公社运动时所引用的一首关于宇宙力量的诗作,正是龚自珍的作品。(第486页)

鲁迅被诗人对"狂士"和"狂言"的偏爱所吸引，并将自己小说处女作的主角塑造为"狂人"，纯属猜想。鲁迅笔下的"狂人"是一个患有"迫害狂"的精神病患者，是一个反抗吃人礼教和封建专制的精神叛逆者，同梁启超的"少年"大不相同。毛泽东在人民公社中所引的"九州生气恃风雷，万马齐喑究可哀。我劝天公重抖擞，不拘一格降人材"也不是歌咏宇宙力量。①《剑桥史》不做丝毫分析地予以罗列，芜杂而唐突。同时，此段行文跳跃，逻辑混乱。

（三）晚清小说的兴起，通常认为肇始于严复和夏曾佑（1863—1924）在1897年发表的《本馆附印说部缘起》一文。（第492页）

《本馆附印说部缘起》通常被认为是第一篇具有近代意义的小说美学专论，而非晚清小说兴起的标志。晚清小说的兴起，早在此文发表之前。

（四）王国维在现代中国文学史中的地位多有争议，这源自他对清王朝的忠心耿耿及对古典文学的情有独钟。

1907年是王国维生涯的转折点。他意识到自己强烈的情感力量为知识界所不容，于是从西方哲学转向中国文学，在接下来的岁月中致力于文学尤其是词学研究。他不满于儒家说教，受严羽、王夫之和王士禛"性灵说"的启发，独创"境界说"。（第494页）

学术界对王国维之死因有争议，但对其在中国文学史上的地位并无大的分歧。至于说他"在现代中国文学史中的地位多有争议"，源自"他对清王朝的忠心耿耿及对古典文学的情有独钟"，并无依据。

王国维1907年由西方哲学转向中国文学研究，其原因是他已"疲于哲学"，欲从文学中寻求"直接之慰藉"——他说："而近日之嗜好所以渐由哲学而移于文学，而欲于其中求直接之慰藉者也。"（《三十自序二》）之所以选择词，其一是因为："词之为体，要眇宜修，能言诗之所

---

① 参见毛泽东：《介绍一个合作社》，见《毛泽东著作选读》（甲种本），人民出版社，1965年，第382页。

不能言，而不能尽言诗之所能言。诗之境阔，词之言长。"（《人间词话删稿》）其二是因为其素有挽词业于颓败之志，他在《人间词甲稿序》中有"六百年来，词之不振"的慨叹。其三，其填词时有佳作（如《蝶恋花》之"昨夜梦中"、《浣溪沙》之"天末同云"），有底气，亦有同前人争衡之意气。《剑桥史》却谓"他意识到自己强烈的情感力量为知识界所不容"，于是弃西方哲学而以填词为职志，不知道据何。

王国维的"境界说"既是对中国古典诗学理论的总结，同时又融入了他所推重的叔本华、尼采等人的生命体验哲学，既有中国传统诗学的启发，亦有西方哲学的疏浚，是化合中西文学的一个诗学概念。《剑桥史》只言受严羽、王夫之和王士禛的影响，而不言西来哲学和美学的浇灌，以偏概全。

> （五）次年，钱玄同出版了与王敬轩的辩论，后者是由钱氏和友人、文学革命支持者刘半农（1891—1934）共同炮制的桐城派学究。这场争议举国瞩目，并引发林纾在以古文写就的小说《妖梦》和《荆生》中进行反驳。（第516页）

1918年3月，《新青年》杂志4卷3号上发表了一篇由钱玄同化名王敬轩写给《新青年》杂志社的公开信，历数《新青年》和新文化运动的罪状。同期发表了刘半农的《复王敬轩书》，对前文逐一驳辩，以期引起社会的广泛注意。《剑桥史》不但没有清楚地说明"双簧戏"事件的前后经过，反而让人不知所云。"钱玄同出版了与王敬轩的辩论，后者是由钱氏和友人、文学革命支持者刘半农（1891—1934）共同炮制的桐城派学究"，语句不通。是"钱玄同出版了与王敬轩的辩论"吗？钱玄同化名为王敬轩啊，他曾和自己辩论？"钱氏和友人、文学革命支持者刘半农（1891—1934）炮制的桐城派学究"为何物焉？不知。另，"双簧信"并未引起"举国瞩目"，《妖梦》和《荆生》出现稍晚，映射攻击除三位主张"废汉字、灭伦常"的"少年"钱玄同、陈独秀和胡适外，还讥讽"白话学堂"校长蔡元培。

（六）1906年，他自称在观看了一场幻灯片之后，改变了职业规划。（第523页）

将鲁迅"弃医从文"说成"改变职业规划"，意思上没错，但措辞上落入了俚俗鄙野的趣味。

（七）在鲁迅和郁达夫之间，一时涌现出大量感时忧国的作品。（第526页）

这样的表述，不知道有何意义。接下来所述的台静农、王统照、叶绍钧的创作也很难说居于"鲁迅和郁达夫之间"。

（八）狂人之后，狂妇横空出世。晚清以降，女性在文化和社会领域引发越来越多的关注。（第527页）

鲁迅笔下的"狂人"是一个文学意象。《剑桥史》混淆文学人物和创作者，不加区别、分析地让其从文学作品走到人间。"狂妇"有谁呢？《剑桥史》上溯到秋瑾、陈撷芬、徐自华等人，重点论述陈衡哲、冰心等人。这样的命名，石破天惊。

（九）"左翼五君子"之一，鲁迅的学生柔石（1902—1931）在1931年被国民党政府逮捕和暗杀。他写作了短篇小说如《为奴隶的母亲》（1930），感动了大批读者。小说中母亲抛下亲生骨肉，为富裕的地主生子，最后落得骨肉分离。（第554页）

柔石和胡也频、殷夫、冯铿、李伟森五位"左联"作家，于1931年2月7日在上海龙华被国民党淞沪警备司令部秘密枪杀，史称"左联五烈士"，已为惯常。《剑桥史》生造的"左翼五君子"，让人一头雾水——就字面意思而论，君子未必死亡，烈士肯定舍身。另外，对《为奴隶的母亲》的介绍七绕八拐，就是挠不到痒处，未点透"典妻"风俗，让人不明白小说中的母亲为何要"抛下亲生骨肉，为富裕的地主生子，最后落得骨肉分离"。

（十）晚清的文本和翻译实验挑战了传统和现代文化的敏感性的局限，无法长久存在。……1920和1930年代，现代化和国家建构已经进行，总体而言，翻译的任务如同文学创作一样，被视为唤醒阶级意识的工具，不得不为政治意识形态服务。
（第592页）

"晚清的文本和翻译实验挑战了传统和现代文化的敏感性的局限"一句，不知云何。至于说二三十年代的翻译任务是"唤醒阶级意识的工具，不得不为政治意识形态服务"，未免过于绝对，我们可以举出很长的反证。

（十一）《小说月报》一度是晚清通俗小说鸳鸯蝴蝶派的大本营，经茅盾之手出现了意识形态的转向，开始出版刊登俄国和法国文学及"被损害民族的文学"的专号。（第594页）

革新过的《小说月报》作为文学研究会的机关刊物，主要刊登"为人生"的"写实主义"文学，说其发生"意识形态的转向"，不知这里的"意识形态"何指，因此不够妥当。另，茅盾接编的《小说月报》除刊登俄国和法国文学及"被损害民族的文学"的专号之外，还出过《泰戈尔号》《拜伦号》《安徒生号》等。

（十二）文学研究会在1920年12月经过仔细的计划和协商后成立。（第601页）

文学研究会于1921年1月成立于北京。上文的表述语义含混不清，既可以说成立于1920年12月，也可以推后。

（十三）创造社由著名诗人郭沫若和有争议的短篇小说家郁达夫创建于日本。（第602页）

创造社的发起组织者除郭沫若和郁达夫外，尚有成仿吾、田汉、郑伯奇、张资平等人，创造社的成立绝非郭沫若和郁达夫两人之功。

类似的问题在《剑桥史》中屡见不鲜。如介绍到台湾日据时期的小说家张文环时说："张文环还创办了厚生演剧研究会。"（第653页）实际上，厚生演剧研究会发起组织者除张文环外，还有吕赫若、王井泉、林博秋、吕泉生、杨三郎等百余人。

（十四）中国文学本有以古喻今的悠久传统。它既反映儒家

225

思想赋予历史及史学的道德权威,同时也提供士大夫逃避文字治罪的自保之道。(第624页)

以古喻今作为一种写作方法,同儒家思想并无多大关联。再则,以古喻今既可以以古"赞"今,如文人所谓的处于盛世,如置三代;也可以借古"讽"今,如抗战时期的"南明史剧""太平天国剧"。

(十五)赵树理(1906—1970)是契合《讲话》精神最成功的小说作家。他是山西本地人,1943年以描写两位农民反抗父母落后思想、追求爱情的《小二黑结婚》奠定了自己的声誉。这部作品以及其他作品如《李有才板话》(1943)中,赵树理捕捉到了山西农民方言土语的韵味,避免了五四文学中常见的欧化汉语。(第652页)

之所以出现"他是山西本地人",是因为前文将山西当作以延安为中心的文艺活动辐射的"三边"之一(关于"三边",见本文第一部分第三十四条)。对赵树理小说艺术特色的介绍,完全是抓了芝麻,漏了西瓜。赵树理小说的特点主要在于继承了传统章回体话本小说的框架,注重情节的连贯性和完整性,在情节冲突中塑造人物,适合农民的欣赏习惯和审美要求。当然,语言上的明快、简约、幽默和方言化,也是其重要的艺术特色,但只讲语言,无法完整说明赵树理的艺术特征。

此外,《剑桥史》的叙述多处晦涩拗口,扞格不通。如"文学——作为一种审美观念、学问规划以及文化机构——在经历了激烈的角逐形构之后,最终形成今天我们所理解的文学"(第462页),"在曾国藩手中,桐城派最终完成了爬升至文学和政治巅峰的过程"(第475页),"抗日战争造成了许多文化体制的迁徙"(第628页),等等。

三、"被压抑的现代性""感时忧国"与"抒情传统"

通览《剑桥史》"1841—1949"部分,不难发现"被压抑的现代性""感时忧国"与"抒情传统"这三个海外现代文学研究的著名概念相互呼应,在所谓的"文化现代性"或"审美现代性"眼光的筛选和论证中,历史本身的纹理和逻辑被抽空,中国现代文学成为预设的颓废、娱乐、消遣、游戏以及抒情主导的、具有某种天然崇高性的西方"想象"。

"被压抑的现代性"是王德威发明的著名概念。他认为,晚清"不只是一个'过渡'到现代的时期,而是一个被压抑了的现代时期。'五四'其实是晚清以来对中国现代性追求的收煞——极仓促而窄化的收煞,而非开端"①。他发掘的"晚清小说现代性"不是指梁启超等倡导的改革"小说界革命",而是"另一些作品——狎邪小说、科幻乌托邦故事、公案侠义传奇、丑怪的谴责小说等等"。②《剑桥史》开头即重弹旧调——"诚然,五四一代作家发起的一系列变革,其激烈新奇之处是晚清文人无法想象的。但是,五四运动所宣扬的现代性同样也削弱了——甚至消除了——晚清时代酝酿的种种潜在的现代性可能。"(第462页)晚清文人变革思想的激烈程度可能一点不亚于五四一代作家,但是五四现代性的宏阔和多元远远超过了晚清。并不是五四运动压抑了晚清时代种种潜在的可能性,恰恰是晚清文学(尤其是王德威所钟情的那些)不能顺应时势而成为历史的"过渡"或者"弃儿"。"五四"新文学在成为主流之后,旧文学并未完全销声匿迹,与其说"五四"新文学压抑了晚清的现代性可能,不如说晚清文学已经不合时宜、不合人心,自身的弊病导致了其边缘化。五四新文学所打开的新世界,体现出晚清文学难以企及的现代精神、现代意识和人文主义,其不是"窄化",而是开阔了人们的视野,使得人们自然而然远离、拒绝甚至摒弃以消遣、娱乐、媚俗、谴责等为叙事中心的晚清文学。王德威用了五十多页的篇幅讲述晚清文学,论证晚清文学"种种潜在的现

---

① 王德威:《被压抑的现代性——晚清小说新论》,宋伟杰译,北京大学出版社,2005年,第56页。王德威曾在《被压抑的现代性——晚清小说的重新评价》(1998)、《被压抑的现代性:没有晚清,何来"五四"》(2003)中阐述过相近的观点,《被压抑的现代性——晚清小说新论》一书可谓该观点的总括。
② 王晓初:《褊狭而空洞的现代性——评王德威〈被压抑的现代性——晚清小说新论〉》,载《文艺研究》2007年第7期。

代性可能",叙述的错误时有出现且不说,新文化运动和"五四"新文学篇幅上还不到晚清文学的一半。这种"偏见"源于他预设的观念和情感。王德威是"以日常生活的文学叙事或者说颓废的文学叙事来定位文学的现代性的。因而对于与此相对的启蒙文学或现代民族国家建构文学的宏大叙事他是根本排斥的。虽然他发掘出晚清文学(小说)过去被忽略、被压抑的一面,但对于同样推动了中国文学(小说)的现代性变革的另外一些革新却持否定态度"①。他认为,夏志清所谓的"感时忧国"是五四作家的普遍(症状)(第486页),这种病的"代价"是什么呢,一是"流为一种狭窄的爱国主义",二是"目睹其他国家的富裕,养成了'月亮是外国的圆'的天真想法"(611页)。其影响呢,是使他们对那些启蒙文学之外的文学失去兴趣,极大地削弱和窄化了晚清以来形成的"众声喧哗"的文学景观和文学趣味。

五四作家"感时忧国"的"写实主义"(他们不光有"写实主义",还有浪漫主义、象征主义等),同中国文学现代性发生的历史背景密不可分,在积贫积弱、内忧外患的历史条件下,"感时忧国"的启蒙主义无可厚非,可以说是历史的必然和应然。倘若他们遵从王德威所谓的"现代性",沉浸于王氏津津乐道的"狎邪小说、科幻乌托邦故事、公案侠义传奇、丑怪的谴责小说"等,抛开思想启蒙、"写实主义"和"为人生"的态度,历史不知会呈现出何种可怖可怜的图景!中国文学的现代性不仅仅包括王德威所沉醉的近代通俗文学的兴起和文学刊物的兴盛,更重要的方面还有现代意义上的启蒙文学叙事、现代性的审美意识、构筑民族国家意识的文学叙事以及文学本体发展嬗变的内在要求等。中国"现代文学的现代性在不同历史阶段的不平衡的显现,除了各种现代性相互冲突激荡的作用外,更重要的还受到中国现代化历史过程中不同时代的不同历史焦点的制约。正是由于在倾斜的历史语境中建构现代民族国家和启蒙主义的思想

---

① 王晓初:《褊狭而空洞的现代性——评王德威〈被压抑的现代性——晚清小说新论〉》,载《文艺研究》2007年第7期。

诉求成为中国现代化的历史主线,因而建构现代民族国家的文学叙事与启蒙主义的文学叙事必然成为中国现代文学的主要潮流,它们之间相互融合互补、冲突激荡的旋律勾画出中国现代文学历史发展的基本线索"①。王德威所谓的晚清现代性没有从文学发展的自身逻辑出发,对中国现代文学的"多重内涵与多种向度"以及不平衡的冲突激荡没有深刻的洞察和精准的把握,忽略了具体的社会条件和历史语境,混淆了文学史叙述和文学写作的边界,不依靠文本研究的推进,而是用文学想象置换历史起源的因果探究,"寻找文本证据来证明预设观点"②,为晚清文学镀上所谓的现代光彩。晚清文学是五四文学现代性萌生的历史先源,是中国古典文学走向现代文学的蜕变过程,体现历史中间物的过渡特征。但只有到了新文化运动之后,才真正意义上完成了由传统到现代的过渡,汇入了世界文学的整体格局,才完成了思想的现代化、人的现代化和文学的现代化:形成了现代的精神、道德、价值观念,形成了现代的民族国家意识,形成了"用现代文学语言和文学形式,表达现代中国人的思想、感情、心理"③的现代文学和审美意识。"被压抑的现代性"将晚清文学的这种过渡特征一味放大,模糊了晚清文学和五四文学的本质性区别,无限膨胀研究主体的情感体验,体现出强制阐释和过度阐释的研究特征。

"被压抑的现代性"虽是旧调重弹,但将龚自珍逝世之年1841年视为中国现代文学的肇始(其对龚自珍的生平和文学思想介绍有错误和疏漏,具体见前文)可谓旧曲新唱。在王德威看来:"从多种方面来说,龚自珍的人生和著作均可视为一条纽带,与早期现代中国文学最为显著的诸般特点紧相缠绕。尽管出身士绅阶级,接受了深厚的儒学考据训练,龚自珍

---

① 王晓初:《褊狭而空洞的现代性——评王德威〈被压抑的现代性——晚清小说新论〉》,载《文艺研究》2007年第7期。
② 王晓平:《后现代、后殖民批评与海外中国文学研究——以王德威的研究为中心》,载《文学评论》2012年第4期。
③ 钱理群、温儒敏、吴福辉:《中国现代文学三十年·前言》(修订本),北京大学出版社,2012年,第1页。

却广为宣传他对'情'和'童心'极具个人化的阐释，以此回应晚明的'情教'论。他关注当代地理政治，从个体知识分子与帝国的全新关系中重新审视历史。他对中国西北地区的研究预见了晚清帝国版图的变革。更为重要的是，龚自珍深受公羊学派的影响，这让他对国家进步不仅有一个乌托邦式的时刻进度表，而且身怀一种面对世变的神秘天启——诗性（mythopoetic）观点。"（第456页）龚自珍开创性的贡献，"在于他将历史识见与抒情才能融会贯通，创造了一种文学形式。这种文学形式乍看似曾相识，细读之下却与传统有着根本的区别"。龚自珍的诗作，"情"与"史"并重，"最明显的特征在于一种主观情感的倾向，一种对历史活力的想象，以及一种潜藏末世视野中的政治能动性"（第466页）。在其看来，龚自珍认为"情"是人性精华所在，这点与李贽、王士祯、袁枚一脉相承，龚自珍"更进一步地相信，声音及文化构制，即语言，是情的直接表现"，"更珍视'情'为一种持续的政治和文化动力，他希望在这样的语境中重新理解历史"。作为章学诚反传统史学的追随者，龚自珍在公羊学派看到了相似的精神，认为"历史必将首先发生衰颓，触目所及，复兴无望"（第467页）。

龚自珍承袭了李贽、王士祯、袁枚等的尊性重情，其在"尊心论"基础上对传统的"道"的批判就深度和力度而言，可能有所深入，但其视域依然在传统的"天下"和"道"之内，并未跨出李贽、王士祯、袁枚的圈限。史实也证明，其"主逆复古"的文学变革途径并不比与他并称的魏源的"经世贯道"的变革途径更具有可行性。龚自珍在鸦片战争爆发的次年离世，其虽具有反叛思想和精神，但其视野情怀依然是传统的士大夫。魏源则有幸成为第一批"开眼看世界"的晚清知识分子。在文学观念上，两人都主张什么时代就有什么时代的文学，强调文学的"经世匡时"功能，并无多大区别，只是转换再造的方式不同，龚主张"尊心"，魏主张"经世"。在创作上，龚"尊情"而魏"重气"，魏成就虽不如龚，但在当时影响，一点也不亚于龚。魏诗"如雷电倏忽，金石争鸣，包孕时感，挥洒万有"①，风格奇崛险怪，具有碧海掣鲸的气势。尤其是其山水诗，山水清音中有时代强音，虽现代以来鲜有学人论及，但在当时颇负盛名。郭嵩焘在《古微堂诗集序》中曰："先生所著书流传海内，人知宝贵之，而其诗之奇伟，无能言者。"李柏荣《日涛杂著》中云，魏源"在前清嘉道年间，声名满宇内，文人学士、贩夫妇孺，无论识与不识，俱以一觇丰采为快。……"曾朴曾云："龚定庵、魏源两人崛起，孜孜创新，一空依傍，把向来的格调，都解放了。魏氏注意在政治方面，龚氏是全力改革文学。无论是教导诗文词，都能自成一家，思想亦奇警可喜，实是新文学的先驱者。"②在思想上，两人在后期差异很大。龚自珍提出了"具有人本主义色彩的'众人造天地论'、追求精神解放的'尊心论'、预言未来时代大变革的'三时说'"三个具有近代意识的命题。但由于在鸦片战争爆发后一年就去世，他没有，也没有来得及了解西方，趋向传统和守旧。魏源则编纂了具有划时代意义的史地著作《海国图志》，提出了"师夷长技以制夷"的主张，标志着中国近代化的萌芽。师夷方向和"经世"思想的结合，使魏源"对文学功能的强调也由'贯道''救时'转向激发忧愤、开通民智。这是经世文论的发展，也预示了文学功能论的新方向，成为清末以文学'鼓民力、开民智'的文学启蒙论的滥觞"③。因而，倘要说龚自珍的"尊情"文学标志着现代文学的开端，可能不如说魏源的"经世"文学标志着现代文学的肇始更能经得住考量。

《剑桥史》对五四作家"感时忧国"情怀和"写实主义"精神的批评，伴随着对"抒情传统"和"抒情主义"的揄扬。"抒情传统"——这个由陈世骧提出的以中国古典抒情诗为内容、以西方古典史诗和戏剧为参照中心的学术概念，虽然缓解了中国人面对西方文学的焦虑，但这种"西

---

① 林昌彝：《射鹰楼诗话》，上海古籍出版社，1988年，第36页。
② 曾朴：《译龚自珍〈病梅馆记〉题解》，见时萌编《〈曾朴研究〉附录》，上海古籍出版社，1982年，第195页。
③ 王飚：《魏源经世文论对传统文学原则的改造——魏源文学观的近代意义》，载《文学与文化》2014年第2期。

学中用"的眼光本身存在着严重的局限和偏颇。①关于中国文学的"主情"特征，民国以来朱光潜、闻一多、郑振铎、郭绍虞等学者都曾讨论，但能否形成"抒情传统"，他们都很慎重。陈世骧没有像闻一多和朱光潜等人那样从正面论述中国上古没有诞生史诗的原因，而是从反面切入——没有诞生史诗正体现了"中国抒情传统"。然而当我们脱离中西文学比较的视野，"回到中国文学的本身，如果仍然被绝对普遍性的'抒情'本质占据所有的诠释视域，而不能从经验现象层次去正视中国文学在不同历史时期、不同区域环境、不同社会阶层与群体、不同文学体类所呈现的相对'特殊性'，仍旧将一切中国文学都涵摄在绝对普遍性的'抒情'本质去诠释，则中国文学在经验现象层次所呈现的多元性，将被这种一元的'覆盖性大论述'遮蔽无遗"②。从其本质来看，"抒情传统"强调的"自抒胸臆的主体性"实际上是西方浪漫主义的"主体经验"，其形塑于陈世骧20世纪三四十年代的诗歌写作以及与艾克敦的学术互动，这点学界已有充分的讨论。③"抒情传统"以浪漫主义重构诗学，强调主体体验，使个体绝缘于社会条件和历史环境的影响，成为以自我为中心的现代主体，从理性、责任和义务中解脱出来，"从有关'抒情传统'的论述中所包含的审美主义的超验主体可以看出，'抒情传统'的特定政治面向即是要创造一

---

① "抒情传统"是美籍华裔学者陈世骧在中西文学比较的视野和背景下提出的关于中国古典诗歌的艺术传统的命题，台湾学者高友工则建立起"抒情美典"体系，蔡英俊、吕正惠等续其薪火，使之成为一个颇有影响的学术概念。
② 颜昆阳：《从反思中国文学'抒情传统'之建构以论'诗美典'的多面向变迁与丛聚状结构》，见柯庆明、萧驰主编《中国抒情传统的再发现——一个现代学术思潮的论文选集》，台湾大学出版中心，2009年，第739—740页。
③ 陈国球：《"抒情传统论"以前——陈世骧与中国现代文学及政治》，载《现代中文学刊》2009年第3期。

个不承认任何外在法则的自主精神场域"①。在王德威这里,"抒情"成为统摄诗歌、小说、散文等文类的一个普遍性概念。而这种现代文体与古典抒情诗如何互动而从古典形态迈入现代形态,他语焉不详。实际上,他是从概念到概念,为概念寻找内容。在"抒情中国"一节,他轻易地完成了文类与时间的跨越。他说:"抒情主义作为一种文学类型、一种审美视角,一种生活方式,甚至一个争辩平台,在中国文人和知识分子对抗现实并形成一种变化的现代视野之时,都理应被认为是一种重要资源。……现代中国抒情作家自觉地用语言重现世界。现实主义者将语言视为反映现实的一种工具;抒情主义者在精炼的词汇形式中,寻找到模仿之外的无限可能性。"(第566—577页)在他看来,抒情与写实的区别,在于一个是"自觉地用语言重现世界",另一个是"将语言视为反映现实的一种工具",而抒情的优越性在于还能"寻找到模仿之外的无限可能性"。这种简单的区分,源于普实克关于现代文学"抒情的"与"史诗的"文类互换的启发,但普实克比较谨慎和理性,王德威将其泛化,扩展为"叙述模式、情感动力,以及最为重要的,社会政治想象"(第615页)。王德威一方面不断谴责"写实"的"感时忧国",另一方面又将"抒情"扩展为"社会政治想象"。在他看来,革命(政治)甚至和抒情(文学)成为等同的概念,抒情使得蒋光慈、瞿秋白等魅力尽显,最终,抒情成为革命的消费。卞之琳、何其芳的"遥拟晚唐颓靡风格的诗歌试验",周作人"对晚明文人文化的欣赏",胡兰成还原到"天地不仁"的自然状态乃至"自然法"的高妙"抒情"②等都是现代性的最正当的、最积极的内容,"抒

---

① 苏岩:《公共性的缺失:"抒情传统"背后的浪漫主义美学反思》,载《名作欣赏》2015年16期。对"抒情传统"偏颇的检讨,可参见徐承:《陈世骧中国抒情传统论的方法偏限》,载《文艺理论研究》2014年第4期;唐拥华:《"抒情传统说"应该缓行——由王德威〈抒情传统与中国现代性——在北大的八堂课〉引发的思考》,载《文艺研究》2011年第11期;冯庆:《"有情"的启蒙——"抒情传统"论的意图》,载《文艺研究》2014年第8期;龚鹏程:《不存在的中国文学抒情传统》,载《延河》2010年第8期。
② 季进:《抒情传统与中国现代性——王德威访谈录》,载《书城》2008年第6期。

情"成为一个庞杂的、不分内容、不分格调的"无限可能性"。相较之下,五四文学"感时忧国"的启蒙主义和"写实主义"成为"狭窄的爱国主义",削弱和窄化了晚清以来形成的"众声喧哗"的文学景观与"抒情传统"。其超验的审美主义,实际上是要建立一个不受启蒙主义、责任义务、公共意识等渗透与约束的超自由、超自在的"自主精神场域"。因而《剑桥史》中说:"面对民国期间无休止的人为暴行和自然灾难,抒情主义反求自我,和现实保持距离,以为因应。但在卓越作家的笔下,抒情也能呈现与现实的辩证对话关系。抒情作家善用文字意象,不仅表达'有情'的愿景,同时也为混乱的历史状态赋予兴观群怨的形式,在无常的人生里构建审美和伦理的秩序。"(第566页)在我看来,这种超然自主、大善大美的"抒情"成为某个作家的追求或特征倒无不可,但要形成"传统",不知是祸是福。

除上述三大方面的问题之外,《剑桥史》的分期与体例上可讨论之处也甚多,比如"西方文学和话语之翻译"与"印刷文化与文学社团"实际上是两篇完整的论文,硬性嵌入叙述之中,似也不妥,且内容与前后叠床架屋,等等。此文已很冗长,再不详叙。据书前《序言》说,《剑桥史》起初是针对西方读者的,但既然译成了中文,就对中国读者负责些吧!

原载《文学报》2015年11月5日,原题为《〈剑桥中国文学史〉"1841—1949"部分疵议》

后 记

这是一本未曾列入计划的评论集，回想起其出版过程，竟有恍若隔世之感。

2022年12月14日，我收到省作协的邮件，其中曰——"鉴于您在文学评论领域成绩斐然，经'当代陕西文学评论文丛'编委会提名，陕西文学院审议，陕西省作协党组审定，将您列入'当代陕西文学评论文丛'名单。特向您约稿。"这些赞美之词是官话和套话，我自然不会当真，但提名者和评审者的抬爱以及复杂的审议审定程序，都不容我不认真严肃地对待邀约。约稿要求关于陕西作家作品的评论不少于全书的1/2，截稿时间为2023年1月31日。那段时间我们都困守家中，时间相对充裕。大概用了一星期时间，我就编讫提交。倏忽间一年过去，今年春节过后，陕西师范大学出版总社的马凤霞女士联系我，说"当代陕西文学评论文丛"由他们社出版，她负责具体落实。很快，我们签订了合同。半年过去，却迟迟不见动静。"闻道长安似弈棋"，我以为，此事可能半途而废了。直到前两天马女士吩咐我再补充个后记，我才知道这部书稿又活了过来。遭劫难竟得复生，岂不可谓幸乎？书比人幸运，亦不可谓惨乎！

陕西为我父母之邦，桑梓之地，感情自不待言说。对陕西文学，我亦是如此，爱之深，情之切，痛之深，无不发自肺腑。但我恪守自己的准则，追求有事实感的批评，不做乡愿，不枉道而事人，虽然取得的成绩极为有限，但还算忠实于自己。记得十多年前，一位同行看到我批评《创业史》的文章，感慨我能有不同的声音，多有勉励。我亦非常感激，颇有惺惺相惜之感。对陕西文学，好处说好、坏处说坏，基本秉持了我在《论〈创业史〉的艺术谱系》一文中的态度——"我们摒弃那些玩世不恭的嘲笑或者挑剔英雄主义、理想主义和激进主义的浅薄之论，同时也要警惕那些美化历史、掩饰事实的矫情之论。对《创业史》，我们应该怀着拉马丁在读博纳尔的著作时的心情去梳理我们走过的这一历史阶段——'我读这些作品时怀着对过去诗一般的热情和对残垣颓壁产生的崇敬情绪'，但绝不会去'虚美''隐恶'。"尽管限于学力，做得不算理想，但自始至终，我不曾违背自己的初衷。

收在《独异的风景》里的文章，从文本出发，从实际出发，不唯名，不唯位，向实背声，"无私于轻重，不偏于憎爱"，全力躬行我主张的"有事实感的批评"的批评理念和独立精神，可能不无偏颇和稚嫩，但于我却有敝帚自珍之感。期待方家和读者不吝赐教。

感谢"当代陕西文学评论文丛"的厚爱。感谢陕西师范大学出版总社的玉成，感谢马凤霞女士的认真负责。这是我在陕西师范大学出版总社出版的第一本书，希望以后还有机缘合作。

王鹏程
2024年9月26日于边家村